> 引领学会前行的人
> 组织和指挥学会活动的人
> 学会所能够依靠的人，是学会的顶梁柱
> 要能够团结凝聚大家同心同德去开展工作
> 在各项工作当中身先士卒，模范带头

# 会长
## 可以这样做
——中华诗词学会工作实录

周文彰 著

中国城市出版社

图书在版编目（CIP）数据

会长可以这样做：中华诗词学会工作实录 / 周文彰著. -- 北京：中国城市出版社, 2024.9. -- ISBN 978-7-5074-3741-6

Ⅰ. I207.2-26

中国国家版本馆 CIP 数据核字第 2024SR8544 号

责任编辑：曾　威
责任校对：芦欣甜

会长可以这样做——中华诗词学会工作实录

周文彰　著

\*

中国城市出版社出版、发行（北京海淀三里河路9号）
各地新华书店、建筑书店经销
北京光大印艺文化发展有限公司制版
建工社（河北）印刷有限公司印刷

\*

开本：787毫米×1092毫米　1/16　印张：18½　字数：229千字
2024年10月第一版　2024年10月第一次印刷
定价：65.00 元
ISBN 978-7-5074-3741-6
（904767）

**版权所有　翻印必究**

如有内容及印装质量问题，请与本社读者服务中心联系
电话：（010）58337283　　QQ：2885381756
（地址：北京海淀三里河路9号中国建筑工业出版社604室　邮政编码：100037）

# 自　序

本书是我的《会长的使命》一书的姊妹篇。

2020年11月30日，中华诗词学会第五次全国会员代表大会选举我为会长。学会成立于1987年，第一任会长是曾任全国政协副主席的钱昌照先生，第二任会长是曾任全国人大常委会副委员长的周谷城先生，第三任会长是曾任全国政协副秘书长的孙轶青先生，第四任会长是曾任文化部副部长、故宫博物院院长的郑欣淼先生。我是第五任会长。

以会长身份的第一次致辞，是在中华诗词学会第五次全国会员代表大会上致闭幕词；第一次讲话，是大会闭幕当天下午，在五届一次会长会议上发表题为《讲政治、讲团结，树正气、树形象，开启学会工作新征程》的讲话。自此，我关于学会工作和诗词工作的讲话、发言和文章越来越多。2022年7月，中央党校出版集团·大有书局出版了《会长的使命：源自中华诗词学会的感悟》一书，收录了我当会长以后19个月的主要讲话和文章。大有书局以这本书参加当当网组织的第九届"影响力作家评选"活动，我被评为"人文社科作家"榜单的20个作家之一，当当网在2023年4月23日"世界读书日"予以公布。现在您看到的这本《会长可以这样做》，是紧接《会长的使命》的收尾之作开篇的，两本书可以称作"无缝对接"。

就任会长时我已退休两年，所以我提醒自己"别把自己当领导"，但会长的职责又让我懂得："别把自己不当领导"，正如2021年4月30日我在山东省诗词协会调研座谈时所说，会长（包括副会长们）是引领学会前行的"领头羊"或"火车头"，是组织学会活动的"指挥长"，是学会同仁所能够依靠的"主心骨"或"顶梁柱"，是在学会各项工作中应当身先士卒的"表率"，会长则是学会领导班子的"班长"。无数地方的事实证明，一个学会旺不旺，就看会长（们）动不动；学会行不行，就看会长（们）行不行，尤其看"班长"动不动、行不行。因此，会长一定要承担起"学会领导"的重任。

中华诗词学会会长们不仅仅担负着学会机关和《中华诗词》杂志的领导工作，而且担负着协调指导各地诗词学会（协会）工作的责任。中华诗词学会是唯一的全国性诗词组织，拥有个人会员5万多人，省（自治区、直辖市）级别的单位会员34个，各单位会员又有自己的单位会员，层层如此，故诗词界习惯用全国、省级、地市级、市县级诗词学会（协会）相称。中华诗词学会及其个人会员、单位会员，就这样构成了一个覆盖范围较广的诗词工作系统。

要想"把诗词当事业"来做好，一要把中华诗词学会自身工作做好，二要指导和带动各级诗词学会（协会）把工作做好，实现"整体联动，系统推进"，三要影响和争取社会各方支持诗词工作。于是，我和中华诗词学会领导班子成员，特别是驻会领导班子成员经常开会研究工作、制定规则，经常奔赴各地，力求千方百计调动千军万马，激发千家万户，投身诗词事业。我则不断地、有针对性地发表讲话，谈认识、摆问题、讲思路、提希望，以讲话指导和协调诗词工作。

我很重视"讲话"这项工作。多年来我一向认为，讲话是履行领导职责的重要手段。我有一个专题讲座，题目是《领导干部要高度重视讲话发言》，这个讲座是逐步完善起来的。第一次作关于"讲话"的讲话，是2013年4月27日对原国家行政学院第十一期青干班学员讲的，当时我还在副院长任上。我希望他们把每一次讲话发言当作机会，比如当作统一认识的机会、组织发动的机会、解惑释疑的机会、宣传推介的机会，当然也要当作展示自己的机会。比较系统地讲"讲话"，是在2017年出版的《周文彰讲稿》一书的序言中。这篇序言以微信推送后，转载转发者很多。经过多次充实完善，《领导干部要高度重视讲话发言》全文收录在我2023年出版的《思政教育二十讲》一书中。

讲话和发言的区别何在？我的感悟是：讲话，一般是指在一个特定场合，居于领导地位的干部发表见解、意见或指示；发言，一般是一个人居于下级位置时的讲话。例如，一位市委书记，在本市多数会议或场合的发言都可以叫作"讲话"，而到了省里他的任何讲话都只能称为"发言"。有些阅历不广的主持人，把领导人的"讲话"称作"发言"，或者把本应属于"发言"的说成"讲话"，听起来就有点不规范、不顺耳。正因如此，已经退休的我参加各种研讨会、座谈会，都是"发言"，好听点的叫"重点发言"或"主旨演讲"，唯有在中华诗词界是个例外，都叫"讲话"。

讲话发言是领导工作的重要内容；讲话发言是领导工作的重要方式；讲话发言水平是领导工作水平的一个重要佐证。我这里所说的讲话，与"空谈"、与"形式主义的讲话"、与讲"官话套话大话"那一类讲话，是不同的。当然，我这么说是强调"讲"的重要性，但不能据此说不善于讲就做不好领导工作。人总有所长和所短，对于不那么擅长"讲"但工作却很出色的干部，我们也见得不少。

任会长后我重视每一次讲话，就源于这种认识。当然，讲话就要努力讲好；要讲好就要下点功夫。没有人天生会讲话；每一次讲话都是一次辛劳。虽然因讲话而累，但我乐此不疲。为了做好诗词工作，我不光自己讲，还希望副会长们都讲。每每听到他们的精彩讲话，我就非常高兴，立即推荐给中华诗词学会官网和微信公众号予以传播。

毫无疑问，讲是为了做。谁来做？有的是中华诗词学会自己做，有的是要求中华诗词学会单位会员做，有的是提倡或号召个人会员逐步做，有的是吁请社会各有关方面支持做。既然讲是为了做，就要抓落实。属于学会职权范围内的，检查落实；要求单位会员做的，推动落实；提倡和号召个人会员做的，只能是倡导性的了。至于吁请社会各方支持做的，则是期待性、参考性的；"有为才能有位"，中华诗词学会，包括各级诗词组织，只有自己把工作做得有价值、有成效，才能赢得越来越多的支持与合作，这种局面在逐步形成，尤在诗教和诗旅融合方面比较突出。习近平总书记大力倡导文化传承发展，为全社会重视和支持诗词工作提供了巨大动力；习近平文化思想为中华诗词未来发展指明了方向。中华诗词学会自当加倍努力工作。

中华诗词学会是两千多家全国性社会团体之一。各社会团体工作职责和业务范围大相径庭，但组织管理和工作思路有很多相通之处。如果这本书能够进入其他兄弟社会团体的会长们、主席们、理事长们的视野，并对他们能有所启发，那是我最大的希望。我和编辑同志反复推敲，给本书起了一个广谱性书名——《会长可以这样做》，用意即在于此。

书中不当之处，亦望批评指正！

周文彰

2024年7月16日于北京寓所

## 会长可以这样做
——中华诗词学会工作实录

# 目 录

001　青年要成为诗词创作的生力军

006　"科技诗词"是中华诗词百花园中的新鲜花朵

010　努力提高诗词创作水平

020　增强诗词活动的计划性经常性有效性

027　大力培养诗词青年

034　理事要在诗词工作中发挥更大作用

039　重视理性思维在诗词创作中的作用

042　让学习伴随诗途始终

047　两岸同根本一家

051　把诗词当事业

058　诗词学会要发挥组织、协调和服务作用

064　中华诗词要更广泛深入地融入数字化时代

069　诗颂新时代：用中华诗词构造中国精神和中国价值

| | |
|---|---|
| 080 | 高扬诗书融合的中华优秀文化传统 |
| 084 | 发挥诗词文化在经济社会发展中的独到作用 |
| 087 | 理事的作用及对理事们的希望 |
| 095 | 以组织和推动诗词精品创作为使命 |
| 099 | 以系统观念推动中华诗词联动发展 |
| 107 | 诗人词家要担负起新的文化使命 |
| 113 | 传承《诗经》繁荣当代诗词创作 |
| 116 | 把推动精品创作视为天职 |
| 119 | 努力打造现代医学和诗词文学相结合的精神高地 |
| 122 | 在互学互鉴中推动新时代中国诗歌的繁荣发展 |
| 127 | 诗词万水架心桥 |
| 133 | 叶嘉莹先生是中华诗教工作的楷模 |
| 136 | 学习贯彻习近平文化思想奋发有为做好诗词工作 |
| 143 | 让中华诗词借力学习强国平台振翅翱翔 |
| 147 | 推动诗词与旅游在广度和深度上更加融合 |
| 153 | 为祖国边疆的长期繁荣稳定贡献中华诗词力量 |
| 156 | 成功举办中华诗词创作赛事的条件和意义 |
| 160 | 传承发展中华诗词要强壮"五种生命" |

| | |
|---|---|
| 168 | 第一次新春诗会的意义 |
| 170 | 发表诗词要把作业和作品区别开来 |
| 173 | 诗词的吟诵和朗诵 |
| 177 | 在大学生中开展诗词教育 |
| 180 | 强化诗词审美图式的时代性 |
| 183 | 在诗词创作和评价中坚持守正创新的世界观和方法论 |
| 188 | 弘扬江西诗派　推进诗旅江西 |
| 193 | 创作属于我们这个时代的田园诗 |
| 201 | 让海棠雅集之花绽放得更加鲜艳夺目 |
| 203 | 抓好新形势下的中华诗教工作 |
| 212 | 把诗词精品的创作筛选推介作为工作重点 |
| 221 | 在首届庐陵文化生态旅游节开幕式暨中国游学旅行大会上的致辞 |
| 223 | 散曲是中华诗词百花园的绚丽花朵 |
| 232 | 从中华诗词中汲取精神力量 |
| 237 | 形成选推诗词精品的新时代诗风 |
| 241 | 我的不同寻常的诗友们 |

## 附录

249　牢记会长使命　奋力担当责任

258　不用扬鞭自奋蹄

264　在文化传承发展中绽放诗词光彩

269　推动中华诗词融入日常生活

275　谱写中华诗词当代华章

## 后记

# 青年要成为诗词创作的生力军 *

《中华诗词》第19届青春诗会今天开幕,我首先对入选的11位青春学子表示热烈祝贺,向一向致力于选拔培养青年诗人的中华诗词杂志社全体同仁、向各位导师表示由衷的敬意!这里,我讲几点意见。

## 青春诗会的历史及其成就

青春诗会始于2002年,是在中华诗词学会、《中华诗词》杂志和北京诗词学会的老会长、老主编、老诗人孙轶青、刘征、郑伯农、周笃文、杨金亭、段天顺、张结、欧阳鹤、丁国成、石理俊等老前辈的支持下举办的,目的就是为中华诗坛培养青年精英,积蓄后备力量。一般每年举办一届,中间隔了两年没办,到今年共举办了19届。

青春诗会为国内诗坛培养了一大批风华正茂、才华横溢的中青年诗人,有相当一部分已经在国内各级诗词团体中担任了领导职务,

---

\* 本文是作者2022年6月11日在《中华诗词》第19届青春诗会开幕式上的讲话。

成为国内诗坛的骨干力量。如出自第一届青春诗会的林峰，现在是中华诗词学会副会长、《中华诗词》副主编，第二届青春诗会的高昌是中华诗词学会副会长、《中华诗词》主编。不少青春学子已成为享誉国内的著名诗人。

青春诗会每届报名人数都有三四百人，一般由青年诗人自我推荐，把作品、简历、诗词观点等材料报送到中华诗词杂志社，由杂志社主编、社长、副主编、编辑等人组成评委会，最终选出10人左右参加青春诗会，最多时有过15人、19人，因为都很优秀，评委会实在舍不得减少。今年选出11人，多了一个海外游子。入会的就是"青春学子"了。19届青春诗会迄今共培养青春学子216人。

在诗会期间，杂志社组成以《中华诗词》编辑和国内著名诗人相结合的团队，以一对一的辅导形式，给青春学子以创作上与学习上的指导和点评。每届诗会《中华诗词》杂志都会用一些篇幅，集中介绍青春学子的作品。中华诗词杂志社是青春学子的娘家，现在基本上每年大年初二有一期学子回娘家进行作品展示，在微信公众号上做专辑。《中华诗词》杂志的青春诗会已被国内诗坛称为诗词界的"黄埔军校"，备受诗坛推崇和青年诗人拥戴。

## 青春诗会的目的和使命

《中华诗词》杂志，从2002年创办青春诗会至今，主编换至第四任，但青春诗会绵延不绝。这颇有点"右玉精神"。

我们为什么始终如一、坚持不懈地举办青春诗会？现在回过头来予以分析概括，至少有以下三个目的。

一是为了中华诗词薪火相传。中华诗词迄今已有3000多年历史。"新文化运动"力图用白话文取代文言文、自由体诗取代格律体诗，即我们今天所讲的中华诗词。结果呢？白话文取代文言文获得完胜，但自由体诗却没能取代格律体诗。为什么？因为诗词最大特点是"与生活相伴相随"，有生活就会有诗词。诗词偏重于书写个人经历和感受，把日常生活诗化，这是诗词的特点和传统。中华诗词需要一代一代传承下去。青年人是中华诗词最重要、最合适的传人。

二是为了中华诗词朝气蓬勃。毛主席说："世界是你们的，也是我们的，但是归根结底是你们的。你们青年人朝气蓬勃，正在兴旺时期，好像早晨八九点钟的太阳。希望寄托在你们身上。"（1957年11月17日，毛泽东在莫斯科大学接见中国留苏学生和实习生的讲话）习近平总书记指出："青年学生富有想象力和创造力，是创新创业的有生力量。"（2013年11月8日，习近平致2013年全球创业周中国站活动组委会的贺信）朝气蓬勃，想象力和创造力丰富，这便是青年人的优势。青年人富于理想抱负、精神昂扬向上、怀抱人生追求。进入老年，一辈子下来，饱经沧桑，少不了境遇坎坷，多有人生感悟，甚至会有怀才不遇、人生如梦的消极情绪。因此中华诗词要想朝气蓬勃，就一定要以青年诗人为生力军。

三是为了中华诗词从"高原"攀上"高峰"。高峰需要高手，青年人开始不一定是高手，但从年轻时吟诗填词，不断磨炼积累，到一定时候就能成大气候。现在不少人是半百甚至是退休之后才学写诗词，我亦如此，靠我们这些人是上不了高峰的，要靠青年人。我们的任务就是做好组织工作，积极开展诗词活动，把诗风带正，为青年人未来攀登高峰创造条件。

## "青春学子"应有的理想与追求

"有信念、有梦想、有奋斗、有奉献的人生，才是有意义的人生。当代青年建功立业的舞台空前广阔、梦想成真的前景空前光明，希望大家努力在实现中国梦的伟大实践中创造自己的精彩人生。"这是2014年5月习近平总书记在北京大学师生座谈会上的讲话。青春学子也应当把这段话看作是对你们的要求。这里我对你们提几点希望。

第一，把为中华诗词添光加彩作为理想和追求。要立志成为一流诗人。青年人就是要敢于有梦、勤于圆梦、勇于追梦。《论语》说："取乎其上，得乎其中；取乎其中，得乎其下；取乎其下，则无所得矣。"意思是说：一个人制定了高目标，有可能只达到中等；制定了中等目标，有可能只能达到低等。比如，我想考取一般本科，便把目标定为重点本科。目标定高点有利于激发人的动力和斗志，即使达不到目标，退而求其次也不错。青春学子要有远大志向，并且不懈追求。

第二，把诗词创作聚焦于人民大众和时代生活。杜甫的诗具有丰富的社会内容、强烈的时代色彩和鲜明的政治倾向，因而被称为一代"诗史"。他的"三吏"《石壕吏》《新安吏》《潼关吏》、"三别"《新婚别》《无家别》《垂老别》，就是如此。成长在新时代的青春学子，要从当代中国的伟大创造中发现创作的主题、捕捉创新的灵感，要把人民作为诗词表现的主体，不能只写一己悲欢、杯水风波。真正做到以人民为中心，诗词艺术才能发挥最大正能量。

第三，把文化与生活的积累作为精品力作的深厚根基。文化，不限于诗，甚至不限于文学；文化与文凭也不对应，不是高学历就一定是文化高素质；文化已经被看作是人的综合素养。没有生活积累，不反映生活，写诗就会无病呻吟。习近平总书记对新闻工作者明确提出了"四力"的要求，后来被扩大到整个宣传思想战线，包括文艺。首先是练脚力，深入实践、深入生活、深入基层；其次是练眼力，眼力就是观察力、发现力，眼力的背后是判断力、辨别力；再次是练脑力，思考能力、创新能力、想象能力等；最后是练笔力。练脚力、练眼力、练脑力，最后都要通过笔力来体现。习近平总书记说："青年人正处于学习的黄金时期，应该把学习作为首要任务，作为一种责任、一种精神追求、一种生活方式，树立梦想从学习开始、事业靠本领成就的观念，让勤奋学习成为青春远航的动力，让增长本领成为青春搏击的能量。"（2013年5月4日习近平同各界优秀青年代表座谈时的讲话）希望大家把总书记的要求铭刻于心，见之于行。

第四，把人格修为作为必修课题。人格修为好才能写出好诗，写出来的好诗才能被广泛认可。诗人作为文艺工作者，要自觉坚守艺术理想，不断提高学养、涵养、修养，加强思想积累、知识储备、文化修养、艺术训练，努力做到"笼天地于形内，挫万物于笔端"。诗人除了要有好的专业素养之外，还要有高尚的人格修为。我们要成为什么样的人？孔子提出"仁、义、礼"，孟子延伸为"仁、义、礼、智"。他说："恻隐之心，仁也；羞恶之心，义也；恭敬之心，礼也；是非之心，智也。"董仲舒加上"信"。"仁义礼智信"为儒家"五常"，这"五常"贯穿于中华伦理的发展中，成为中国价值体系中的最核心因素。这是一个人所应该做到的，只要是人，就应该具备。孟子讲这些人格修为是与生俱来的，这当然是有问题的，人格修为需要自我修炼。到了我们这个时代，人格修为又出现了许多新要求、新内容。例如，党员、干部光有"五常"还不够，那是做人的基础，还要"忠诚、干净、担当"。希望大家把人格修为这门必修课修好，它是我们的终身课题。

各位导师、各位青春学子，第19届青春诗会以今天为标志，进入学习提高阶段。相信青春学子会珍惜机遇，努力学习，主动争取导师的指导；相信各位导师会认真负责，精心提携后学，无私献出自己的知识和智慧，因为做什么都不如培养人。相信本届青春诗会一定会结出更加丰硕的果实。

# "科技诗词"是中华诗词百花园中的新鲜花朵*

各位领导,同志们、朋友们:

今天我们在这里见证中华诗词学会科技与文创诗词工作委员会的成立。这是我们"千方百计调动千军万马,激发千家万户"投身中华诗词事业工作思路的又一成果,是正式挂牌成立的第十八个专委会。成立仪式在中国美术馆举行,突然让我想起专委会的几个"最"来。

成立时间最早的专委会——女子诗词工作委员会;

在中国最著名的高校成立的专委会——高校诗词工作委员会在清华大学成立;

成立仪式最豪华的专委会——企业界诗词工作委员会在北京饭店成立;

在中国最独特的图书馆成立的专委会——残疾人诗词工作委员会在盲文图书馆成立;

在最遥远的地方成立的专委会——少数民族诗词工作委员会在

---

\* 本文是作者2022年6月18日在中华诗词学会科创诗词工委成立大会上的讲话。

云南玉溪成立；

在最独特的日子成立的专委会——部委机关诗词工作委员会在毛主席诞辰纪念日2021年12月26日成立。

再就是正在中国最高造型艺术殿堂——中国美术馆成立的科技与文创诗词工作委员会。

所有专委会的成立仪式，都是一场艺术的盛宴，例如诗词朗诵、诗词演唱、诗词舞蹈、诗词书法绘画紫砂壶展览等艺术的盛宴。

所有这些仪式，都是"千方百计调动千军万马，激发千家万户"投身中华诗词事业工作思路的正确性的证明，单靠中华诗词学会机关是无法做到的。

所有这些专委会的成立，都是社会各界热爱诗词事业、支持诗词事业的标志。没有社会各界对诗词事业的热爱和支持，中华诗词学会的工作是难以形成今天这般热气腾腾、蒸蒸日上的大好局面的。今天科创诗词工委的成立就得益于中国美术馆、中国科技馆、中国能源汽车传播集团、北农大产业研究院的热情支持。

所有这些专委会的成立，都是中华诗词魅力的一次次生动的展现。中华诗词诞生三千多年来，从来没有像今天这样拥有如此众多的作者、读者、背诵者、表演者、教学解读者、编辑出版者，从来没有像今天这样产生如此深刻的社会影响、如此广泛地融入大众生活，也从来没有像今天这样有专门的诗词组织大力组织和推动她的繁荣和发展。中华诗词幸运地走进了中国特色社会主义新时代！是我们这个伟大时代为中华诗词繁荣发展提供了千载难逢的大好机遇，同时，中华诗词也为这个伟大时代提供了记录者、讴歌者和精神推动者。

成立科技和文创诗词工作委员会的目的，是凝聚社会各界力量，把"科技诗词"作为新时代中华诗词百花园中的新鲜花朵，进行精心的浇灌，结出硕果。科创诗词工委的成立，凝聚了许多同志的心血，起步踌躇满志，前景十分看好。刚才，科创诗词工委亮出了他们的工作定位，这就是"诗写科技、艺兼文创、情入万家"，计划开展"天、地、人、书、会、馆"这六个方面的系列实践活动，在全国布局采风和创作基地，今天启动了"中华科技颂"短视频大赛。所以科创诗词工委起步就身手不凡。

我希望科创诗词工委要广泛组织诗人深入科技实践，实现"诗写科技"的目标，创响"科技诗词"品牌。古人从诗词题材上创作出写景诗（最具代表性的是山水田园诗）、咏物诗、咏史诗、咏怀诗、乡愁诗、羁旅诗、边塞诗、送别诗、酬赠诗、民生诗、爱情诗等等，体育诗在我们今天也有了长足发展，科技诗从古到今都有人涉足，但作为一个成气候的诗词题材门类，有待于我们去努力开拓。希望科创诗词工委抓住国家高度重视科技创新的大势和机遇，不断推出反映科技进步的优秀诗词作品，特别是要发挥好院士诗人、教授诗人的示范引领作用。

我希望科创诗词工委要广泛联系文创界人士，深入推进对优秀科技诗词的再创作再传播，真正做到"艺兼文创"。习近平总书记指出："文艺创作是观念和手段相结合、内容和形式相融合的深度创新，是各种艺术要素和技术要素的集成，是胸怀和创意的对接。"文创在我国历史悠久，改革开放以来大力发展，前景广阔。希望通过引领文创馆、文创产品开发等手段，对优秀科技诗词作品进行创意开发，插上文创的翅膀，飞入千家万户。

我希望科创诗词工委利用和配合国家开展的文化、科技、卫生"三下乡"活动，逐步让科技诗词走进大众生活。开展形式多样的紧密联系群众的诗词活动，比如群众性的科技诗词吟诵活动、学习培训活动等。科技诗词活动半径要向全国拓展，广度深度同时发力，拓展科技诗词创作空间和影响范围。

科技既是诗词的讴歌对象，又是诗词的传播载体。今天任何一首诗词作品借助现代科技，不到半秒就能传播到想去的任何地方，让李白、杜甫们羡慕不已。早在我到中华诗词学会工作之前，我就发表了《让诗词插上科技的翅膀》的演讲和文章。今天成立科创诗词工委，我特别高兴，也特别期待，以科技加上文创加大诗词传播力度，让诗词传播加快"破圈"步伐，如今多了一支新的力量。

创新的事业呼唤创新的组织和人才。这些年，在北京活跃着一些以传播中华优秀传统文化为担当的网络文艺社群，"国艺新时代"就是其中之一。"国艺新时代"没有财务，没有专职人员，没有设置领导岗位，但凝聚了一批志愿者，得到许多领导、文化文艺工作者和爱好者的青睐，举办了大量公益活动，影响也越来越大。科创诗词工委就是以国艺新时代的志愿者为主体来筹建的，今天线上线下出席仪式的同志，很多是经常参加"国艺新时代"公益活动的诗人和艺术家。我希望，大家今后在继续支持"国艺新时代"的同时，多多参与科创诗词工委的工作，支持他们行稳致远。科创诗词工委要主动加强与网络诗人、自由撰稿人、独立制片人、独立演员歌手、自由美术工作者等新的文艺群体的联系，扩大工作覆盖面，延伸联系的手臂，团结、吸引、引导新的文艺群体成为繁荣中华诗词、繁荣文艺的有生力量。

让我们在习近平总书记关于文艺工作系列重要讲话精神指引下，勠力同心，发奋工作，使《"十四五"时期中华诗词发展规划》逐步落实，以诗词工作的优异成绩迎接党的二十大胜利召开！

# 努力提高诗词创作水平\*

各位诗友：

这次我是应内蒙古自治区直属机关工委的邀请来呼和浩特的。昨晚 11 点，我看今天返京前有两个小时的空余，就临时联系到内蒙古自治区诗词学会来看看。没有想到来了这么多诗友，有这么好的诗词活动场所，更没有想到我一到就欢迎我讲话。讲什么呢？临时想出一个题目：努力提高诗词创作水平。把中华优秀传统文化中最经典的精神食粮奉献给大众，这是我们的责任，更是我们的追求。下面，我从三个层次来谈谈这个话题。

## 提高诗词创作水平的切入点

既然提高诗词创作水平是我们每个诗人的责任和追求，那么，怎么提高呢？这就需要我们共同努力来破题。我想是不是可以从这几个方面作为努力的切入点。

---

\* 本文是作者 2022 年 7 月 3 日在内蒙古自治区诗词学会座谈时的讲话。

## 从创作题材入手提高诗词创作水平

在社会生活中，在人们的日常交往中，有很多题材值得我们用诗词来表达。现在，正如大家所看到的，山水田园、春夏秋冬、风霜雨雪、迎来送往、花前月下、爱恨情仇，甚至四时节气、酱醋茶酒等等，都被无数诗人词家写成了诗词作品。就是说，诗词的题材已经无所不包了，这是一个正常现象，今后还有更多的社会、经济、文化、生活领域将逐渐被诗词作者所青睐。

如果从提高诗词创作水平这个角度来看，我们就要对题材进行更广泛、更深入的发现和挖掘。我们可以见到什么就写什么，想到什么就写什么，这是诗人的个性化选择；也可以有意识地作一些调研和策划，发掘和筛选一些更有新意、更有趣味的题材来写。

什么叫有新意、有趣味的题材呢？就是能够反映时代风貌、反映时代进步、反映时代呼声、代表我们这个时代的，还有人民群众所爱所恨所盼所愿，还有当今时代更为广泛的大众空间、各阶层的劳动者以及他们的工作状态或生存环境等等。

题材问题，也就是诗词反映什么、讴歌什么、追求什么、鞭笞什么的问题。诗词写什么、怎么写，是诗词创作的重大问题，值得我们好好研究、用心谋划。毛泽东主席甚至主张诗词"要写重大题材"，他的诗词很多都是关于中国革命和社会主义建设的重大题材。习近平总书记一再号召文艺工作者"承担记录新时代、书写新时代、讴歌新时代的使命，勇于回答时代课题，从当代中国的伟大创造中发现创作的主题、捕捉创新的灵感，深刻反映我们这个时代的历史巨变，描绘我们这个时代的精神图谱，为时代画像、为时代立传、为时代明德"。（习近平总书记2019年3月4日参加全国政协文艺界、社科界联组会议的讲话）中华诗词学会组织全国诗人创作的《百年诗颂》已经出版，内容就是我们党100年的奋斗历程这样一个重大题材。如果更多诗人都这么去做了，那么我们的诗词作品就不会仅仅停留在身边的人物和现象上，可能会更加贴近时代、深入到社会生活的各个角落。即使我们所熟悉的事物和现象，也能够挖掘出很多我们平时所不曾想到的内涵、不曾有过的思考。

让诗词题材更加贴近时代，更加贴近生活，更加贴近大众，可以有助于我们从创作起点上提高水平。

**从用词入手提高诗词创作水平**

确定了题材之后，我们用什么样的"砖瓦"和"木料"把它们搭建成一座诗词小屋或者一座恢宏的诗词大厦呢？这个"砖瓦"和"木料"就是词汇。诗的用词一直是诗词界关注的又一重大课题，也是值得研究的重要问题，因为用什么词、怎么用词，直接关系到诗词创作水平。所以，写诗必须"炼字"。"僧推月下门"最后被改成"僧敲月下门"，就是诗词史上"炼字"的经典案例，被传颂至今。

为了提高诗词创作水平，今天我们仍然需要反复琢磨，选用合适的词来表达我们已确定的题材。一首诗词16个字、20个字、28个字、56个字、100个字……如何把选定的题材刻画得惟妙惟肖、夺人眼球、动人心扉，这是我们必须要下的一个苦功夫。不少人说过写诗要少用成语。一个成语，合乎题意又合平仄，用来确实省力，但艺术效果却不一定好。我们还要杜绝标语口号，因为标语口号不合乎诗的审美要求。日常俗语也要慎用，因为它们太"平"，有的太"俗"。如果反复"炼字"，反复琢磨推敲，这肯定是提高诗词创作水平的切入点。

诗中用词的另一个重要话题，就是反映时代新事物、新风貌的词汇能不能直接入诗？这个话题如果认识不一致，那么有新意的题材写出诗来还是老面孔,因为新词如"高铁""互联网""快递"等,在古诗中没有出现过,很可能被认为"不是诗的语言",而只好把"高铁"化用为"长龙"之类。可是,用"老词"表现"新事"还能反映时代的变化吗?如果代表时代特色的"新词"不能用而要用"老词"去代替,那么若干年以后,后人怎么判定这些诗是在中国特色社会主义新时代写的呢?我们现在经常通过《诗经》、通过苏东坡等人的诗词研究那些遥远时代的生产方式、生活习惯、人际交往、风俗民情,因为《诗经》、苏东坡等人的诗词大量使用了他们那个时代的词汇。如果我们都依照古人用过的词汇来创作诗词,就难以真正反映新时代,难以在古人的基础上创造出崭新的诗词意象。有鉴于此,我写了《强化诗词用词的时代性》一文,估计你们看过,我这里不再重复。后来,我又根据新词入诗过程中容易出现的一些偏颇,分别给扬州、潍坊诗友写信以补充我的想法。这篇文章和两封信都收入我的《会长的使命:源自中华诗词学会的感悟》一书中。这是一孔之见,不一定对,希望有更多的人来研究"新词入诗"问题。

**从手法入手提高诗词创作水平**

手法就是诗词创作的表现技巧。比如按时间顺序来描写还是逆时针倒叙呢?是就物写物、就事论事还是用拟人化的手法呢?是用赋笔手法呢,还是使用比兴手法?格律诗词的韵律是固定的,而表现手法却是无穷的。同样的题材,不同的表现手法,就会写出不同韵味的诗词。所以,如果我们在表现手法上多下一点功夫,也能提高诗词创作水平。

古诗的很多表现手法十分高明,值得我们好好学习。赋、比、兴就是常用的表现手法。赋这一表现手法就是直接陈述;比,就是用比喻来描绘事物、表达思想感情；兴这一手法，就是借事开头来引起诗人所要表达的思想感情，此即"先言他物以引起所咏之辞也"。毛泽东主席说他的《卜算子·咏梅》是反修正主义的，他用的手法就是比兴，目的在于寄托，即托物言志。

诗词写作教程一类的书不知大家读过没有？最好精读一两本，这是诗词创作理论。虽然懂得诗词创作理论不一定就能写好诗词，但创作诗词是需要理论指导的。诗词写作教程把诗词手法分得很细，我有印象的修辞手法，像拟人、借代、夸张等；有描写手法，如白描、渲染、虚实结合等；有抒情方式，是直接抒情还是间接抒情，这就是我们平时所讲的直抒胸臆、借景抒情、寓情于景、情景交融等不同抒情方式。赋、比、兴有说是表达方式，有说是章法技巧，我们不必区分得那么严格，把它们都看作是表现手法、写作手段也是可以的。各种手法都离不开想象，丰富的想象既是诗词的一大特点，也是最重要的一种表现手法。当然还有象征手法，如以松树象征英雄气概，以梅花象征高尚品格，以明月代表美好事物等各种表现手法都是应该学习和化用的，也是我们提高诗词创作水平、淡化"老干体"色彩所必不可少的写作技巧。

当然，就我个人阅读习惯，我喜欢主题明确、语言明白的诗词。有的诗词写得云遮雾罩，不看注释根本不知道要表达什么意思，读起来颇费劲。在交流中，很多诗人和读者都赞同我这个观点。

**从意境入手提高诗词创作水平**

诗词特别讲究意境。有无意境，成为诗词是否精彩的重要标准；不同的意境，会给人不同的感受。好的意境，让你赞不绝口，让你爱不释手，让你陶醉其中。如果没有意境，诗词题材选得很好，用词也有时代性，表现手法上也作了一番变化，但没有营造出一个良好的意境来，诗词也就索然无味。

最近中国传媒大学校长在毕业典礼上带着学生朗诵了一首苏东坡的《定风波》，这事在网上火了，苏东坡的这首诗也火了。苏东坡被贬黄州，一次野外归来遇雨，又无雨具。他挂竹杖着草鞋，在别人看来甚为狼狈。可是他不这么看，把这件事写成了一首《定风波》："莫听穿林打叶声，何妨吟啸且徐行。竹杖芒鞋轻胜马，谁怕？一蓑烟雨任平生。　　料峭春风吹酒醒，微冷，山头斜照却相迎。回首向来萧瑟处，归去，也无风雨也无晴。"整首词幽默诙谐、乐观豁达，写出了在困难、逆境面前的积极态度，写出了面对坎坷人生和仕途的坦荡胸襟，显得意境高远，潇洒自如。

苏东坡的案例给我们树立了鲜明的榜样。我们在选好题材之后，就要在创作出什么样的诗词意境上下功夫、动脑子。

上面所说的四点，都在于构思。构思，是作者对诗词在内容、形式、手法等各个方面的思维活动。要提高诗词创作水平，关键在构思。

## 提高诗词创作水平的路径

题材定了，用词也知道推敲了，知道使用不同表现手法了，知道要着力创造意境了，那么，怎么才能达到提高诗词创作水平的愿望呢？这里有个办法或路径问题。

### 反复打磨

我觉得第一重要的是反复打磨。一定要反复打磨！人们早就认识到文章是改出来的，而诗词呢，是雕琢出来的，是一字一字地琢磨出来的。换一个字，诗味就有变化，甚至是质的变化。我为了治腰痛坚持游泳，写了一首绝句《泳池》，尾句先是"多姿竞咏葆青春"，总觉得俗就放下了，很久以后突然冒出一个"秀"字，男女老少"济济一堂"，是在"多姿竞咏秀青春"啊！感觉诗味立马就起了一点变化。

所以，诗稿初成，不要急于出手，把它放一放，过若干天再来看看，可能会发现原来的不足，就有了修改的思路。如果让它沉淀沉淀，摆上一两年之后再来看，可能又会从旧作中看到新的问题。所以我们写诗的过程中，在创作上需要时间和空间的双重积淀。遇有必须短期交稿的应酬之作，没有多少时间沉淀，但放一天基本上还是可以的，我们就把它放一放，捂一捂，然后再琢磨琢磨，绝对是有好处的。当然，一些快手出口成诗，未必需要这样，但绝大多数好诗是经过反复修改的。

### 相互切磋

诗人之间，结交一二挚友，把作品相互发一发，真心实意地征求意见，有时给你改一两个字，诗味诗意就会不一样。一位著名诗人祝贺中华诗词学会"五代会"召开的五律，写成之后，发给多位同仁，请大家提意见。最后他对这些意见认真地作了回复，讲了采纳和不采纳的理由，写得清清楚楚。他写诗很有名，功底也很厚，还这样征求意见，追求诗的完美，很值得我们学习。

这就启发我们，无论何人都要放下架子，甘当小学生。毛主席写诗，就有请郭沫若、胡乔木、臧克家等人提意见的故事。其实，请别人帮你改诗，不低架子，反倒体现出一种胸襟、一种境界。2008年，中组部在国家行政学院举办省部级领导干部英语强化班，一位部长作为上一届学员来介绍学习经验，他说，我们这么大年纪学英语就是要有"不要脸"的态度，逢人就用英语说话，不要怕说不好，不开口怎么能把英语学好呢？这句话让我们这届学员特别受益。我们写诗同样需要放下架子，虚心求教，相互帮助。当年孔老夫子说"三人行必有我师"，一个圣人尚且如此，更何况我们这些凡人呢！

我任中华诗词学会会长之后，讲话有时事先写了稿子，有时讲了之后根据录音整理，凡是我感到没有把握的，发表之前会请诗词界几个同志看一看，看有什么不妥。因为我入诗词界的时间短，不了解的事情很多，讲得不准确甚至讲错了，就不合适。请同志们把把关，就会少出笑话、不说错话。

**鉴别比较**

鉴别比较，就是同样题材的诗，比如送别诗、咏物诗、山水诗，看看当代著名诗人是怎么写的，古诗是怎么写的，从中寻找差距、寻找灵感。我们学书法，临摹是不二法门。临摹这个关过不去，书法不可能写好。王铎是明代著名书法家，他是半天临摹半天创作，临摹就是临摹经典书法作品。这样一个书法大家还坚持临摹，值得我们效仿。我们学诗词也有"熟读唐诗三百首，不会吟诗也会吟"的说法，"熟读"然后下笔，会受到很多启发，也会有修改的思路。

这个方法，我就用过。我有一本书叫《诗咏运河》，是用诗词描写隋唐大运河、京杭大运河、浙东运河沿岸的36个城市、58个世界遗产点，还有6条世界运河。我认真研习过古人是怎么写诗怀古的，比如读李白的《登金陵凤凰台》。通过鉴别比较有助于我们提高诗词创作水平。

当然，提高诗词创作水平的路径较多，大家可能各有高招，我就讲这三条。

# 提高诗词创作水平的根本

提高诗词创作水平的根本在于提高自身素质。怎么提高？至少可以从以下三个方面入手。

## 多读诗词经典

古人作品，一直传承到今天，经久不衰，就成了经典。经典具有权威性和典范性，多读经典是我们一个永久的基本功。古人留下了大量经典诗词值得我们反复品味，从中汲取灵感。我想问问大家有没有做到每天读经典，可能很多人都做不到。我们要把读经典作为打牢诗词创作基本功的必修课，每天都能读几首诗词经典，反复咀嚼，从中体悟，从题材、用词、手法到意境来学习领会。这应该养成习惯，坚持下去，久久为功，必有收获。

## 提高文化修养

要想提高诗词创作水平，仅仅停留在诗词的范围内是难以奏效的。它需要我们多方面的文化素质，哲学的、历史学的、社会学的、民族学的、语言学的、修辞学的、美学的、心理学的，等等。从事诗词创作，哲学社会科学或者人文社会科学的书我们读多少本都不多余，可以充实我们的知识储备，学习多种思维方式和多种研究方法。所以诗人要多读书，多读经典书。我反复告诫我的博士研究生少看文章多读书，看文章给我们的知识是鸡零狗碎，不成系统，只有一本一本地读书，才能够有系统的知识积累。有人告诉我，一些人除了写诗，连个应用文都写不好，更不要说去写理论方面的文章了。我认为这个课需要补。

**深入实际生活**

我们天天都在生活当中,还要深入生活吗?真的需要。今年"五一劳动节"写劳动者的诗,就被人找出了一些违背生活常识的诗句,批评作者脱离生活,比如说环卫工人不怕"雨雪风霜""惊雷闪电"在清扫,实际生活有这种情况吗?比如把快递小哥起早贪黑送货写成是"甘于奉献"的"高大上",这合乎事实吗?听听这些批评是有好处的。写生活就要熟悉生活,写普通百姓就要深入他们之中,了解他们的生活和工作是什么、为什么、怎么样,这样写出来的诗就会更加靠谱、更加贴切。

最后,我要说明,讲如何提高诗词创作水平这个话题,需要专家、需要高手来讲。我这里只是结合自己学写诗词的体会为大家提供一些参考线索,供大家探究和拓展,更多的是出于希望。祝大家在诗词创作上有新水平和新成就。

# 增强诗词活动的计划性经常性有效性*

第一次来广东中华诗词学会，大家的介绍让我进一步了解到：广东诗词文化底蕴深厚，广东诗人们为中华诗词学会的创建作出了很大贡献，广东有全国最早创办的诗词报刊，即1981年创办的《当代诗词》杂志、1984年创办的《诗词》报。广东的诗词创作非常活跃，《当代诗词》杂志坚持宁缺毋滥原则，以"法眼、公心、铁面"为宗旨选稿用稿。许多同志在任的时候业余学习诗词，退休后把诗词当事业，为广东诗词繁荣发展而勤奋工作。

诗词学会就是要保持活动，人们常说"有为才能有位"，没有"为"，就是把学会变成政府机关也没有地位。关键在"有为"，而"有为"的抓手或者载体，就是活动。学会的生命就在于活动。今天我就诗词活动谈一点想法，供你们参考。

---

\* 本文是作者2022年7月17日在广东中华诗词学会调研时的讲话，广东中华诗词学会办公室根据录音整理。

## 活动是诗词组织履行职责的载体

诗词组织是社会组织，更准确的说法是社会团体。国家把社会组织分为三类，第一类是社会团体，第二类是基金会，第三类是社会服务机构。看一个社会团体是不是存在，拿什么标准来衡量呢？就看你有没有搞活动。就像企业存在不存在，看你是不是经营；银行是不是存在，看你是不是营业；学校是不是存在，看你是不是教学。所以经营、营业、教学就成了企业、银行、学校存在的标志。同样道理，诗词学会存在不存在，就看你是不是开展活动。从这个意义上来说，活动是诗词组织的生命；如果不开展活动，诗词组织就是一具"僵尸"。开展的活动多，就说明生命力旺盛；开展的活动少，就像老年人一样，出门少了，行动不便，表明生命活力减弱了。所以，活动对于诗词组织非常重要，我们一定要开展活动。

我们说活动是诗词组织存在的标志，但开展活动不仅仅是为了秀存在。从更重要的意义上讲，活动及其活动的质量，是衡量一个诗词组织是不是优秀的标准。开展诗词活动，根本目的是繁荣发展诗词事业，这是诗词组织的职责和使命，我们要从这个高度来认识活动的价值和意义。繁荣一个地方的诗词事业靠谁？当然要靠宣传部门、文化部门，如宣传部、文联、作协，对我们诗词组织来说，它们是领导部门。但是我们作为推动诗词繁荣发展的专业性组织，负有重要责任。就像发展书法事业，要靠各级书协做具体工作；发展美术事业，要靠各级美协做具体工作一样。如果书协、美协无所作为，那么这个地方书法、美术事业就会处于一种自发自流的状态。同样道理，我们奋力呼吁党委政府特别是宣传文化部门应该负起诗词文化建设的重任，但具体工作一定是靠我们诗词组织来推动，因为他们的工作千头万绪，而具体的专业工作就看我们诗词组织。如果我们诗词组织不作为，一个地方的诗词创作以及其他诗词工作就只能处在自发自流的状态了。

因此，诗词组织是不是开展活动，直接关系到诗词的发展和繁荣，直接关系到诗词的社会作用和社会价值是不是得到发挥，直接关系到一个地方的文化建设是不是周全，甚至也关系到一个地方的群众文化生活是不是丰富多彩，关系到后代成长的诗词文化环境、文化氛围是不是浓厚。所以，我们承载的责任重于泰山，我们肩上压着千斤重担。

## 诗词活动要增强计划性

要想把活动作为存在标志、作为责任使命好好地开展起来，就要有计划性，没有计划，就胸中无数，不知道这一年要开展什么样的活动、开展多少次活动，处于一种盲目状态。没有计划性，就容易产生随意性。想到要开个会就开会，想到要搞个活动就搞活动，"七一"要到了，或国庆节要到了，才想起要搞个诗词创作朗诵演唱活动。这种情况，就是全凭心血来潮，没有计划性。没有计划的活动，往往是仓促上阵，没有时间作好充分准备，难以保证质量。

所以，诗词活动一定要增强计划性。我们党治国理政的一种重要方式，就是用计划指导我国的经济社会发展。新中国成立不久就开始制定五年计划，1953年发布执行，延续到现在，五年计划变成五年规划，对我国经济社会发展发挥了巨大作用。2020年11月中华诗词学会"五代会"换届之后，正好中共中央关于制定第十四个五年规划的指导意见发表，我们碰上了好时候，于是立即着手，前后用了8个月的时间，制定了《"十四五"时期中华诗词发展规划》，这个你们都看到了，这是中华诗词学会的独到之处。有人问一个社团组织搞全国性的诗词发展规划，能起什么作用呢？至少可以发挥两大作用，一个是指导性作用，各省市区诗词组织都是我们的单位会员，它们又有各自的单位会员，这个规划可以对各地诗词组织开展诗词工作发挥指导作用。第二个是参考性作用，给宣传文化部门、诗词教学研究部门提供参考。我们的规划不具备指令性，但它可以使我们做到心中有数，不至于盲目；做到早有计划，不至于随意。

规划发表以后，我在学会会长会议上说，有两句话我们一定要常讲，一个是"两讲两树"，即讲政治、讲团结，树正气、树形象，以"两讲两树"开创中华诗词学会工作新局面；另一个是《"十四五"时期中华诗词发展规划》，我们的一切活动都要围绕规划去展开，推动各有关方面，激发各方面力量去落实规划。

我用这个例子是想说明，要想把活动开展好，一定要有活动的计划，避免盲目性，避免随意性。我希望你们、希望各地诗词组织，进一步加强活动的计划性，每年年底或年初，都要花一定的时间和精力，制定年度活动计划。

## 保持诗词活动的经常性

工作要有计划性，但是一年计划搞多少次活动呢？这就讲到诗词活动的量。搞一次活动是计划，搞两次活动是计划，搞三次活动也是计划。在我看来，要想发挥诗词学会的职能作用，完成我们的使命和任务，诗词活动要经常化、常态化。我们说一个诗词组织优秀不优秀，这是一个质的分析、质的评价。毛泽东主席说过："任何质量都表现为一定的数量，没有数量也就没有质量。我们有许多同志至今不懂得注意事物的数量方面。"所以，在我看来，诗词活动一定要有一定的数量；没有一定的数量，撑不起我们承担的责任和使命，也很难说我们是个优秀的诗词组织。

我借用老百姓的一句话来说，"大活动月月有，小活动三六九"。意思是一年开展12次大活动，十天半个月搞一次小活动。当然这是个通俗的话，并不是说我们都要搞这么频繁的活动。但有一点是肯定的：活动要经常化、常态化。

那么，怎样开展经常化、常态化的诗词活动呢？

第一要强化活动责任。我们不是有多位副会长嘛，每个副会长负责一样活动。有的负责创作活动，有的负责诗教活动，有的负责评论活动，有的负责学习活动，有的负责联谊活动……会长放手让大家策划活动，汇总起来由会长班子讨论决定，形成年度活动计划，分头负责实施。

第二要增加活动主体。我上任以后，感到仅靠中华诗词学会机关人员，很难把全国的诗词工作推动起来。怎么办？这就要千方百计调动千军万马，激发千家万户，投身诗词事业。"千军万马"指的是个人，上一届学会领导班子制定的会员条件或标准，我们不必提高，为的是让越来越多的人成为会员，加入诗词组织，扩大诗词队伍。有的地方入会标准就比我们的高，不必统一。学会也好，个人也好，不要把加入哪一个诗词组织看作是一种级别。中华诗词学会的会员，诗词水平未必有省学会会员的水平高；加入省诗词学会的，诗词水平不一定比中华诗词学会会员低。成为一个诗词组织的会员，只是一个组织归宿而已，不涉及等级。从事诗词创作的人越来越多，但绝大多数是业余爱好，入会门槛低一些有利于培养大家的兴趣，激发更多的人来投身创作。"千家万户"指的是诗词组织之外的单位，中华诗词学会的每一个专业委员会都依托一个有条件的单位。比如，女子诗词工作委员会依托中国出版集团，残疾人诗词工作委员会依托中国残联,高校诗词工作委员会依托清华大学,青年诗词工作委员会依托中国地质大学,书画界诗词工作委员会依托央视书画频道……每一个专业委员会的筹备活动,都由主任和依托单位提供人财物,每一个专业委员会的成立仪式,都成了诗词朗诵、演唱、舞蹈的演出活动,搞得有声有色。每个专业委员会都申请了微信公众号,成为诗词"微刊"。他们都在策划诗词活动,落实意识形态责任制,我们大力支持鼓励他们开展工作。过去一年多,中华诗词学会工作十分活跃,这是增加活动主体的结果。

第三要联合开展活动。这是指与有实力、有需求的机关、单位、企业和其他社团联合开展诗词活动。山东省诗词学会与越来越多的市县联合开展诗词活动,使诗词工作风生水起,他们的做法值得各地学习借鉴。你们广东也有和茅台集团联合开展诗词活动的成功经验,深圳有与市教育部门联合开展诗教工作的好做法,许多地方都有借助其他组织的力量发展诗词事业的成功实践,这里我就不细说了。

只要负起责任,开动脑筋,还会有其他思路。总之,只要我们强化活动责任,增加活动主体,联合其他组织开展诗词活动,诗词活动就会逐步增多。

## 诗词活动要强化有效性

有效性讲的是诗词活动的社会效益。我们开展诗词活动不仅仅是为了秀存在,那叫为活动而活动,我们要避免诗词活动的形式主义、表面文章。为了使诗词活动有效,我们要注意以下几点。

第一要有针对性。我们要针对某个需要或某个问题来开展诗词活动,这可以叫作需求导向和问题导向。比如说,新词入诗,大家认识不太统一，那我们开开研讨会，大家各抒己见，能统一就统一，不统一也不强求，但要研究讨论。再比如，怎么开展诗词评论，把诗词评论搞活，评出效果，推动诗词欣赏和诗词创作，我们开开研讨会。诗词评论并不一定都是唱赞歌，要有批评，但批评如何把握分寸，让人好接受，通过研讨，端正态度，找到方法。又比如，你们在诗教工作中，发现不少语文教师不懂平仄，不懂古诗，那我们跟学校或教育部门商量，推动他们安排教师培训。这样开展诗词活动，就叫有针对性。

第二要有目的性。开展任何一次诗词活动，都要明确目的何在，达到什么目标，要非常明确，然后以目标倒推措施。比如说，办诗词初级培训班的目的是学习如何写绝句，目标是培训结束时每个人都能熟练地根据格律要求写出绝句。我们就按这个目标，谋划聘请什么老师、采取怎样的教学方法、怎么训练，以保证一周能写出来。

第三要追求实效性。我们采取的一切措施，最后都是为了有效果，我有一本书的书名叫《效果是硬道理》，有一篇文章叫《领导干部要树立效果导向思维》。效果就是看通过诗词活动，绝句是不是会写了，观念是不是改变了，诗词普及程度如何？……投入人力物力再多，没有效果，活动也是白搞。

总之，我们开展活动，不仅仅是为了秀存在，更主要的是推动诗词的繁荣发展。因此，诗词活动要有一定的量，达到一定的质，产生一定的效果。

广东中华诗词学会这些年开展了各种各样的活动，也取得了很多成果。希望你们在此基础上搞得更好。广东是改革开放和现代化建设的排头兵，希望你们振奋精神，更有作为，使广东诗词事业发展得更好。

# 大力培养诗词青年*

各位诗友、书友：

我第一次来泸州，今天是第三天，晚上就要飞北京。市政协张立新副主席一直陪同我考察学习，他恰好兼任市诗书画院院长，一路给我介绍了不少泸州诗词和书法工作情况。刚才又听了市诗协、书协领导的介绍，综合起来给我留下这样的印象：一是诗词组织健全，市及区县都有，活动常态化；二是诗词和书法两界合作密切，不像有的地方书法界不愿抄写当代人诗词，但自己又不写，只写古诗词；三是市委、市政府、市政协重视，给办公场地、固定经费，专项活动可以另外申请项目经费，这是我所到之处少数几个没有经费困难的诗词组织。重大诗词活动由市委宣传部挂帅、市领导出席；诗书画院是政协的内设机构，这么优美的办公和展览环境，市级少有。特别是你们从1992年起在大中小学生中举行传统诗词创作大赛，连续办了30年。叙永县肖飞老师在偏僻的山乡学校带起了全县的诗词学习风尚，可惜前几天不幸去世，年仅51岁，令人扼腕。这两件事你们写好材料，中华诗词学会官网宣传推介一下。

---

\* 本文是作者2022年7月24日在四川泸州诗词和书法界座谈会上的讲话。

下面我想讲讲要重视培养诗词青年问题。

## 年轻人偏少是诗词队伍的短板

退休人居多，青年人偏少，这是全国诗词队伍的普遍风景。我用"退休人"而不是"老年人"，是因为男60岁、女55岁现在确实不能算"老"，无论是诗词工作还是诗词创作，他们现在都是领军和骨干人物。诗词队伍青年人偏少这种状况可以从两个方面来看：

### 从会员构成看

我作了一个简单的调研，这项调研得到了相关学会领导的支持，在此表示感谢。

河北省诗词协会的会员构成是：45岁以下的会员407人，占会员总数的12%。60岁以上70岁以下的会员898人，占会员总数的27%。

山东诗词学会会员一共1588人，其中45岁（含）以下105人，占7%；46~59岁548人，占34%，60岁（含）以上935人，占59%。

浙江省诗词学会会员，45岁以下30%左右，60岁以上60%左右，这是估计的大概数字。近年来一直在强调发展年轻会员，今年在中小学学生中开启发展少年会员的工作。

深圳市诗词学会现有会员共720人，其中60岁以上228人，占32%；45岁以下282人，占39%。

扬州市诗词协会会员，60岁以上的大约占65%；60以下占35%，其中45岁以下不到10%。这也是估计数字。

中华诗词学会会员注册编号4万多，现在保持联系的会员约

30000 人，其中 45 岁以下、1977 年以后出生的有 2976 人，占 9.9%；60 岁以上、1962 年以前出生的有 26808 人，占 89.3%。

这些数字是个大概数，虽不那么精确，但可以表明，在会员群体中年轻人偏少是比较普遍的，中华诗词学会会员年轻人尤其偏少。

**从学会领导班子看**

湖北省中华诗词学会领导班子总人数 15 人，其中 60 岁以上 8 人，60 岁以下 7 人（包括 45 岁以下 1 人）。内蒙古自治区诗词学会领导班子成员共 35 人，其中，60 岁以上 27 人，60 岁以下 8 人，没有 45 岁以下的。贾学义会长特地作了说明：内蒙古自治区诗词学会班子年龄老化的原因主要是没有换届，根据目前换届候选人情况，换届后也全部是 60 岁以上者，其中最大的 69 岁。

这两个方面的情况告诉我们，培养诗词青年，发展年轻会员，要作为今后工作的重点之一。

## 诗词繁荣发展需要更多年轻人发力

我们诗词组织的任务和使命，是推动中华诗词事业的繁荣发展。从一般规律来看，年轻人参与度越高，事业的发展就越有希望。

我们先看中共一大代表。出席党的一大代表共 13 人，平均年龄是 28 岁，其中，年龄最小的是 19 岁的北京代表刘仁静；年龄最大的是 45 岁的湖南代表何叔衡。顺便说一句，1848 年《共产党宣言》发表时，作者马克思才 30 岁，恩格斯 28 岁。

再看"两弹一星"的元勋们。1960 年 11 月 5 日，中国仿制的第一枚导弹发射成功，1964 年 10 月 16 日第一颗原子弹爆炸成功，使中国成为第五个拥有原子弹的国家；1967 年 6 月 17 日第一颗氢弹空爆试验成功；1970年4月24日第一颗人造卫星发射成功，使中国成为第五个发射人造卫星的国家。中国的"两弹一星"是二十世纪下半叶中华民族创造的辉煌成就。1956年国家决定研制"两弹一星"，我用这个时间节点统一来计算功勋们那时的年龄（**没有细查他们参加研制的具体时间**），都在40～49岁。例如，王淦昌49岁，核物理学家；赵九章49岁，地球物理学家和气象学家；郭永怀45岁，空气动力学家；钱学森45岁，被誉为"中国导弹之父""中国火箭之父"；陈芳允40岁，无线电电子学家；黄纬禄40岁，自动控制和导弹技术专家。

从文艺界来看，年轻人更富于创作活力。有人统计，幻想文学作家从40岁开始步入巅峰期。例外的是，有几位作者分别在24～33岁，要么写出了国内最好的科幻小说，要么写出了本人职业生涯最好的作品之一。这是我从网上看到的，没有核实。

从诗词创作来看，著名诗人都是从青年时代甚至更早的时间段发力的。毛泽东1925年写出《沁园春·长沙》，时年32岁；1935年发表《长征》时是42岁。杜甫（712—770），活了58岁，留有约1500首诗。有人统计出我国古代十大英年早逝的著名诗人，第一位是西汉贾谊，去世时年仅32岁；第四位是初唐四杰之一的王勃，去世时年仅27岁；第五位是唐朝诗人李贺，去世时年仅27岁。第六位是李煜，史称南唐后主，去世时42岁；第十位是清初著名词人纳兰性德，去世时年仅31岁。

纵观改革开放以来中华诗词复苏、发展和繁荣的过程，历年来60岁以上的同志都发挥了极其重要的作用，至今仍然发挥着领军和骨干作用。各级诗词组织几乎都是在他们的努力下推动创立和发展起来的。没有他们，中华诗词不可能有今天这样喜人的局面。我说要大力培养诗词青年，是想说明，如果有更多年轻人加入诗词队伍，中华诗词事业不是更有活力、发展前景不是更加美好吗？

## 加快诗词队伍年轻化进程

我们要加快诗词队伍年轻化的进程。年轻化，就是逐步提高年轻人在诗词队伍中的比重。为此，我们可以从以下几个方面做起。

一是提高思想认识。青年是中华诗词的未来；中华诗词的明天在青年。因此，要逐步实现青年成为中华诗词创作的主力军。我在邯郸市调研时了解到，邯郸市诗词主要创作队伍的状况是：20岁以下占10%，20～30岁占20%，30～50岁占40%。邯郸的事实说明，只要重视，我们的想法是能够实现的。我们一定要提高思想认识，把加快培养诗词青年作为学会今后工作的重中之重。

二是采取有效措施。例如，加强诗教工作，尤其要在年轻人集中的地方和组织中开展。学校、企业、共青团……是我们应该着力的地方。

拿学校来说，中小学语文教材里诗词的比重大大增加，诗教成为师生的必修课，这就形成了在中小学学生中开展诗教的浓厚氛围。在深圳市教育局的支持下，中小学诗教工作如火如荼。山东潍坊市潍城区中小学诗词教育开展得卓有成效，从教师到学生都在学写诗词。泸州市从1992年起在大中小学生中举行中华诗词创作大赛，连续办了30年，有的处级领导干部到现在还记得读小学时参加大赛的情景。山西运城市诗词学会成立园丁诗词分会，在市教育局支持下，13个县市主席团成员共200余人，会员将会达到5000多人。江苏淮安市淮安区等地区和单位开展诗教，都有不俗的表现。贵州赤水市新店小学有中华诗词学会会员2人，省诗联学会会员4人，遵义市诗联学会会员8人，赤水市诗联学会会员21人，连三年级的小学生都写得有模有样。

再如，举办青年诗词培训班。中华诗词学会从2002年起举办"青春诗会"，每届报名人数都有三四百人，最终选出10~20人，参加"青春诗会"为期一年的培训学习，采用导师制。19届青春诗会迄今共培养青春学子216人，中华诗词学会副会长高昌、林峰都是一、二期学员。据我所知，有些省份也有类似的培训活动。

又如，举办青年诗词征文活动。刚开始不久的由中华诗词学会、中共深圳市委宣传部、深圳市文学艺术界联合会共同主办的寰球华人"中国梦·深圳杯"第四届诗词大赛专门开设了学生组的诗词评比。中华诗词学会和中华诗词研究院、湖北省学生联合会、华中师范大学已经联合举办了多届"聂绀弩杯"大学生中华诗词邀请赛。中华诗词学会和上海大学每年举办大学生诗词吟诵大赛。中国地质大学连续6年举办全国高校"爱江山杯"中华通韵诗词创作大赛，第六届大赛今年已经启动，还有很多地方举办的如"青莲杯"首届青年诗词楹联大赛，巴中市第四届青少年诗词大赛等等，这些大赛的举办激发了青少年诗词创作的热情，提供了展示才华的舞台。

此外，在各级诗词学会名下成立青年诗词工作委员会，也是一个重要举措。

三是逐步改变学会领导班子年龄结构。要选拔一定数量的中青年诗人加入学会领导班子，有的地方已经这样做了。例如，河北省诗词学会副会长中50多岁1人，40多岁3人。邯郸市诗词楹联学会领导班子11人，没有60岁以上的，会长今年59岁已就任10年；副会长10人，50岁以上4人，50~45岁5人，45岁以下1人。副秘书长10人，其中七零后6人、八零后3人。

大力培养诗词青年，对中华诗词事业来说是一个重要的战略举措。所以，中华诗词学会牵头制定的《"十四五"时期中华诗词发展规划》把诗词人才建设工程作为九大工程之一。各地诗词组织都要高度重视，争取教育行政部门、共青团、学校等单位支持，作为工作重点去抓。一听到做得好的地方和学校，我都如品美酒，如饮甘霖，非常高兴，通过《中华诗词》《中华诗词学会通讯》、中华诗词学会网站、中华诗词学会微信公众号加以宣传推介。希望大家重视中华诗词学会的这几个媒体平台，特别是网站这个平台，容量大、推介及时，在诗词界内外影响逐步加大。还没有与中华诗词学会网站链接的各地学会网站，希望早日链接起来。

泸州市大力培养诗词青年，工作突出，成效显著。期望你们做得更好！

# 理事要在诗词工作中发挥更大作用*

各位理事：

2020年11月30日中华诗词学会"五代会"以来，正如各位理事所看到的，在历届领导班子打下的良好基础上，学会做了大量卓有成效的工作，出现了新气象，一是诗词学会工作有新气象，二是诗词事业发展有新气象。诗词学会工作的新气象，推动了诗词事业发展的新气象；诗词事业发展的新气象，又进一步带动了诗词学会工作的新气象。这两个新气象是在你们的大力支持下取得的。你们已经发挥了重要作用，希望你们发挥更大的作用。下面，我提四点希望和要求。

## 尽心尽责把所在学会工作做好

在理事中，不少人是担任各地各部门诗词学会领导职务的，要用"两讲两树"引领学会工作，"两讲两树"就是讲政治、讲团结，树正气、树形象。

---

\* 本文是作者2022年8月3日在中华诗词学会五届二次理事会上的讲话。

要认识和履行会长的使命。会长的使命就是发展诗词事业，建设风清气正的诗词组织。会长的职业就是开展诗词活动，要大力普及诗词、创作诗词、运用诗词、整理诗词、开展诗教工作；活动是学会的生命。

规范，是学会工作的保障。不规范，没法成为风清气正的诗词组织，也没法开展正常工作。

要大力建立健全诗词组织，壮大诗词队伍。东部一些省份，诗词组织建到了乡镇，一些乡镇还办了诗词刊物。

要建设诗词文化环境，例如诗词校园、诗词社区、诗词公园。近日，深圳市诗词学会准备和深圳荔枝公园合作，把荔枝公园建成中华诗词园。

担任专业委员会领导职务的理事，积极进取，使专业委员会工作有声有色。散曲、残疾人、演艺界、城镇、乡村等专业委员会的工作非常突出。

总之一句话，理事要发挥更大作用，首先要尽心尽责把所在诗词学会的工作做好。

## 雷厉风行把中华诗词学会工作配合好

配合好、执行好中华诗词学会各项工作安排，是每一个理事的义务。对中华诗词学会的会议精神、讲话要求、重要文件文章，要及时转发、传达、学习、落实。

《"十四五"时期中华诗词发展规划》（以下简称《规划》）提出了五大发展目标：（一）开创诗词工作服务国家大局的新境界；（二）创造诗词事业满足人民需求的新气象；（三）构建诗词创作紧贴时代发展的新局面；（四）营造风清气正的诗词创作发展新环境；（五）形

成诗词人才队伍新结构。规划了九大工程：第一项诗词精品创作工程，第二项诗词评论与研究工程，第三项诗教质量提升工程，第四项诗词人才队伍建设工程，第五项诗词出版与传播工程，第六项诗词组织建设工程，第七项诗词工作联动工程，第八项学会领导成员和会员学习提高工程，第九项诗词网站联动共享工程。《规划》颁布之后，我从微信上看到，许多诗词学会转发、组织学习，许多诗人自发写诗表达激动心情。河北、江苏两省诗词学会制定了各自的实施意见，我们感到十分高兴。

对中华诗词学会的工作，湖北省中华诗词学会多方面予以配合，山东诗词学会在培训方面做得很有特色，湖南省诗词学会筛选诗词精品，每年出版两本《诗国前沿》。浙江省大力建设四条诗词之路，规模之大、投入之巨，独树一帜。云南省承办的中华诗人节、内蒙古承办的散曲艺术节等活动都十分成功。

我在湖北省承办的中华诗词学术论坛发表《端正诗词价值观》后，引发热烈反响，河北郭羊城会长及时呼应，写了《端正诗词价值观 牢牢掌握诗词文化主动权》一文，很有见地。

中华诗词学会开展诗教活动，推动诗词"六进"工作，许多地方诗词学会紧密配合，取得了大量成果，"中华诗词六进"品牌的创建、维护和提升，成为很多诗词学会的重要工作。

中华诗词学会官网开通，信息网络部和技术团队付出了辛勤劳动，有关省市诗词学会大力配合，积极链接和使用。截至今天，中华诗词学会网站与省市县区级网站开通合计659家，其中省级学会网站31家，市级228家，县区级400家。网站不仅成为诗词宣传平台、学习平台，而且成了全国诗词工作联动平台。

我希望各位理事进一步配合中华诗词学会工作，在时效、范围和质量上下更大功夫。

## 率先垂范把诗词价值观端正好

诗词价值观是关于诗词价值的总看法和根本观点,是我们从事诗词活动的总指挥、总导演。诗词价值观不正确,诗词活动就会偏向。一切诗人都应当端正诗词价值观,理事要率先垂范,带头把诗词价值观端正好。

我们要树立什么样的诗词价值观呢?从政治站位上说,我们要树立"坚持与时代同步伐"的诗词价值观;从创作导向上说,我们要树立"坚持以人民为中心"的诗词价值观;从诗词题材上说,我们要树立"从当代中国的伟大创造中发现创作的主题、捕捉创新的灵感"的诗词价值观;从诗词质量上说,我们要树立创作优秀作品的诗词价值观;从创作态度上说,我们要树立"守正创新"的诗词价值观;从个人素养上说,我们要树立"讲品位,重艺德"的诗词价值观。

总之,诗词价值观是诗词文本价值、诗词社会价值和诗人个人价值相统一的价值观。

理事诗词价值观是否端正,会对整个诗词界的价值观的端正产生很大影响。

## 精雕细琢把诗词创作好

根据有关网站的大数据估算,全国约有300万诗词作者。假如每人每年写10首诗词,全年总共3000万首,除以365天,每天82000首;假如每人每年20首,每天164000首;假如每人每年30首,每天就是246000首。实际上,很多作者每年创作诗词数以百计。所以，全国每年产生的诗词是海量的。

基于这一情况，我们今天谋求中华诗词的繁荣发展，实在不需要在创作数量上下功夫了，重点在于质量，在于创作精品力作。与其在数量上四面出击，不如在质量上重点突破。

我们可以从题材、用词、手法、意境等方面入手提高诗词创作水平。所有以上四点，都在于构思。构思，是作者对诗词在内容、形式、手法等各个方面的思维活动。要提高诗词创作水平，关键在构思。

理事们要带头创作诗词精品，带头从"高原"向"高峰"挺进！

各位理事，在中国文联十一大、中国作协十大开幕式上，习近平总书记指出："文化兴则国家兴，文化强则民族强。"当代中国，江山壮丽，人民豪迈，前程远大。时代为我国文艺繁荣发展提供了前所未有的广阔舞台。推动社会主义文艺繁荣发展、建设社会主义文化强国，广大文艺工作者义不容辞、重任在肩、大有作为。希望各位理事不辜负总书记的希望和要求，尽心尽责把所在学会工作做好，雷厉风行把中华诗词学会工作配合好，率先垂范把诗词价值观端正好，精雕细琢把诗词创作好。

理事们已经发挥了重要作用，希望理事们发挥更大作用！

# 重视理性思维在诗词创作中的作用 *

诗词创作运用什么思维？回答通常是形象思维或意象思维，并且说这是写诗与写论文的不同之处，写论文用的是逻辑思维、抽象思维。但从我个人的创作体验来看，形象思维或意象思维固然是诗词创作的重要形态和表现手法，但理性思维在诗词创作中起主导作用。

这里的诗词当然是指格律诗，不是指自由诗。我主张把近体诗、旧体诗称作格律诗，因为近体诗、旧体诗的称谓容易让人产生"古""旧""老"的感觉，较新诗而言，"旧体"两字是带有贬义的，不利于传统文化的继承和弘扬。而今人所作诗词应该都属于当代文学范畴。这里的思维是指作者对诗词创作主题的理解、构思、判断和总结，即写什么、如何写、怎样达到预期效果等。

当我们游览一处名胜时，可能会被这个名胜激发出写诗的冲动，会有"情不自禁"的灵感喷发，也可能是理性地认为应该写首诗来记录眼前发生的这一经历，但作出写诗决定的这一瞬间它一定是理性的，这是写诗的第一步；第二步会接着寻找名胜的主要景物或外

---

\* 本文成稿于2022年8月10日，发表于2023年2月2日《诗刊》第1期。

部特征；琢磨"诗眼"，形成诗词所要表现的主题思想和艺术内涵。这是理性思维的表现；第三步考虑切入，即从哪里入手去写，一处名胜可以入手的特点很多，我们总是选择从最能烘托主题的特点入手，这种创作也要依赖理性思维；第四步选择用韵，这更是由理性思维来决定的；第五步是遣词造句，谋篇布局，考虑如何起承转合，进行综合构思和考量，在这里起作用的仍然是理性思维。

理性思维是一种在感性认识的基础上进行比较、分析、综合、取舍、抽象与概括的思维，这里我简单地把它等同于理论思维、逻辑思维、抽象思维，与它相对应的是感性思维。感性思维与理性思维是支撑思维的两大支柱，少了哪一个都不能形成科学的思维活动。所以，我这里是以不否定感性思维为前提的。

现以我的《汨罗江畔祭屈原》这首作品的创作过程为例。2020年12月我第一次到汨罗，决定写一首祭屈原的绝句。于是我开始构思，寻找屈原最有价值的艺术特质。楚辞和以身殉国的伟大精神无疑是屈原留给我们最珍贵的两大文化遗产。我通过"百度"搜索屈原的楚辞篇章，结合选韵，定下要让《离骚》入诗，并确定以"骚"为韵，把"离骚"摆在第二句；由此我推导需要采用七绝"仄起首句入韵式"来创作，而《天问》二字切合"仄起"的要求，可以摆在首句开头。于是，这首作品的起承转合四句就形成了：

天问条条势若飙，满怀悲愤赋离骚。
纵身一跃风雷起，涌动千年大爱潮。

可以说，这首绝句的整个构思写作过程，都是理性思维在起主导作用的，只是在考虑具体用词造句时，才会想到寻找诗词意象，借助形象思维来实现自我创作目的。

绝句尚且如此"理性"，律诗就更加"理性"了。三四句和五六句中间两联对仗，硬是"名词对名词""动词对动词""形容词"对

"形容词""数词对数词"这么"理性"地构造出来的。至于填词，理性思维的作用更加突出。作者根据词谱的平仄、字数、韵脚、对仗等要求遣词造句时，如果抛开理性思维，一个词句也形成不了，更不用说整首作品了。

可见，理性思维对于诗词创作极为重要。绝句、律诗的所有要求——字数、句数、押韵、平仄、对仗、避免"三平尾""三仄尾"以及意境的创造等等，都需要使用理性思维才能做到；就连选择诗词意象这种基本手法也是在理性思维的指导下自觉进行的。理性思维贯穿诗词创作的全过程。要写好诗词，必须培养严密的理性思维。

以上所说，只是我个人的诗词创作体验，不一定完全准确，但它阐述了我的基本创作观点，其中有一部分内容我想和大家应该会有相通的地方，其他诗人词家和自由诗的创作构思过程，除我上述提到的以外，肯定还有一些独特的新的思维方式，那又是另一番情景了，因为诗词创作千姿百态，不拘一格，条条道路都可以通罗马。

# 让学习伴随诗途始终*

各位学员、各位诗友：

中华诗词第五届高级研修班举行开班式，我特地从北京赶来参加。因为连续不断地举办高级研修班，是中华诗词学会的一项重要工作。

重要在何处？《"十四五"时期中华诗词发展规划》提出："发展诗词事业，关键在人。要大力发现人才、培养人才、使用人才，特别是要在青少年中大力培养诗词人才，逐步改善诗词人才队伍年龄构成偏高、诗词组织领导成员年龄偏大的状况。"《规划》把"形成诗词人才队伍新结构"作为要实现的五大目标之一，把"学会领导成员和会员学习提高工程"作为九大重点工程的第八项工程。毫无疑问，培养诗词人才，是发展中华诗词事业的一项战略举措，需要坚持不懈，久久为功；需要全国各级诗词组织联动，各显身手。

中华诗词学会积极探索诗词人才培养新途径，努力提高诗词人才队伍综合素质。我们每年举办两个函授班，已办到 20 期，春季

---

\* 本文是作者 2022 年 8 月 13 日在中华诗词第五届高级研修班开班式上的讲话。

函授班，每年元月至12月，秋季函授班，每年9月至次年8月；面授高级研修班，每年一期，每期培训一周，至今已是第五期；两年制十大导师班，2021年开始举办，报名踊跃，学员已经入学。《中华诗词》杂志旨在培养年轻诗人的"青春诗会"已经连续举办了19届。"中华诗词网络学院"正在紧锣密鼓地筹建，已经录制了第一批课程。因为全国会员人数多、地域分布广，线下培训难以满足需求，线上培训则可以解决这个问题。疫情反复无常，更显出线上培训的独特优势。今天，你们来到广西梧州参加线下学习，机会难得。对梧州的支持，我们要以认真的学习态度和良好的学习成绩来回报。

一个研修班能不能收到良好的效果，取决于教和学两个方面。从教的方面说，要选对授课教师，教师要有相应的诗词学术功底、创作能力和教学水平。从学的方面说，学员要有对诗词的爱好和追求，要有良好的学习态度和感悟能力。教和学这两个方面缺一不可。在教师和学员都选定的情况下，教师要认真地教，学员要努力地学。借此机会，我给学员们送一句话：让学习伴随诗途始终。

我这里讲的是"诗途"不是"仕途"。"仕途"指的是领导干部的从政之路，"诗途"是指诗人的诗词创作之路。让学习伴随诗途始终，是说诗词创作离不开学习；诗词创作之路多长，学习就要坚持多久；学习要与诗词创作共始终。

首先，诗词创作的起步阶段要靠学习。学习诗词格律，学习诗词构思，学习诗词语言，学习诗词意境，学习诗词技巧，等等。

学习就要严格，严格说的是对诗词的格律声韵规则要从严学习、严格遵守，不可马虎，不可随意。有一次一位领导干部发我一首习作，我说平仄不合绝句要求，他说那我就叫古风吧。我说不行，这一关总是要过的，必须按平仄规则严格修改。他听了我的话，一段时间下来，现在平仄已经运用自如了。这就是我所说的严格。

律绝创作可以用平水韵，也可以用中华通韵或中华新韵，中华诗词学会倡导用中华通韵。无论是用通韵还是新韵，学习律绝创作还是要熟悉平水韵。因为平水韵是古人在对历代律绝创作实践和历代韵书优缺点的对比总结基础上修编而成的一部韵书，是比较公认的一部成熟的韵书，成书之后受到广泛追捧和广泛应用。不学平水韵，就无以学习和理解那时之后的律诗和绝句。所以，平水韵是律绝的基础，是阅读古诗的工具和钥匙。不学平水韵，就少了这么一个基础，就少了这么一个工具和钥匙。但我们用平水韵创作的同志，也要热情支持和鼓励用中华通韵。因为今天字词读音发生了很大变化，中华通韵就是为适应这种变化而研制的。

学习就要大量学习唐诗宋词。因为唐诗宋词分别是我国诗和词的两座高峰。"熟读唐诗三百首，不会吟诗也会吟"这句话，是一个不知从什么年代就开始流行的谚语，清朝进士蘅塘退士（1711—1778），原名孙洙，在编选《唐诗三百首》时就有了。他在该书序言中写着："谚云：熟读唐诗三百首，不会吟诗也会吟。请以是编验之。"《唐诗三百首》于1763春开始选编，一年完成。可见这句话在260年前就已经是流行的谚语了。这句话的流行不是因为《唐诗三百首》，在这本书之前就已经是谚语了。蘅塘退士的序言告诉我们：第一，唐诗是古诗的典范；第二，学习写诗不可不读唐诗；第三，熟读唐诗是学习写诗的捷径。同样道理，学习写词就要熟读宋词。一句话，唐诗宋词是诗人的基本功、必修课。

如果说学习诗词的起步阶段靠学习，那么，诗词创作的提高阶段同样要靠学习。不学习，诗词创作无以入门，同样也无以提高。我们早就知道，提高工作业务水平要学习，提高思想境界要学习，同样提高诗词创作水平也要学习。

学什么？学习诗词创作技法，这种学习是一个无穷无尽的课题。

比如，学习捕捉题材，学习提炼主题，学习谋篇布局，学习遣词造句，学习创造意境，等等。从事诗词创作需要学习诗词创作理论。

但是提高诗词创作水平，远远不是靠创作技法上就能奏效的。因为诗词创作涉及作者的知识、阅历、胸襟、眼界、人品……不仅如此，诗词还与作者的观察能力、思维能力、想象能力、文字能力等等密切相关。都说诗词思维是形象思维和意象思维，实际上按我个人写诗体会，理性思维、逻辑思维在诗词创作中起主导作用。理性思维是一种在感性认识的基础上进行比较、取舍、分析、综合、抽象与概括的思维，理性思维对于诗词创作极为重要。绝句、律诗所有要求——字数、句数、押韵、平仄、对仗、力戒"三平尾"、避免"三仄尾"以及意境的创造，等等，唯有理性思维才能做到；就连创作诗词意象也是在理性思维的指导下自觉进行的。理性思维贯穿诗词创作的全过程。要写好诗词，就要培养严密的理性思维。

所有这些，人们喜欢用"素质"或"文化"二字来概括。因此，提高诗词创作水平，就要努力学习，提高文化素质。书法界也有类似的呼吁，写好书法，技法很重要，但不能仅仅沉醉于技法，只有在钻研技法的同时，着力提高文化素质，才能写出大气象、大格局。书法界的这一呼吁值得我们诗词界高度重视。要写好诗，就要努力提高综合文化素质。

所有诗人都要学习党的文艺理论和文艺思想，特别是要学习习近平总书记关于文艺工作和文艺创作的一系列重要论述，坚持文艺的"二为"方向，树立"以人民为中心"的创作导向，使我们的诗词作品合乎时代要求，受到人民喜爱，发挥诗词在文化强国建设中的应有作用。

在诗词创作的提高阶段，学习的重点是"补短板""强弱项"。"补短板""强弱项"是我们党抓发展的一个重要思路和重要方法。

随着中国特色社会主义进入新时代，我国社会主要矛盾已经转化为人民对美好生活的向往和发展不平衡不充分的矛盾，解决这个矛盾的思路和方法就是"补短板""强弱项"。短板补齐了，发展就平衡了；弱项变强了，发展就充分了。借鉴这个思路和方法，在诗词创作的提高阶段，我们的学习任务就是缺什么补什么，哪里弱我们就在哪里下功夫，把学习的重点放在"补短板""强弱项"上。

我们说让学习伴随诗途始终，不仅是指诗词创作的起步阶段要靠学习，诗词创作的提高阶段要靠学习，而且还指成了诗词名家还是要继续学习。学习是输入，停止学习就没有了外部输入，怎么还会有产出？学习是充电，停止学习就等于耗尽了电而不补充，怎么还会有能量？学习是增加营养，停止学习就等于断了营养，怎么还能成长？所以，真正的名家大家，学富五车，著作等身，仍然在孜孜不倦地学习！我们绝不能小有所成就骄傲自满、故步自封。最近看了一些毛主席的诗词故事，他已经是公认的诗词大家，他还说自己写诗不行，坚持学习，为我们树立了越是成就卓著越是虚心好学的榜样。

我听说，在座的有的学员一届接一届地参加我们研修班的学习，这个现象一方面说明这个班办得不错，产生了一定的吸引力，另一方面说明这些学员好学上进，永不满足。我为你们点赞。

各位学员、各位诗友，既然我们已经踏上了诗途，我们就要一走到底，就要让学习与诗途共始终！

学习，学习，再学习！提高，提高，再提高！让这两句话成为我们共同的座右铭！

# 两岸同根本一家 *

各位领导、各位诗友、各位台湾同胞：

海峡诗词文化论坛今天隆重举办，刚才聆听了大陆和台胞学者的发言交流，为获奖论文及诗词作者颁了奖。昨天晚上我浏览这次获奖的作品，水平很高，其中不乏能够打动人、感染人、鼓舞人的精品力作。尤其是海峡诗词文化论坛的作品，紧扣"两岸一家亲，共筑中国梦"的时代主题，用诗词这种经典艺术形式，抒发两岸同心、血脉相连的真挚情感，展现共谋发展、共同繁荣的美好愿景。这份浓浓的亲情，动人心弦，感人肺腑。

本次论坛活动经台办批准，由中华诗词学会、中华妈祖文化交流协会、全国台湾同胞投资企业联谊会和莆田学院主办，中华诗词学会海峡诗词研究院、湄洲岛国家级旅游度假区管委会、湄洲妈祖祖庙董事会、莆田市楹联学会承办，是一次很有意义的两岸民间文化交流活动。参加论坛的人员包括两岸有关诗词文化团体机构的学者、诗人以及中华诗词学会城镇工委举办的诗教班学员共400人左右。

---

\* 本文是作者2022年9月5日在海峡诗词文化论坛上的讲话。

这次论坛特色鲜明。一是两岸学者诗人共同参与。论坛提前半年举办两岸征文征诗活动。台胞学者诗人踊跃参与投稿，内容积极向上。在疫情阻扰下，两岸学者诗人热情不减。共收到论文60多篇，诗词作品近千首。驻闽台胞踊跃参加大会并上台深情朗诵，在台学者以视频形式线上参加论坛，现场气氛热烈。二是论坛与全国诗词大奖赛颁奖一并举行，展示中华诗词在全国的巨大影响力。"百城杯"全国诗词大奖赛由中华诗词学会城镇工作委员会承办，共有15个省市区，包括香港诗词学会参与指导，231个市县诗词组织联署协办，收到近6000首诗词作品。三是论坛现场举行盛大诗词吟诵活动。两岸艺术家联袂吟诵诗词名篇。借此机会，我谈三个问题。

第一，中华诗词要再创繁荣局面。中华诗词发展至今，正处在一个前所未有的伟大时代，这就是中国特色社会主义新时代。在这个新时代，我国已全面建成小康社会，正意气风发地行进在全面建设社会主义现代化国家新征程上。在建设文化强国过程中，诗词界作为文化战线的一支重要力量，应当而且能够有所作为。2020年底中华诗词学会换届之后，我提出了"千方百计"调动"千军万马"，激发"千家万户"投入诗词事业推动诗词繁荣的工作思路。2021年10月，中华诗词学会制定发布了《"十四五"时期中华诗词发展规划》，提出了"开创诗词工作服务国家大局的新境界；创造诗词事业满足人民需求的新气象；构建诗词创作紧贴时代发展的新局面；营造风清气正的诗词创作发展新环境；形成诗词人才队伍新结构"的工作目标。"五新目标"归结为一句话，就是要再创中华诗词的繁荣。目前来看，《规划》的引领作用是非常明显的，各级诗词组织、各地各界诗友积极投身中华诗词事业，形成了热情高涨、蓬勃发展的大好形势。莆田诗词工作的新局面就是一个缩影。我们依托莆田先后成立了中华诗词学会海峡诗词研究院和中华诗词学会城镇诗词工作委员会，这两个机构卓有成效的工作使得莆田成为中华诗词事业发展的一个新基地。

第二，中华诗词要书写时代篇章。诗词是中华优秀传统文化的瑰宝，一方面我们必须坚持传承，传承它经典的艺术手法和表现形式；另一方面我们还要勇于创新，赋予它具有时代特征的新内容新思想。我一直提倡"新词入诗"，让当代新生词语进入诗词，创新表达，并且形成当代诗词审美图式。只有这样才能更好地反映层出不穷的新生事物、丰富多彩的日常生活、高速发展的社会实践。另外我还提倡诗词界要"破圈"，就是突破诗人的小圈子，不仅表达自己，更要书写人民、服务社会，强化诗词的服务功能，为党和国家的发展全局凝心聚力，激发正能量。比如在庆祝中国共产党成立100周年之际，中华诗词学会发起了以歌颂中国共产党为主题的诗词创作活动并编辑出版了一部系统构思、集体创作的大型政治抒情诗词作品集《百年诗颂》。这是中华诗词界自觉运用诗词服务于党的重大庆典和重要活动的一次成功尝试，也标志着中华诗词界发挥和拓展诗词的服务功能进入了自觉时期。

第三，中华诗词要促进祖国统一大业。海峡两岸山水相连、血缘相亲、文脉相承、人心相通。中华诗词作为华夏儿女数千年来共同的精神家园和情感寄托，在海峡两岸都有着深厚的人文基础和传承基因，也是促进两岸文化交流、情感沟通的重要桥梁和纽带。文化认同是心灵契合的根基，两岸关系发展离不开两岸文化的交流。正是出于这样的考虑，2021年12月6日，我们在莆田学院挂牌成立了中华诗词学会海峡诗词研究院，以加强两岸诗词研究、创作和交流，促进两岸诗词共同繁荣，推进两岸融合发展。在推进祖国统一大业中，中华诗词可以不断加深两岸同胞的情感联系，持续增进两岸同胞的文化认同、民族认同和国家认同，为推进祖国统一发挥独特作用。

在此我献一首为本次论坛而填的词：《卜算子·海峡诗词文化论坛》："风扰海峡潮，顿起连天怨。两岸同根本一家，岂忍妖魔乱。文脉自炎黄，诗韵追秦汉。共振长歌在莆田，尽把阴霾散。"

祝论坛圆满成功！

# 把诗词当事业*

福建省诗词学会第一次联系我,是关于"诗词大闽江"大型创作活动,你们选取闽江两岸140多个风景名胜,组织诗人词家用诗词加以描绘歌颂。我一听就高兴。前两年出版发行的《诗咏运河》,就是我个人为中国大运河写的一本诗,借以拓展诗词创作题材、探索诗词作用,以诗词为语言进行宏大叙事。

刚才听了各个方面诗友代表的发言,你们都在为诗词的繁荣发展尽义务、作努力,你们做得很好。既然成立了诗词学会,每一位会长就要把诗词当事业。

把诗词当事业,是我就任中华诗词学会会长时,一位老领导对我提出的希望和要求。今天,我把这句话传递给你们,传递给全国各级诗词学会的会长们、诗社的社长们。

## 把诗词当事业的内涵

什么叫事业?古人说,"所营谓之事,事成谓之业",这就告

---

\* 本文是作者2022年10月10日在福建省诗词学会座谈时的讲话。

诉我们"事业"两个字有区别。我们所做的叫"事"，事做成了叫"业"，故有"成家立业"一说。

在我国语境中，"事业"的内涵远不止这一点。"事业"和不同的词相对应，就有不同的含义。一是"事业"和"企业"。事业单位和企业单位，这是单位性质的区分，事业单位都是体制内的，以往有过"民办事业单位"的提法，现在都叫"社会服务机构"了；二是"事业"和"产业"。文化事业是公益性的，目标是构建覆盖城乡的公共文化服务体系，满足人民群众基本文化需求，由政府主导。文化产业则是经营性的，市场主导、企业运作，目的是繁荣文化市场，满足多层次、多样化的文化需要。

在我们党的语言体系中，"事业"一词被注入了"伟大""崇高"的内涵，"事业"即"大业"，"事业"即"伟业"。如"党的事业""人民事业""为共产主义事业而奋斗""忠诚党的教育事业"，等等。

在这样的语境下和语言体系中来理解"把诗词当事业"，内涵就十分丰富了。一是文化属性意义上的事业，诗词和诗词工作本质上隶属于文化事业；繁荣发展诗词，就是繁荣发展文化事业。二是"伟大""崇高"意义上的事业。诗词作为文化事业的一部分，是党的事业、国家的事业、人民的事业。三是"责任""使命"意义上的事业。把诗词当事业，就是把诗词当作责任和使命去对待，去努力。

把诗词当事业，就比把诗词当作"爱好"、当作消遣，会产生更大的动力、更高的追求。

## 把诗词当事业的要求

现在，我们进一步思考，把诗词当事业，要求我们去做哪些事呢？现在各地做法越来越多，我这里只是举一些例子。

一是谋求历代诗词的发掘整理。各地或多或少都有一些古代先贤流传下来的诗词作品，但多数是散落的，需要搜集、注释、勘误、考证、编辑、出版等等。很多地方都做了这项工作，我手里就有江苏扬州、淮安，广东惠州的集子，都是大部头的，好几卷。海南在很多年前就发掘整理苏东坡、海瑞、丘浚等人的诗文。山东省诗词学会正在以县市为单位组织搜集整理工作，编辑《山东诗藏》。一些还没有做计划的地方，应该争取各方面支持，逐步做起来。

二是谋求诗词创作与提高。创作可以分层次：鼓励越来越多的人写诗词，这是对初学者。在座的一些同志从领导岗位退下来之后学写诗词，我看进步很快。写到一定程度的人，我们鼓励和帮助他们追求提高。对诗词名家，我们则希望他们出精品，从"高原"向"高峰"攀登。特别是，诗词创作要有新思路。闽清诗社组织诗人，走进闽清县271个村，为每个村写一首诗，汇成《诗情梅邑》一书，近日出版。这个创作题材多么有创意！

三是谋求诗教工作的开展与深化。闽后县诗词学会抓诗教，以诗词入校园为主，已经连续开展了4年，一年保持30节课，从学写对联起步，县教育局很支持。刚才有诗友发言说，他教小朋友的方法是先学写楹联，再学诗词、学书法。诗教是中华文化的一个传统，中华诗词学会倡导诗词"六进"，有的地方例如广西梧州结合本地实际提出"八进"。基层不少地方拥有诗教的积极性，省诗词学会要鼓励和支持。

四是谋求诗词队伍建设。诗词繁荣，人是根本。所以要做好发展会员工作。刚才有诗友讲，他有危机感：一是因为会员人数少，二是60岁以上会员占70%以上。有危机意识是好的。要高度重视在中青年诗词爱好者中发展会员，各级诗词学会领导班子要提高60岁以下人员比例,要有50岁以下代表。要加强队伍培训,包括政治培训和业务培训,加强思想道德建设。

总之,把诗词当事业,就要求我们多谋诗词之事,多立诗词之业。以上我仅举几例,大家可以接龙。湖北省中华诗词学会承担了好几项全国性的诗词活动,例如"中华诗词学术论坛""聂绀弩杯"年度诗坛人物发布、《当代诗词百家文库》等。云南承担了少数民族诗词牵头工作,重庆承担了诗词评论牵头工作,上海大学承担了现当代诗词研究的组织工作,福建莆田承担了两岸诗词文化交流的牵头工作……我希望有条件的省市都能承担诗词某一方面的工作。四面八方一起发力,诗词事业就会发展得好一点、快一点。河北省诗词协会的鲜明特点是对中华诗词学会的工作呼应和落实快。例如,8月20日,河北省诗词协会召开联席会议,对诗教工作、筹备召开《诗经》与当代诗词发展研讨会、诗词主题公园建设、推进河北诗词网站技术攻关等问题进行了讨论和安排。刚刚看到中华诗词学会科创诗词工委9月份工作通报,他们一个月就谋了好几项工作,如推进"中华科技颂"短视频大赛有关工作、组织诗词名家"军工摇篮官田行"采风活动,筹备年底召开科创诗词工委2022年年度工作会议等。

## 把诗词当事业的标志

一个人一旦把诗词当事业,就会在工作中表现出来,形成一些明显的标志。

### 激情

这是讲把诗词当事业的精神状态。毛泽东同志有一句名言:人是要有一点精神的。在 1992 年那篇著名的"南方讲话"中,邓小平同志指出:"没有一点闯的精神,没有一点'冒'的精神,没有一股气呀、劲呀,就走不出一条好路,走不出一条新路,就干不出新的事业。"习近平总书记格外重视精神的作用:"良好的精神状态,是做好一切工作的重要前提。"号召全党保持锐意创新的勇气、敢为人先的锐气、蓬勃向上的朝气。

人有了激情,就有了动力;没有激情,就失去了干事创业的内在动力。有激情就会有豪情,产生很多打算和目标;就会有热情——工作热情、服务热情等等。激情饱满到什么程度,工作的动力就大到什么程度;激情昂扬到什么程度,克服困难、实现目标的勇气就强大到什么程度。没有激情,就萎靡不振,工作也不可能有什么动力。

正因如此,我讲过一课:缺什么都不能缺精神。对一支队伍、一个班子来说,缺了精神,就没有了工作追求。

## 责任

把诗词当事业,就会感到会长就是责任。担任会长,不是爱位子,而是爱担子,即热爱自己承担的责任。所有会长,都要防止得了位子,忘了担子。会长的位子和担子是相当的,在什么位子就有什么担子。位子是担子的条件,担子是位子的任务。都要防止获了选票,慢了选民。会长要不辜负选民的期望,更不能做官当老爷;学会不能成为衙门。

把诗词当事业的会长,从坐上位子那一刻起,就以履行责任为追求,在履行职责的过程中,一步一步实现自己的价值,活出生命的意义。

## 思路

有责任感，就有激情，就有思路，思路决定出路；就会有诗词工作思路，比如发掘整理历代诗词的思路，诗词创作与提高的思路，诗教工作开展与深化的思路，诗词队伍建设的思路，筹措诗词工作经费的思路，等等。

所有思路，都要见之于活动。活动，是学会的生命。会长的职责就是策划、组织、协调各种活动，这个活动当然是诗词活动，比如诗词普及活动、创作活动、吟诵活动、雅集活动、采风活动、学习活动、交流活动、传播活动、培训活动、诗教活动、联谊活动……刚才阳光诗社的代表说，诗社成立9年来，每两周活动一次，一直如此，很值得学习。

诗词活动一定要增强计划性、经常性。2020年11月中华诗词学会"五代会"换届之后，正好中共中央关于制定第十四个五年规划的指导意见发表，我们赶上了好时候，于是立即着手，前后用了8个月时间，制定了《"十四五"时期中华诗词发展规划》。现在做的每一项工作，都是围绕落实《规划》而展开的。

## 成效

把诗词当事业，就要谋事，就要见之于活动。我这里强调，活动要追求效果；效果是硬道理。比如，活动多而且有实效，诗词队伍大而且中青年比例高，创作繁荣而且有水平，诗教工作忙且有成效，诗词文化成为环境的重要组成部分，领导班子个个认真负责而且风清气正，等等。时间关系，我不展开了。我们所做的一切工作，都要从实际出发，经得起实践的检验、历史的检验和人民的检验。

只要我们大家都把诗词当事业，就会形成一个巨大的合力，人身在东南西北，但焦点却是一个：推动中华诗词繁荣发展的车轮稳步向前！

这次来福州，时间匆忙，再找机会，沉下心来，好好向福建的同仁们学习，把你们的好做法、好成效、好经验学过来，传递给全国诗词界。

# 诗词学会要发挥组织、协调和服务作用＊

来上海诗词学会，第一感觉，就是上海市作协对你们的关心和支持，给办公室、给经费、派人才。2019年5月换届以来，在过去学会历届领导班子打下的坚实基础上，你们继续努力，抓创作、抓诗教、办刊物、抓队伍建设，取得了很好的成绩。听了你们的介绍和各位同仁的发言，让我增加了对上海诗词学会及工作的了解。

繁荣发展中华诗词事业，需要多方面协调努力，但诗词学会工作得如何极其重要。这里我就诗词学会如何发挥组织、协调和服务作用，谈一点思考和体会，供你们参考，也让我们共勉。

## 发挥组织作用

组织，在这里不是名词，而是作为动词使用的。组织，作为动词，是指把分散的人或事物结合在一起，使他们（它们）成为一个系统或一个整体，产生新的效能。例如，组织人力、组织竞赛、组织诗词朗诵会，等等。

---

＊ 本文是作者2022年10月11日在上海诗词学会座谈时的讲话。

诗词学会，作为诗词的专业社会组织，首要职责就是把分散的诗人词家、诗词爱好者、诗社等组织或组合在一起，成为一个系统，或成为一个整体，以更好地繁荣发展诗词事业。

就拿上海来说，诗人词家、诗词爱好者分散在党政机关、企事业单位、城乡社区、军营警局，诗词学会的作用，就是把他们组织成一支联动的力量。

成立诗词学会的初衷就是为了发挥其组织作用；成立诗词学会的初衷有没有实现，就看它有没有发挥组织作用。所谓组织作用，就是组织诗词活动的作用，即组织普及活动、创作活动、吟诵活动、雅集活动、采风活动、学习活动、交流活动、传播活动、培训活动、诗教活动、联谊活动……活动是诗词学会的生命。

对诗词学会组织作用的评价，有两组指标，一组是多和少，一组是高和低。多和少是量的指标，高和低是质的指标，是指诗词组织工作质量和水平的高和低。

显然，一个诗词学会发挥组织作用，次数太少了不行，应当具备一定的量；没有一定的量，就没有质。所以，我曾引用民间句式，说了这么一句话："小活动月月有，大活动三六九"，很多地方的诗词活动不止这个数。成立不久的中华诗词学会科技与文创诗词工作委员会，每月底都要把本月活动作一个回顾总结，并用微刊进行交流。更重要的是，每一次组织工作，都要求质，光有数量，没有质量，最终不能说组织作用发挥得好。

## 发挥协调作用

协调，作为状态，指和谐一致，配合得当。作为动词，协调是指让各有关方面和谐一致，配合得当的行为。

协调几乎是每一个有作为的组织所追求的一种状态、行使的一种职能和所发挥的一种作用。

协调发展是我们党对经济社会发展规律认识的深化和升华。毛泽东提出"十个指头弹钢琴"、《论十大关系》，邓小平提出"两手都要抓，两手都要硬"，都包含了协调发展的思想。习近平总书记把协调发展放在新发展理念的第二位，可见协调在发展中的分量之重。

同理，协调对于诗词学会也十分重要。诗词学会既要追求自我协调一致的状态，又要做好协调各方的工作，使诗词文化建设的各有关方面都行动起来。协调，分为内部协调和外部协调。在学会内部，要协调学会各项工作、协调各个部门、各个机关员工。在学会外部，要协调诗词学会与其他社会组织的关系，例如与书法家协会、美术家协会、楹联学会等等的关系。在社会各界之间，要协调机关单位、学校、企业、军旅、城乡社区等各方面的诗词工作，协调本地区所属各区市县的诗词工作。在上下级之间，要协调好诗词学会与主管部门之间的关系。特别是，协调好诗词工作与党和政府工作大局的关系，确保诗词工作服务大局、服务社会。你们还协调江苏、浙江两省诗词协会，联手开展诗词活动，就做得更好了。中华诗词学会成立少数民族、企业界、残疾人等诗词工作委员会，都是为了组织和协调。

总而言之，通过协调，实现"千方百计调动千军万马，激发千家万户，投身诗词事业"的工作思路，实现诗词工作大体平衡发展。

这就需要建立一个有效的协调机制。专业委员会实际上起的就是组织和协调作用。

## 发挥服务作用

服务是指履行职务，为他人做事，并使他人从中受益的活动。

这里有三层意思：第一，服务是职责所使；第二，服务是为他人做事；第三，服务要使他人受益。

诗词学会是诗词组织及诗词创作者、研究者、教育者自愿结成的学术性社会组织，具有服务的责任，应该发挥服务作用。诗词学会是属于公共服务性质的社会团体。

诗词学会的服务作用，具有内外两个维度。从内部维度来看，就是为会员服务；会员有个人会员和单位会员两部分，我们既要为个人会员服务，也要为单位会员服务。2020年11月中华诗词学会领导班子换届以来，把服务会员作为攻坚项目，抓住影响服务质效的关键环节，进行改革创新，使诗词爱好者"入会"、会刊寄送、诗教工作验收、诗词大赛评比等服务工作有了明显改善，并且还在继续改善。

从外部维度来看，诗词学会就是要服务大局、服务社会、服务人民。我曾有一篇文章《诗词的功能和诗人的社会责任》，论述了诗词具有表达、反映和服务三大功能。诗词的服务功能的发挥，离不开诗词学会的作为。长期以来，诗词服务功能停留在自发状态，这些年正越来越走向自觉。比如，在年初几个月的抗疫斗争中，上海诗词学会创作、编发了8期微刊，为抗疫鼓劲加油。现在又组织迎接党的二十大的诗词创作活动，做得很好！

一个社会组织，包括一个人，为他人做事，并使他人从中受益，这就是一种价值。有人说，当你服务他人的时候，人生不再是毫无意义的；有人说，最高的道德就是不断地为他人服务，为人类的爱而工作；有人说，谁为时代的伟大目标服务，并把自己的一生献给了为人类兄弟而进行的斗争，谁才是不朽的；有人说，服务就是我为人人，人人为我。这些说得都很有道理，很有境界，对于我们发挥好诗词学会的服务作用很有教育和鞭策意义。我们党的主张从

"为人民服务"到"以人民为中心",更是把服务讲出了新的高度。

我们诗词学会要竭诚做好各方面的服务工作。

## 提高能力

诗词学会要发挥组织、协调和服务作用,就要具备两个前提,一是组织、协调、服务意识,二是组织、协调、服务能力。我今天这个讲话的目的就在这里,期望上海和全国各级各类诗词组织,增强组织、协调、服务意识,提高组织、协调、服务能力。

这里重点谈能力。能力包括诗词学会的个人能力和系统能力(即整体能力)。首先,诗词学会的整体能力取决于个人能力,特别是会长们的个人能力。没有个人能力作为前提,学会就不可能有能力可言。

但学会的整体能力不是学会个人能力的简单相加,因此,整体能力可能大于个人能力之和,也可能小于个人能力之和,这就是系统论所讲的 1 + 2>3,或者 1 + 2<3。这取决于很多因素,例如,取决于学会机关的机构设置、职能配置、人员配备,如果机构重叠、职能交叉,相互扯皮,整体能力一定受损;取决于人际关系是否协调一致,如果不团结、闹别扭、钩心斗角、相互拆台、赏罚不公,必然削弱学会整体能力。所以,机构设置、人员素质和人际关系是发挥学会作用的几个关键问题,而最重要的是会长和会长们的素质和能力。

要增强组织、协调、服务意识,提高组织、协调、服务能力,就要加强学会机关的政治建设和能力建设。尽管诗词学会是社会团体,但学会是党领导下的社会团体,因此,党政机关的政治建设要求同样适用于学会政治建设。所以,中华诗词学会及其单位会员都要"两讲两树",即都要"讲政治、讲团结,树正气、树形象";都要清正廉洁,不能"以诗谋私",也不能"以私谋诗";都不能搞形式主义、官僚主义,等等。

最后,对上海市诗词学会提两点希望:希望加强与中华诗词学会的联系,包括网站之间的联通!希望在"诗词六进"方面有更多的作为!

讲得不当之处,请批评指正。

# 中华诗词要更广泛深入地融入数字化时代*

各位领导、各位嘉宾、各位诗友：

世界已经进入数字化时代。今天，我们举办"数字化时代中华诗词发展高峰论坛"，一是表明我们清醒地认识到中华诗词在科学技术层面所处的历史方位，二是要研究讨论中华诗词如何更广泛深入地融入数字化时代，使中华诗词这门古老的艺术借助数字技术焕发新的生机。因此，中华诗词学会和中国文化传媒集团联合主办这次论坛恰逢其时，很有意义。感谢中华诗词文创书店的精心准备，使我们能够在这样温馨雅致的会场里，运用现代化设备，举办这次线上线下相结合的论坛。

数字化时代是因数字技术的快速发展和广泛应用，从而改变了人们的生产方式和生活方式而得名的。数字技术，是把数字、文字、图像、语音、客观事物、虚拟现实等各种信息，进行数字化处理，用数字0和1来表示，通过计算机、互联网等手段，进行存储、传送、编辑、显示、应用等等。2022年11月9日，习近平总书记在

---

\* 本文是作者2022年11月25日在"数字化时代中华诗词发展高峰论坛"的致辞。

致 2022 年世界互联网大会乌镇峰会的贺信中指出:"当今时代,数字技术作为世界科技革命和产业变革的先导力量,日益融入经济社会发展各领域全过程,深刻改变着生产方式、生活方式和社会治理方式。"毫无疑问,数字技术也深刻改变着中华诗词的学习、创作、传播、教育、收集、储存、出版等各个方面。现在,摆在我们面前的课题是,如何让中华诗词更广泛深入地融入数字化时代。

更广泛,是说中华诗词要在更大范围内借助数字技术繁荣发展自己、服务社会。这里的范围,既指人群的涵盖范围,也指诗词的业务范围。比如,要有越来越多的人在诗词创作和诗词工作中使用数字工具,要让越来越多的诗词工作借助数字手段来开展,还要让数字化工具成为社会各界学习传播中华诗词的新途径、新方法、新常态。

更深入,是说中华诗词要在更深层次上借助数字技术繁荣发展自己、服务社会。这里的层次,既指诗词运用数字技术的实践要上层次,也指诗词数字技术的发展要上层次。比如,要运用数字化时代的便利条件又好又快地让中华诗词"破圈",走出诗词界,走向大众、走向社会,要根据繁荣发展中华诗词的实际需要去开发更实用简便的数字工具,等等。

当然,我这里所说的"更广泛"和"更深入"的区别是相对的,二者更多时候是相通的,他们是相辅相成的关系。数字工具运用得更广泛了,也就是更深入了。反之亦然。

我国稳定的诗词写作队伍约有 300 万人,每天都在产生海量的当代诗词作品,但可惜的是,这些作品大多是在诗词界的圈子里"转悠",未能走向大众、走向社会。我国网民已达 10.51 亿,占总人口的 74.4%,以电脑、手机、数字电视机等为终端的新媒体方兴未艾。当代中华诗词如果能够更广泛更深入地融入数字化时代,必将带来新的局面。

把中华诗词发展放在数字化时代这个大背景下来讨论，得益于我们去年成立的中华诗词学会科技与文创诗词工作委员会。日常参与这个委员会工作的，以中青年为主体，他们来自各个领域，事业心强、知识面宽、联络范围广，立志组织创作"科技诗词"，运用发展"诗词科技"，申请加挂"中华诗词新媒体传播平台"牌子，真正给诗词插上科技翅膀，让诗词得到更广泛的传播、更深入的发展，发挥更大的作用。我们期待今天的论坛及其成果能成为一种标志，即中华诗词融入数字时代的新起点！期待"中华诗词新媒体传播平台"启动运转，发挥出应有的作用。

在此之前，我国早就出现一批有文化情怀、有开拓精神的中青年诗人，他们靠自己的力量创办诗词网站，开发诗词软件，建立诗词数据库，制作诗词音视频等，使诗词早早进入了数字时代的怀抱。我开头所讲的"数字技术也深刻改变着中华诗词的学习、创作、传播、教育、收集、储存、出版等各个方面"，有他们的贡献。这里，仅仅以我所了解的从事数字化建设的诗词科技工作者为例。一是廖正福和了凡（即徐非文）先生。2010年廖正福先生投入百万元建立"诗词吾爱"网站，2012年了凡先生加盟后继续推进，不仅为广大诗友提供了实用的诗词工具，还提供了更贴心的创作、发表、交流的诗词圈社群服务。二是陈逸云先生。他靠一己之力创办了"搜韵"网站，把10万首古代诗词数字化，只要你键入一个词，含有这个词的所有古代诗词都呈现出来，我就用它检索了古代兵器、酒器、交通工具的入诗情况，用起来十分方便。三是张谷一女士，她组建了一个以传播当代诗词为追求的IT技术团队，立足服务他人，通过诗词大数据后台技术，支持诗人、诗词组织、诗刊杂志及第三方媒体，建立他们的诗词平台，并提供全方位的诗词类软件产品服务（如格律检测、杂志编审、赛事服务等）、个性化的数据提取，记录所有作品的传播轨迹，助推诗词组织建立自己的会员库、作品库、资料库。四是刘琴宜女士，她投入了上千万元制作诗词音视频，为学校诗教工作提供了优质课程资源库。诗词数字化工作，尽管几乎没有什么市场效益，但以他们为代表的年轻人一直在投入，表现出了很高的奉献精神。"古诗文网""诗词大全"网站，我也浏览了一下，可以按朝代、诗题、诗句、作者、题材、体裁等进行检索，"诗词大全"网站提示，它收录诗词高达 80 万首。正由于上述多方努力，我今天才能够提出"更广泛深入地融入数字时代"的倡议。这里，请大家以热烈的掌声对他们以及我没有提及的其他诗词数字化开发者表示崇高的敬意！

如何让中华诗词更广泛深入地融入数字化时代？我们要从以下几个方面继续发力：

第一，要学会使用数字化工具。至今没有使用过的，要学会使用；初步学习者，要向更高层次努力。但我要提醒的是，用诗词软件写诗，偶尔试试、当作游戏玩玩可以，但不能作为诗词创作的常态。那样，诗词创作水平不仅难以提高，现有创作能力也会被废了，就像键盘让我们提笔忘字、手机通讯录废了我们的电话号码记忆能力一样。

第二，要加强诗词大数据建设，推进网络联动。例如，全国诗词媒体数据库，全国诗词组织数据库，全国诗人词家数据库，全国诗词活动数据库，全国诗词著作数据库，通过报纸、杂志等传统媒体以及通过微信公众号、客户端等新媒体发表的诗词数据库，现在这些都处于"无数据"状态。因此，要继续加强网络建设，推进网络联动，优化数据库和网络的检索功能。现在中华诗词学会网站已经开通分支网站 665 个（其中省级团体 31 个，市级团体 229 个，县级团体 405 个）。平台总注册人数 69366 人，改版以来共发布诗坛讯息

5718条，收集古代经典诗词曲赋作品18500余首、发布当代诗词作品229209首。希望大家用好这个网站。

第三，要开发更多更实用的诗词软件，改善诗词教学、诗词传播、诗词储存、诗词鉴赏、诗词翻译等方面工作的技术条件。

第四，要充分使用数字技术传播诗词。运用短视频、微信等新载体和抖音、快手、多牛等新平台，使诗词传播形式多姿多彩、生动有趣、深入人心，使诗词传播更广泛、更积极、更有效。特别是要运用数字技术推进中华诗词的国际传播和互动交往，助推落实党的二十大提出的"加强国际传播能力建设，全面提升国际传播效能"的要求，从诗词角度讲好中国故事。

第五，要把诗词与文旅、文创等产业发展结合起来，实现"诗词+产业"的融合发展。诗词文化作为中华优秀传统文化的精粹，既能增强文化自信，还具有很高的产业价值。各地对产业结构优化升级、实现高质量发展、提高城市文化品位的追求，为诗词文化提供了很好的机遇。一些地方把诗词用于公园、校园、酒店、街道、广场、景点、湖河岸边等环境建设，制作成文创产品，产生了很好的效果，使传统诗词获得了创造性转化和创新性发展。多牛、哔哩哔哩等把诗词当作产业来做，做到了社会效益和经济效益双丰收。

第六，要广泛联系诗词、科技、文创等各界力量。让中华诗词更广泛更深入地融入数字时代，需要诗词、科技、文创等各界力量齐心协力，勇于开拓，缺少哪个方面都无法实现这个目标。

党的二十大对如何推进数字中国、文化强国建设作出了战略安排，为中华诗词发展提供了机遇，也提出了新要求。我们要强化责任担当意识，把中华诗词当成事业来做，为数字化时代中华诗词发展作出更大努力，争取更大成效！

# 诗颂新时代：用中华诗词构造中国精神和中国价值 *

我们正处在中国特色社会主义新时代。用中华诗词讴歌新时代，构造中国精神和中国价值，是中华诗词界的历史使命。

## "中华诗词"及其功能

"中华诗词"是一个专门概念，特指律绝、词赋、散曲、古风这些中国古老的诗歌艺术。三千多年来，中华诗词随着时代的发展而发展。今天，人们估算，诗词创作队伍有三百万之众，读诗背诗者不计其数。自古以来，诗词在社会生活中一直具有重要功能，发挥着重要作用。

### 诗词的表达功能

诗词至少有五种表达功能：一曰记事。把诗人自己所经历的事情、看到的事情、想到的事情，用诗的语言表达出来。诗是一种记

---

\* 本文成稿于2022年12月13日，发表于《人民政协报》2023年2月6日第11版，原标题为《诗颂新时代——用中华诗词构造中国精神和中国价值》。

事方式。有人提醒不要把诗词当作日记来写，可能意在提醒不要把诗词写滥，但诗词一定是有记事功能的，而且在很多诗人那里实际上起着记事的作用。二曰抒情。抒发亲情、乡亲、友情、爱情、同学情、战友情、爱国情、离别情等，诗可以成为我们的一种情感表达方式。三曰言志。诗用来表达作者的某种志向，诗就是作者愿望、志向的一种表达方式。比如我当全国政协委员那阵子，我用"好自担当行使命，青春花甲再飞飏"的诗句，表达我要当好政协委员的志向。四曰议政。即以诗议论政治、议论政策、议论形势等等。这个功能自古有之。最著名的议政诗要算唐代章碣的《焚书坑》：竹帛烟销帝业虚，关河空锁祖龙居。坑灰未冷山东乱，刘项原来不读书。唐代皮日休的《汴河怀古》也是我所说的议政诗：尽道隋亡为此河，至今千里赖通波。若无水殿龙舟事，共禹论功不较多。五曰喻理。即通过诗词表达一个道理。苏东坡的"不识庐山真面目，只缘身在此山中"，说出了很深刻的道理，程颢的《秋日偶成》可以看成是一首哲理诗：闲来无事不从容，睡觉东窗日已红。万物静观皆自得，四时佳兴与人同。道通天地有形外，思入风云变态中。富贵不淫贫贱乐，男儿到此是豪雄。我特别喜欢这首诗，可能跟我是学哲学的有关。

诗词的表达功能涉及一系列问题，这就是：表达什么，如何表达，表达目的何在，表达的社会效果如何等等，这就涉及诗人的社会责任。

### 诗词的反映功能

诗词和其他文学样式一样，都是作者主体对客观世界的反映。诗词的表达功能侧重从诗词的主体方面讲，诗词的反映功能则侧重从诗词的客体方面讲。诗词所反映的客观世界包括自然界、人类社会和人的思维。山水诗属于反映自然界的诗，当代新田园诗属于反映社会生活的诗。现在人们研究中国古代社会，当时的诗词也成了一种宝贵资料，因为诗词以其特有的方式反映了那个时代的社会生活，唐代白居易的《卖炭翁》就是这样的诗。诗词还反映人的思维，即人的精神世界，如果诗词反映的是作者本人的精神世界，即诗人的主观感受、愿望、怨恨，我把它归于"表达"。这里是指社会的精神世界，包括社会道德境界、社会思潮、社会心理等。如杜甫的《石壕吏》："暮投石壕村，有吏夜捉人。老翁逾墙走，老妇出门看。吏呼一何怒，妇啼一何苦。……"全诗反映了官吏深夜抓壮丁时老妪护儿的痛苦心情。

从诗词的反映功能来看，诗人们不能只是待在自己的小天地，应该广泛地拥抱自然、深入社会，了解社会心理、人民心声，然后从为社会提供正能量的角度去尽到我们诗人的社会责任。

**诗词的服务功能**

诗词历来具有服务功能，比如服务于道德教育。训导诗就是一种道德教育，让人从诗的欣赏中受到道德的教化，提升自己的道德境界。诗词的训导功能不可小视。唐代颜真卿的《劝学》：三更灯火五更鸡，正是男儿读书时。黑发不知勤学早，白首方悔读书迟。这首诗跨越时空，为此后历代所传颂，今天读来也是满满的正能量。再如，服务于艺术创造。我们在戏剧、散文、小说中看到的诗词，发挥着帮助刻画人物、烘托主题、提炼要义等等服务功能。最著名的就是《三国演义》开篇《临江仙·滚滚长江东逝水》，这是明代文学家杨慎所作，后毛宗岗父子评刻时将其放在卷首。又如，服务于氛围营造、服务于环境建设。例如美化环境、装饰厅堂。我在海南工作时，力倡用书画装饰楼堂馆所、车站码头、办公场地等公共场所，书法内容基本是诗词。

## 诗颂新时代：强化诗词的服务功能

我们应该看到，现在诗词所发挥的服务作用远不及歌曲、书画等艺术。这不要抱怨别人，而是在于我们自己长期以来把诗词当作一个自我表达、自我欣赏的私藏珍品或"圈子文化"，忽视了诗词的服务功能。今天我们要"破圈"，走出自我的圈子，走出诗词界的圈子，发挥诗词的社会作用。这就需要我们，第一认识诗词的服务功能；第二要寻找实施服务功能的机会，这个机会就是时空条件，即把握好时机和空间；第三要去研究诗词的服务方式。中华诗词学会2021年组织创作的《百年诗颂》，选取党的各个历史时期、各个历史阶段的重要事件、重要地点、重要人物、重大政策、重大成就等，用绝句、律诗、词、曲、赋、古风等多种体裁加以表达。这是一部系统构思、集体创作的大型政治抒情诗。每一首诗词既独立成篇，又承上启下，是整个《百年诗颂》的有机组成部分。

诗词的表达和反映功能是自然而然的，是诗词与生俱来的功能，它也起到服务作用，但属于诗词产生的自发作用。《百年诗颂》不同，她是中华诗词界自觉地运用诗词，服务于党的重大庆典和重要活动。可以说，《百年诗颂》是一种象征，标志着中华诗词界发挥和拓展诗词的服务功能进入了自觉时期。

强化诗词服务功能，就要强化诗词精品意识。越是精品，服务功能越强、作用越大。现在全国每天产生的诗词作品数以十万计，局面十分喜人。繁荣发展中华诗词，功夫已经不需要花在增加诗词数量上，而是要花在提高诗词质量上，大力创作精品力作。

诗词既可以见山写山、见水写水，小情小调，也可以整篇构思、分段写作，宏大叙事。我多次倡导强化诗词服务功能，可以尝试以诗词组织系统创作，进行宏大叙事。这些话引起了重视，所以出现了一些整体构思、系统创作的诗作。如《诗词大闽江》《诗情梅邑——闽清县一村一诗吟集》，以及以宣传社会主义核心价值观为主题的《一天一诗·集》，还有早先的《中国奥运冠军风采诗词》《诗赞安徽"中国好人"》等，就是近年来有关诗词组织和诗人们自觉发挥诗词服务功能的几个例子。

处于中国特色社会主义新时代，奔跑在全面建设社会主义现代化国家的新征程上，我们就是要进一步强化诗词服务意识，更加自觉地发挥和拓展诗词的服务功能，构造中国精神和中国价值。习近平总书记强调指出，文艺为人民服务、为社会主义服务，"这是党对文艺战线提出的一项基本要求，也是决定我国文艺事业前途命运的关键。"

## 诗颂新时代就要强化诗词用词的时代性

诗词创作，一个常见的问题，就是用词。用得好就有诗味，否则诗不像诗。所以，老师们经常提醒初学者，写诗要少搬成语，少用口号，少用专业术语，例如政治术语、科技术语，少用直白的词，因为诗要含蓄，等等。对此，我深以为然。

但是，诗词要反映时代生活，书写时代变迁，体现时代风貌，就必须使用时代特点鲜明的词。否则，诗词就无法反映和体现时代。但是一用这些词，就有可能被认为不是诗的语言。于是作者就变着法子把"高铁"化作"巨龙"，把"公报"化作"宏音"等等，没有办法！我们已经形成了固定的"诗词审美图式"，诗词用词只有迁就这种"图式"，才有可能被认可。（关于"图式"，可参阅我的《狡黠的心灵——主体认识图式概论》一书）

这种诗词审美图式，是我们在长期阅读欣赏我国古代诗词的过程中形成的。我们从小就学古诗、背古诗，特别是唐诗宋词；我们学写诗词的范本就是唐诗宋词。久而久之，我们便形成了以古代诗词特别是以唐诗宋词为参照的诗词审美图式。我们用这种图式来阅读当代诗词，诗词"代沟"的产生就十分自然了，恰如一个老父亲以自己年轻时的节衣缩食、含辛茹苦为参照，对孩子的生活花费这也看不惯、那也不顺眼一样。

我们要承认并设法消除诗词"代沟"，否则便无法实现诗词用词的时代性。消除诗词"代沟"的办法，不是要抛弃业已形成的诗词审美图式，而是要优化；更不是不要学习古代诗词，而是要学活，或者叫活学。古代诗词传承至今、经久不衰的原因之一，在于它们反映了作者所处的时代。我用"搜韵"网搜索了古代交通工具、古代兵器、古代酒器、古代四大发明，有一个惊喜的发现：所有代表那些时代的劳动创造、科技成果、战斗生活的先进物件，大多反映在诗词中，而且直接使用物件的本名，没有作任何"诗化"处理，说明诗的语言是没有定规的。

我所谓的"学活"古诗，或者"活学"古诗，是说我们学习古诗，不要拘泥于它们用过哪些具体词语，而是要总结它们用词的共性特点或一般规律，那就是用词要有时代特色；更不能以古诗的用词为标准来判定当代词语是不是诗的语言。古诗能用"骡驮车"，今诗为什么不能用"电动车"？古诗能用"指南针"，今诗为什么不能用"定位图"？古诗能用"多宝塔"，今诗为什么不能用"空间站"？古诗能用"火车"（用于火攻的木制战车），今诗为什么不能用"坦克"？古诗能用"云梯"，今诗为什么不能用"塔吊"？等等。正因为古诗用词具有时代特色，今天我们才能够通过诗词研究古代的制度、科技、战争、生活、风俗等。如果我们禁用时代新词，后人还能通过诗词研究我们的今天吗？

我们欣喜地看到，近年来，《中华诗词》杂志以及很多地方的报刊和新媒体，发表了不少具有时代标记的新鲜词汇，也得到了广大作者的认可。"诗的语言"正在与时俱进，读者对"诗的语言"的理解也在与时俱进。

## 诗颂新时代必须端正诗词价值观

所谓诗词价值观，就是关于诗词有没有价值以及价值大小的总体看法和根本观点。对诗词的价值判断，人们通常从两个维度来进行：一是看诗词本身的品质，二是看诗词对社会生活的意义。

### 诗词的文本价值

判断诗词的品质，就是看诗词好不好。这是关于诗词文本价值的判断。例如，诗词语言是美还是不美，诗词境界是高还是低，诗词意义是大还是小，诗词用新词是好还是不好，等等。对一首诗的美与不美的判断，属于具体的价值判断，而支配一个人对诗词作出价值判断的，则是其诗词价值观。

### 诗词的社会价值

人们对诗词的价值判断，除了评价诗词本身的优劣之外，还有第二个维度，就是评价诗词对社会生活的意义。对诗词社会价值的评价，显然是与对诗词文本价值的评价密不可分的。因为，只有文本价值为正的诗词才可能具有社会价值，文本价值为负的诗词就谈不上什么社会价值，或许换个说法更合适：文本价值为负的诗词，只能产生负面的社会价值。研究诗词，我们既要关注其文本价值，更要关注其社会价值。

对诗词社会价值的评价，不是伴随着诗词的出现而出现的。在一个漫长的历史时期内，我们的先祖只是写诗抒发感情、表达愿望，而没有自觉的价值意识。甚至直到今天，诗人对自己的诗词也未必都有清醒的价值意识。没有清醒自觉的诗词价值观，就没有诗词创作的追求。因为诗词价值观首先就是一种价值追求。例如，没有"语不惊人死不休"的诗词价值观，就不会对自己的作品反复锤炼打磨，而是马虎了事、得过且过；没有"让人读了能触动心灵"诗词价值观，就不会在主题和意境上狠下功夫。诗词创作要想有自觉的追求，就要树立正确的诗词价值观。

没有清醒自觉的诗词价值观，就没有自我完善、自我把控的艺术水平。因为诗词价值观又是一种价值标准。一旦确立了正确的诗词价值观，诗词创作自然就会以此为标准去衡量，达不到标准的继续修改。自己感到把不准的，就会请高手审读把关，给予帮助。可见，诗词创作要想有明晰的价值标准，就要树立正确的诗词价值观。

没有清醒自觉的诗词价值观，就没有持续的诗词创作动力。因为诗词价值观还是一种价值动力。有了它，就有"不到长城非好汉"的志向，就有"咬定青山不放松"的韧劲，就有不达目标不罢休的倔强。因此，诗词创作要想昂扬向上、持之以恒、不懈追求，就要树立正确的诗词价值观。

诗词价值观的重要性和必要性远远不限于诗词创作，而且还关系到诗人的整个为人处世。一个诗人，头脑如果没有被正确的诗词价值观所占领，其他不正确的追求、不正当的动机、不可理喻的念头，就会乘虚而入。

可见端正诗词价值观，是实践的需要、时代的需要，诗词事业的需要，也是诗人的个人需要。建设风清气正的诗词组织、树立和维护诗人形象、创作优秀诗词作品、繁荣发展诗词事业、充分发挥诗词社会价值，都需要我们用心端正诗词价值观。

**我们所倡导的诗词价值观**

我们倡导的诗词价值观是一种什么样的价值观，这是我们今天要讨论的重点问题。不把这个问题弄明白，诗词价值观就只能停留在口号阶段。

总体来说，我们所倡导的诗词价值观是社会主义核心价值观与诗词艺术实践相结合的产物。关于诗词艺术领域的实践及其要求，习近平总书记关于文艺工作的系列重要讲话，特别是2014年10月《在文艺工作座谈会上的讲话》、2021年12月《在中国文联十一大、中国作协十大开幕式上的讲话》，作出了明确而全面的论述。这些重要论述就是我们所要构建的诗词价值观的依据和内涵。

从政治站位上说，我们要树立"坚持与时代同步伐"的诗词价值观。诗人和诗词要"承担记录新时代、书写新时代、讴歌新时代的使命，勇于回答时代课题，从当代中国的伟大创造中发现创作的主题、捕捉创新的灵感，深刻反映我们这个时代的历史巨变，描绘我们这个时代的精神图谱，为时代画像、为时代立传、为时代明德"。让诗词成为时代的号角。为此，诗人要努力成为"时代风气的先觉者、先行者、先倡者"。

从创作导向上说，我们要树立"坚持以人民为中心"的诗词价值观。我们要把满足人民精神文化需求作为诗词和诗词工作的出发点和落脚点，把人民作为诗词表现的主体，把人民作为诗词审美的鉴赏家和评判者，把为人民服务作为诗词工作者的天职。真正做到以人民为中心，诗词艺术才能发挥最大正能量。

从诗词题材上说，我们要树立"从当代中国的伟大创造中发现创作的主题、捕捉创新的灵感"的诗词价值观。诗人要从时代之变、中国之进、人民之呼中提炼主题、萃取题材，展现中华历史之美、山河之美、文化之美，用诗词"书写和记录人民的伟大实践、时代的进步要求，彰显信仰之美、崇高之美"。弘扬中国精神、凝聚中国力量，抒写中国人民奋斗之志、创造之力、发展之果，全方位全景式展现新时代的精神气象。

从诗词质量上说，我们要树立创作优秀作品的诗词价值观。优秀作品就是"有正能量、有感染力，能够温润心灵、启迪心智，传得开、留得下，为人民群众所喜爱"的诗词作品，是思想性、艺术性、观赏性俱佳的诗词作品。

从创作态度上说，我们要树立"守正创新"的诗词价值观。诗词与其他文学体裁的最大不同，在于它有一套严格的韵律要求，因此，我们必须"守正"。然而，"创新是文艺的生命"。这就要求我们把创新精神贯穿诗词创作全过程，在题材、语言、手法、意境等方面努力创新。有人对我说，如果把你的诗跟唐诗放在一起，别人找不出来，就是好诗。这个说法是值得讨论的。模仿能力再强也是模仿，不是创作。总书记强调，我们要有学习前人的礼敬之心，更要有超越前人的竞胜之心，增强自我突破的勇气，抵制照搬跟风、克隆山寨，迈向更加广阔的创作天地。

从个人素养上说，我们要树立"讲品位，重艺德"的诗词价值观。诗词和其他文艺作品一样，是给人以价值引导、精神引领、审美启迪的，艺术家自身的思想水平、业务水平、道德水平是根本。文艺工作者要自觉坚守艺术理想，不断提高学养、涵养、修养，加强思想积累、知识储备、文化修养、艺术训练，还要有高尚的人格修为，有"铁肩担道义"的社会责任感。

总之，诗词价值观是关于诗词文本价值、诗词社会价值和诗人个人价值相统一的价值观。

我阐发诗词价值观这个概念，是为了便于我们今后的自身修养有一个明确焦点和简明提法，就是要端正诗词价值观。而对于推动诗人们端正诗词价值观最重要的外部因素，除了大的社会环境之外，就是诗词组织必须风清气正，诗词组织领导班子必须率先垂范。

# 高扬诗书融合的中华优秀文化传统*

各位领导、各位嘉宾：

荣宝斋沈鹏诗书研究会今天挂牌成立，这是文化界特别是诗词界和书法界的一件盛事！我首先代表中华诗词学会表示热烈的祝贺！

荣宝斋是我国享誉全球的标志性文化企业，已有350年的历史。我来荣宝斋不知多少次了，最早是慕名而来，后来是应邀参加展览开幕活动而来，最多的是为逛逛看看而来。荣宝斋早已成为艺术家和艺术爱好者会聚交流的精神家园，是中华文明传承的园地。

沈鹏先生在我国被家喻户晓，是因为他杰出的书法艺术。他的书法盛名遮掩了他作为诗人、美术评论家、编辑出版家的光彩。荣宝斋成立沈鹏诗书研究会，把"诗"置于"书"的前面，一方面是因为"诗书画"三者的传统排序使然，另一方面是深知沈鹏先生在诗词方面的造诣。沈鹏先生的诗词贴近生活，有感而发，用词贴切，顺畅自然，朗朗上口，朴素大方，诗意盎然，功底深厚。如《上海

---

\* 本文是作者2022年12月7日在荣宝斋沈鹏诗书研究会成立大会上的讲话。

南京路漫步》："又是春风拂柳腰，比肩接踵亦逍遥。新铺路石应知否，五卅枪声黄浦潮"！每一句都是生活中的画面。如《小雪》："告别慈容九阅年，至今一念一潸然。墓前小草春应发，枥下老骥宵未眠。家累何如安社稷？人和毋忘近研田。节逢小雪迎飞雪，点滴须能到九泉"！小雪时节思念已故老母，情真意切，给人无限联想。他的诗词作品发表达千首，先后出版诗词选集《三馀吟草》《三馀续吟》《三馀再吟》《三馀笺韵》《三馀长吟》等，深得赞美。

作为美术评论家，沈鹏先生的论著《书画论评》《沈鹏书画谈》《沈鹏书画续谈》《书法本体与多元》《书内书外》《沈鹏全集》（八卷本）等，在美术及书法界广受关注。作为出版界的前辈，沈鹏先生主编过多部有影响的杂志及书籍，《中国书画》《东汉碑刻的隶书》《中国美术全集》《故宫博物院藏画集》，是很多读者喜爱的读物。《中国美术全集·宋金元书法卷》《故宫博物院藏画》等书籍获中国图书奖。他先后荣获"卓有成就的美术史论家""中国书法兰亭奖"终身成就奖、"全国第三届华夏诗词奖"荣誉奖、"中华艺文奖"终身成就奖、联合国 Academy "世界和平艺术大奖"等荣誉称号，是一位名副其实、德高望重、德艺双馨的艺术家。

沈鹏诗书研究会的成立，在组织和推动对沈鹏先生的诗词和书法艺术的研究方面具有十分重要的意义，相信研究会鼓励和支持一切相关组织和个人的研究工作，同时制定研究计划，开列研究课题，创办报刊和新媒体，开展研究交流和研讨，出版研究成果。目前在我国，为健在的艺术家成立专门研究机构还不多见，相信有关各方会十分珍惜和大力支持研究会的工作，使其发挥出应有的作用。

同时，我也十分看重研究会的示范和激励作用。研究会的成立为我们树立了一个把诗书高水平融合的楷模，无论对书法界还是对诗词界都会产生一定的影响。

对书法界来说，研究会的成立会激励更多的书法家重视诗词的学习和创作。很多年前就有人提出，只会书法不会诗词是一个不应有的现象，把那些只会抄写他人诗文的书法家戏称为"文抄公"。对此，我在讲座和著作中还说过我的不同意见，因为"尺有所短寸有所长"，人各有长处也各有短处，不可能集数种长处于一身。但从一些书法活动的实际效果看，确有遗憾。例如，无论是为"迎接""庆祝"还是为"纪念"而举办的书法展，都是以抄写古代诗词为主，切合主题的当代诗词很多，但书法家又不屑一顾，这就使得多数"迎接""庆祝""纪念"等书法展，主题仅仅体现在展标上，在书写内容中则难以体现。所以，书法家除写字外，学点诗词非常有必要，在当下的诗书两界，沈鹏先生是诗书并茂的杰出榜样。如果有越来越多的书法家学习沈鹏先生写诗词，应邀参展的书法家都书写自己为展览主题而量身定做的诗词，那么，未来的"迎接""庆祝""纪念"性书法展就会出现新的气象，产生新的效果。

对诗词界来说，沈鹏诗书研究会的成立会激励更多的诗人词家重视书法的学习和创作。我国目前写诗词的人越来越多，诗人词家学写书法的人也日渐增多。《"十四五"时期中华诗词发展规划》设计了"学会领导成员和会员学习提高工程"，为落实这一规划，中华诗词学会机关从今年开始打造"学习型社团"，每周举办一次诗词讲座，员工轮流上讲坛，下半年又组织学会员工学习书法，大家兴致很高。对诗人词家来说，不会书法，也是遗憾。虽说诗人词家学书法者越来越多，但这样的人在诗人群体中的比例微不足道，绝大多数诗人缺了书法这条腿。沈鹏先生能诗善书，自己写自己的诗词，出自己的诗词书法集，真是快哉！诗词可以激发书法的创作灵感，书法可以造就诗词意境的升华。我们都应学习沈鹏先生，争取诗书皆善兼美。

## 高扬诗书融合的中华优秀文化传统

苏轼《和董传留别》诗中有一名句:"粗缯大布裹生涯,腹有诗书气自华。""气自华"的前提是"腹有诗书",即诗书结合。古代的各种雅集,文人墨客吟风弄月,诗文相合。最著名的兰亭雅集,不是书法雅集,而是诗的雅集。当下冠"雅集"之名的书法活动,几乎都是抄写唐诗宋词,而丢掉了雅集的中心要义——吟诗填词。书法家中不会写诗、诗人中不会写书法的为数众多,应当引起重视,逐步创造条件加以转变。中华诗词学会以沈鹏先生为楷模,组织以"沈鹏诗书画奖"冠名的全国诗书画大赛已连续举办了三届,这是一项高扬中华诗书画合璧传统的一项文化工程,得到了沈鹏先生的充分肯定,也赢得了全国诗书画界朋友的积极参与。荣宝斋成立沈鹏诗书研究会与中华诗词学会可谓同工异曲,我们想到了一起,也做到了一起。

关于诗书一体的话题,不是今人的异想天开或过分要求,因为在我国历史上,传统的文人士大夫都是诗书兼修的。现当代吴昌硕、齐白石、黄宾虹、林散之等都是诗书并举的艺术大家。在党和国家领导人中,毛泽东、周恩来、朱德、董必武、陈毅、郭沫若、赵朴初、江泽民同志也是诗书皆善的榜样。只是进入当代,诗书才出现了大面积分离。当然,融诗书为一身,说起来容易做起来难,不是想做就能实现的,但作为一个目标是应该确立的,也是一项应该加以推动的工作。正因为如此,荣宝斋沈鹏诗书研究会成立让我最想说的,不仅仅是它为组织推动沈鹏诗书研究提供了组织保障,而且还在于它对诗书合璧的重视和弘扬。

希望荣宝斋沈鹏诗书研究会在这方面多做工作!

# 发挥诗词文化在经济社会发展中的独到作用＊

各位领导、各位专家、各位诗友：

非常高兴以视频方式参加钱塘江诗词大会。在习近平总书记关于推动中华优秀传统文化"创造性发展和创新性转化""绿水青山就是金山银山"等重要思想指导下，浙江省委省政府提出了高质量打造浙东唐诗之路、大运河诗路、钱塘江诗路、瓯江山水诗路等四条诗路文化带的宏大构想，集中发掘和利用浙江深厚的诗词文化，装点浙江美丽的城市乡村和旅游景点，进一步推动浙江经济建设和文化发展。这是一条具有历史意味、文化意味、经典意味的现代文明之路和快速发展之路。

钱塘江是浙江儿女的母亲河，多少年来一直奔腾不息，哺育着浙江大地，绵延着浙江的文脉，使钱塘江今天能够成为浙江山水诗路的重要组成部分。萧山是钱塘江诗路的重要纽带和浙东唐诗之路的主要源头，拥有八千年悠久的历史遗存和丰厚的文化积淀，吸引了古今无数文人墨客追寻的目光，留下了无数脍炙人口的名篇佳句。谢灵运、李白、杜甫、苏轼等著名诗人无一例外地在这里放声歌唱，

---

＊ 本文是作者2022年12月16日在第二届钱塘江诗词大会上的讲话。

孟浩然留下了"日出气象分，始知江湖阔"的千古名句，钱起吟咏出"孤帆泊枉渚，飞雨来前山"的不朽佳作，陆游写下了"桐庐处处有新诗，渔浦江山天下稀"的人间好诗。

历代诗人的精彩诗篇与秀甲江南的山水风光在此时此地交相辉映，让"义桥""渔浦"这个古地名大放异彩，成为镶嵌在钱塘江畔的一颗耀眼明珠。早在1500年前，渔浦就是钱塘江去往富春江的唯一码头，这里商贸繁荣、市集兴旺，不仅有着秀丽的山水风光，还有着浓郁的文化氛围。历代诗人骚客有100多位在这里留下了240多首（篇）精美诗文。这是古代先贤给我们留下的宝贵遗产，成为中华诗词的文化瑰宝。

今天，钱塘江诗词大会有一项主要内容就是"渔浦诗词"的研讨。我大致浏览了《浙东唐诗之路论文集·渔浦卷》，集子里的很多新研究、新发现、新观点让我眼前一亮。文集分四大部分，一是"古代萧山渔浦诗词研究专题"；二是"萧山渔浦诗词文献补辑"；三是"当代渔浦诗词研究专题"；四是"萧山渔浦文化研究专题"。这些内容涵盖"渔浦诗词"研究的各个层面，既有对"渔浦诗词"历史脉络的梳理，又有对"渔浦诗词"创作艺术的发掘；既有对"渔浦诗词"文献资料的考证，也有对渔浦当代诗词作品的评介，呈现出一派"渔浦诗词"文化景观。论文作者中有满头白发的老一辈专家学者，也有风华正茂的新一代后起之秀，展示了当代学术界和诗词界对"渔浦诗词"的深情关注和研究成果，将为"渔浦诗词"的传播和发展发挥积极作用。

如何理解"渔浦诗词"的当代意义和现实功能，如何让"萧山""义桥""渔浦"这些闪光遗存所赋予的丰厚文化资源实现"化古为今""古为今用"，并且借助全省打造四条诗路文化带的大好机遇，让这里的文化资源和自然资源融入钱塘江诗路文化带建设中来，从而推动本地经济社会发展进程，这是今后摆在萧山区委区政府面前的一项重要课题。

一直以来，萧山区委区政府坚持"以文促旅，以旅彰文"的发展思路，挖掘"义桥"文化资源，打造"渔浦诗词"文化特色，并且以名人名居、名城名镇为珠，以山水形胜、名人故事为纽带，串点成线、串珠成链，优化旅游资源，让钱塘江和浙东唐诗之路上的"渔浦"熠熠生辉，成为萧山最具影响力的文化名片。所以我相信，萧山区委区政府一定能够对上述课题提交一份更加完美的答卷。

今年，我曾经两次应省市有关部门邀请来到杭州，考察四条诗路文化带建设工程，并和浙江省诗词学会共同形成了考察报告，递交给浙江省委宣传部，也发表在《中华诗词》上。浙江独特的眼光、出奇的手笔、丰硕的成果，让我深受教育，也深受鼓舞。浙江的作为是中华诗词之幸，是中华诗人词家和诗词爱好者之幸。中华诗词学会将密切关注浙江诗路文化带建设进程，并愿尽微薄之力。今天，"渔浦诗词"又吸引了我们的目光。我们期待渔浦在现有基础上走得更好更远，可以把诗词文化和其他艺术形式及高科技手段结合起来，比如与书画、影视、音乐、舞蹈、话剧、曲艺、魔术对接，运用晚会、抖音、好看视频和文创产品等观众喜闻乐见的艺术表现手法，让"渔浦诗词"出现在人民群众的生活当中，让诗词为渔浦旅游增添新的活力。

最后，祝钱塘江诗词大会圆满成功！

谢谢大家！

# 理事的作用及对理事们的希望*

江苏省诗协各位领导、各位理事：

很高兴回到家乡参加这次会议。这是我进入诗词界两年多来第一次参加省诗词组织的理事会。借此机会，我讲这么几点意思。

## 对江苏诗词工作的总体印象

江苏是经济大省、文化大省。进入诗词界后，从全国诗词工作看江苏，深感高兴和自豪。江苏省诗协开展了大量卓有成效的工作，无论从全省角度整体看还是从各市单独看，江苏诗词工作都可圈可点。从内部看，个子可能有高低，但我们从外部看，发展很整齐。省诗协坚持正确工作导向，把诗协工作融入火热的社会生活，因为诗词要有生命力，必须走进时代、走进生活。

诗词工作全面展开。诗词工作，主要是指诗词组织建设工作、诗词发掘整理工作、诗词创作提高工作、诗教工作、诗词出版传播

---

\* 本文是作者2023年3月20日在江苏省诗词协会六届五次理事会上的讲话。

工作、诗词研究评论工作、诗词人才培养工作、诗词表演展示工作、诗词环境建设工作等等。例如，在诗词发掘整理工作方面，我就收到过《淮安诗征》（全七册），全书共选录历代古近体诗、曲、歌谣等近三万首，堪称规制空前。我还收到过《瘦西湖古诗词》（上中下）、《历代名人咏瓜州》。我还网购到《扬州历代诗词》（1～4册）。相信江苏各市都会有这样的成果。

省诗协对中华诗词学会工作也紧密配合、大力支持。例如《"十四五"时期中华诗词发展规划》发布后，江苏立即把《规划》作为制定年度工作计划、安排部署重点任务的依据，研究制定了《江苏省诗词协会关于全面落实〈"十四五"时期中华诗词发展规划〉实施意见》。只要中华诗词学会组织诗词创作，省诗协均会迅速响应。江苏连续承办中华诗词学会诗教工作会议：2012年11月扬州市承办，2017年12月镇江市承办，今年6月还将在常州举办一次全国性的诗词工作会议。

## 认识理事在诗词工作中的作用

理事是诗词组织的骨干力量，也是本区域各地诗人的代表。理事的职责和位置必然要求理事尽心尽责、发挥应有的作用；如果作用已经发挥了，那就要发挥更大的作用。

理事，一般都是各地诗词组织的领导成员，如会长、副会长、秘书长等，我这里统称为会长或会长们。既然是会长，就要认识会长的位置和作用。

第一，会长是"领头羊"，就是引领学会前行的人，也可以叫作"火车头"。这就要求我们会长在两个重要方面要努力提高。一是要把好方向，二是要提供动力，成为学会工作的动力源。

第二，会长是"指挥长"，即组织和指挥学会活动的人。组织指挥者就要求有全局意识、系统观念，善于诗词工作的谋篇布局，如全年的或任期内的总体工作策划，如某一项诗词工作的操作过程。

第三，会长是"主心骨"，就是学会所能够依靠的人，会长就是学会的顶梁柱。作为"顶梁柱"，会长一定要有定力，没有定力做不好顶梁柱，靠不住。此外要有"决断力"，即决策拍板能力，敢于担当。习近平总书记非常重视领导干部的担当，干部最怕不担当，老百姓议论最多的也是干部不担当，不担当就没有作为。

第四，会长是"班长"，班长要能够团结凝聚大家同心同德去开展诗词工作，班长如果做得不好，大家就难以齐心协力，难以拧成一股绳。所以班长就要有班长的德行和才能，既实现集体领导又分工负责；班长要能够统揽全局。

第五，会长是"表率"，就是要在各项工作当中身先士卒，模范带头；要大家做到的自己先要做到，要大家不做的自己带头不做。

从以上五个方面，我们就看到会长的位置重要、使命重大。会长、副会长、秘书长、副秘书长，不能只占位置不做实事，只挂名不干活，只要职务不负责任。我多次讲过，我们当了会长，写诗就不是第一位的，主要是组织诗词活动。假如在会长、副会长的位置上，却根本不去想学会的工作，甚至开会都不来，就只想写自己的诗，如果是这样的话，一个非常高雅的爱好，就变成了自私的标志。所以，会长们一定要积极组织和参与各种活动，努力尽到自己的责任。

人们常说事在人为，对一个学会来说，这个"人为"首先是会长们的作为。所以我们当会长的，虽然不像过去在职时每天都要去学会办公，学会也不用像以前在机关那样去管理，但是经常思考、经常谋划，付诸实践，则是必须的。科技发展为我们提供了现代化工作手段，不在办公室照样可以处理学会的工作。只有把学会工作放在心上、担在肩上才能把会长当好。

## 建设风清气正的诗词组织

诗词组织一定要风清气正。风不清气不正人心不顺，那就是一盘散沙。没有凝聚力，就没有创造力，诗词的发展就无从谈起。

一个风清气正的诗词组织有哪些标志呢？我想，至少应该有五个方面。

一是方向正确。这里所说的方向主要是指政治方向、创作导向、用人倾向。在政治方向上，我们必须拥护"两个确立"，增强"四个意识"，做到"两个维护"，跟党中央保持一致。在创作导向上，解决好诗词为谁写、写什么、怎么写的问题。正确的创作导向可以浓缩为九个字：为人民、正能量、出精品。在用人倾向上，要着重看德能勤绩。

二是人际和谐。风清气正的诗词组织，一定是一个人际关系非常和谐的组织。比如，团结友爱，没有人搬弄是非、制造矛盾，没有背后议论、相互诋毁等等。再比如相互学习，每个人都有自己的长处，每个人当然也有自己的短处，人际和谐就是多看别人的长处、少看别人的短处；不能自以为是、刚愎自用，对他的诗不允许改一个字。每个人都要有自知之明，看到自己的弱点，虚心好学。在大学工作的同志，功底深厚，精通历史，精通理论；而那些在社区的同志呢，天天置身于街区小巷、市井社会，他们写的东西生活味儿很浓。又比如互帮互助，在诗词创作上，在诗词提高上，在诗词鉴赏上，都要做到互帮互助，相互为师。

三是服务热情。诗词组织是一个公益性的服务机构，不是一个官僚机构,服务是它的本质规定性。从会长们到每一个工作人员,都是为会员、为诗词爱好者、为社会服务的。服务,就要热情。把诗词组织办成诗人的家园,这个家园当然主要是诗人的精神家园。还要热情为基层诗词工作服务。许多自发成立的诗社,可以看作是新型文艺社群,还有许多爱好写诗的人不是我们的会员,只要是为诗词而努力的,都是我们的服务对象。特别是要服务于时代,服务于党和国家工作大局。中华诗词学会组织全国诗人创作的《诗颂百年》《诗颂新时代》(内容包括诗咏党的二十大、冬奥会、感动中国人物共三册),就是从这样的理念出发的。

四是办事公正。比如,用稿公正、评奖公正、评价公正。我们评价一位诗人、评价一件作品都要公正。为了照顾一个人获奖,就有可能把整个评奖的威信搞没了,就会失去公信力。

五是对己严格。诗词组织是社会组织,但它具有公共服务机构性质。所以,我们要讲奉献不计回报,讲吃苦不图享受,讲廉洁不贪小利,讲格局不斤斤计较。比如,不计较自己诗作的排位、名字排序。有些微刊跟我约稿,微刊发来后我一眼看不到自己的诗在哪儿。为什么?人家有人家的排版规矩,比如按五绝、七绝、五律、七律、小令、中调、长调、散曲来排序。

规范,是建设风清气正的诗词组织的保障。不规范,没法成为风清气正的诗词组织,甚至也没法开展正常工作。

## 建立健全诗词工作联动机制

建立健全诗词工作联动机制,从而构建中华诗词新发展格局,至少有两个方面的需要。

第一,这是中华诗词学会组织建设的需要。中华诗词学会是全国性的诗词组织，各个省市区诗词组织都是中华诗词学会的单位会员，根据《中华诗词学会章程》，单位会员义务有5条：执行学会的决议，维护学会的合法权益，完成学会交办的工作，按规定缴纳会费，向学会反映情况、提供有关资料。通过联动机制，形成中华诗词工作系统，实现诗词工作联动。

第二，这是构建中华诗词新发展格局的需要。我国已经进入新发展阶段，毫无疑问，贯彻新发展理念，构建新发展格局，既为中华诗词的发展提供了机遇，也提出了更高的要求。我们要构建一个什么样的新发展格局呢？我想了8个字，就是"整体发展，系统推进"。这就要建立健全诗词工作联动机制。

联动，既有条条联动，也有块块联动。条条联动就是全国性的、省市区的、地市县的诗词工作联动；块块联动，就是各省市区的、各地市县的诗词工作联动；我之所以称它"块块"，是因为这种联动是在一个省、一个市内进行的；站在全国的角度看，就是"块块"。还有横向联动，这种联动既不是条条，也不是块块，而是跨地域的联动，如扬州人写杭州西湖、杭州人写扬州瘦西湖，就是横向联动。横向联动生动活泼，方兴未艾，前景广阔。

我这里强调条条和块块联动。首先是中华诗词学会和各省市区（即单位会员）的诗词工作联动，这是条条联动。其次是各地省市区和各地市县的诗词工作联动，这也是条条联动，这种联动的形式就是块块联动，即各省市区内自己的块块联动。

诗词工作联动机制，要通过交流机制、会议机制、创作机制、平台机制等来逐步建立健全。所以，要加强日常信息交流，每年要召开会长联席会议，围绕重大主题开展集体创作，用好联动工作平台。这个平台，就是中华诗词学会官网。

这个网站通过改版升级，具有六大功能：信息发布功能、线上办事功能、阅读学习功能、在线教学功能、格律检测功能、资料查询功能。可在网上进行会员入会申请、诗乡诗教先进单位申报、诗词赛事作品的投稿，与各级各地诗词组织共建会员档案库（包括个人和社团）、诗词作品库。

  这两年，中华诗词学会一直给各地提供技术支持，帮助各地搭建或完善各自的诗词网站，形成中华诗词学会和各级各地诗词组织网站的整体联动，共享融媒体时代的诗词创作和诗词传播成果。截至2023年3月16日晚，已开通917家团体，其中省级32家，市级229家，县区级590家，诗社66家。平台总注册人数73540人，日均访问人数约16805人，日均浏览量约70695次，页面总浏览量已达40101536次，共发布诗坛讯息7683条，收集古代经典诗词曲赋作品18500余首，发布当代诗词作品229209首，诗词知识738条，检测诗词格律144105首，举办诗词赛事20次，征集作品37527首。其中，江苏合计开通64家，其中市级13家，县区级51家。对于已开通的请用好，没有开通的请尽早开通。请各诗词组织安排专人与中华诗词学会网络信息部建立联系，当作一项重要工作来做。请源源不断地给我们网站供稿，包括诗词活动报道，做到"小活动，大宣传"。

## 对江苏省诗词研究院工作的建议

  这次会议，我们共同见证了江苏省诗词研究院的成立。这是省诗协和高校合作的一个重大成果，是加强诗词理论研究工作的一个重大举措。刚才你们提出研究院要研究诗词的内在规律，以项目为抓手，出成果、出人才、出名家。我非常赞成。我特别希望研究院能把中国当代诗词研究作为重中之重，用以升华理论，指导诗词创作！对当代诗词的理论研究可以说是整个诗词研究工作的短板和弱项。尤其是，研究院如果能在现当代诗词史研究上出成果，写出《现代诗词史》《当代诗词史》，推动诗词"入史"工作，即推动现当代诗词进入中国现当代文学史，将是一个重大突破，也是一个重大贡献！

　　江苏是我的家乡，也是我的骄傲。诗词工作已经做得很好，希望做得更好，理事们积极主动工作是重要因素。新时代为文艺繁荣发展提供了前所未有的广阔舞台。中华诗词重任在肩、大有作为。

　　讲得不妥之处，请批评指正！

# 以组织和推动诗词精品创作为使命*

各位领导、各位诗友：

这是我第二次来眉山。第一次是2017年5月7日，专为参加"首届国家全域旅游示范区创建推进会"而来。那时我是诗词爱好者。在《自题金山画像》中，东坡写道："问汝平生功业，黄州惠州儋州。"为了追寻东坡的足迹，这三州我都去了。相隔近6年，我作为诗词工作者，又来到了东坡的出生地眉山，参加中华诗词学会创作委员会成立暨中华诗词创作研究基地授牌仪式，故地重游，感到更加亲切。

无论是从历史还是政治，也无论是从文学还是诗词角度看，东坡都是一座高耸的丰碑，令人敬仰。东坡是中华优秀传统文化中的一座宝库，有取之不尽的资源。理所当然，东坡更是眉山的名片、眉山的骄傲。近年来，眉山市着力弘扬"三苏文化"，塑造城市形象，传播城市声誉，已经卓有成效。人们常讲眉州因峨眉山而享有盛名，实际上，眉山还因东坡故里和"三苏祠"而令人神往。今天，

---

* 本文是作者2023年3月18日在中华诗词学会创作委员会成立暨中华诗词创作研究基地授牌仪式上的讲话。

我们在眉山宣告中华诗词学会创作委员会成立，并且在眉山创立中华诗词创作研究基地，是选了一个好地方，也是眉州市委市政府重视弘扬"三苏文化"的又一个实际行动，是对中华诗词事业的大力支持。对此，我们对眉山市委市政府，对眉山市委宣传部、眉山市文联等单位表示衷心的感谢！四川省诗词学会为筹备这次会议做了大量工作，我们同时以热烈的掌声表示感谢！

目前，中华诗词学会已设立22个专业委员会，大体上可分为两类，一类是专业性的，一类是界别性的。高校诗词工作委员会、青年诗词工作委员会、女子诗词工作委员会、少数民族诗词工作委员会、残疾人诗词工作委员会、城镇诗词工作委员会、乡村诗词工作委员会、科技和文创诗词工作委员会、医学界诗词工作委员会等，是界别性的，散曲委员会、评论委员会、创作委员会就是专业性的。

创作是指诗词构思、写作、修改的全过程。没有创作，就没有诗词，当然也没有散曲，也产生不了什么评论。所以，在诗词专业性工作委员会中，创作委员会的地位和作用非常突出。创作委员会要行使中华诗词学会所赋予的组织创作、指导创作、研究创作的职能。

可是，如此说来，创作委员会与其他专业委员会还有什么区别呢？散曲委员会和所有界别性的专委会不是都在组织创作、指导创作、研究创作吗？但这些委员会的工作重心主要是放在组织创作上，而创作委员会是把"诗词精品"的创作组织、创作指导、创作研究作为自己的工作重心。关于这一点，我已经在创作委员会的微刊《笔振天声》中看到了他们办刊的方针和为之付出的努力，创作委员会的目的就是以推出精品诗词为己任，用诗词精品来引导诗人创作、提升诗词水平、净化诗词环境。《笔振天声》微刊就是在这样的初衷下产生的，而且取得了初步成效，他们的选稿不以人的地位、职务、名望等为标准，而是以诗词水平的优劣作为入选的唯一原则，这个标准我觉得定得很好。

文艺成就，无论是时代的、民族的，还是个人的，最终看作品水准。2014年10月15日习近平总书记在文艺工作座谈会上指出："衡量一个时代的文艺成就最终要看作品。"优秀文艺作品反映着一个国家、一个民族的文化创造能力和水平。因此，文艺工作者应该牢记，创作是自己的中心任务，作品是自己的立身之本，要静下心来、精益求精搞创作，把最好的精神食粮奉献给人民。总书记特别强调：必须把创作生产优秀作品作为文艺工作的中心环节。

诗词创作，作为文艺工作的重要组成部分，同样必须把创作精品力作作为中心环节。对于诗词来说，只有精品力作才能动人，即打动人、感动人、熏陶人、教育人；只有精品力作才能具备传播能量，也就是让人们喜闻乐见，如口耳相传，写成书法作品，收录于精品诗集，进入诗歌朗诵会，等等；只有精品力作才能传世存史，历史就是大浪淘沙，能够留下来的都是精品力作；只有精品力作才能走出国门，走向世界。现在，有人估计，全国诗词创作队伍有300万人，这个数字是有关同志根据对诗词网络工具的使用情况得出的。我曾引用过这个数字说明目前我国诗词人数之多。钟振振教授曾据此推算，假如每人每年写10首，一年就是3000万首，一天就是8万首，即近乎两部《全唐诗》的数量。假如每人每年写20首、30首呢？每天产生的诗词数量就更是难以估量了。

这些数字大家姑且听之，因为到底多少人写诗词、每年写多少首诗词，是难以统计的。仅从各种诗词报刊、微信公众号等新媒体公开出来的诗词来看，我们完全可以说，今天繁荣发展诗词，已经不需要把功夫花在创作数量上，而是要花在创作质量上，即花在创作精品力作或叫优秀诗词作品上。我们可以不可以这样说，与其写成泛泛之作10首，不如精心创作1首，甚至可以说，与其滥作百首，不如精作1首。张若虚的《春江花月夜》"孤篇盖全唐"向我们很好地说明了这个道理。当然，话分两头，我国诗词界有不少创作高手，不仅创作数量多，水平也很高。这是值得我们钦佩和支持的。

由此，我希望，创作委员会要承担起组织诗词精品创作、指导诗词精品创作、研究诗词精品创作的职责，而不是像界别性专委会那样把本界别诗友组织起来进行创作就完成任务了。至于怎么组织、怎么指导、怎么研究，请你们好好商量，不断创新思路和办法，使诗词创作不断由"高原"走向"高峰"。相信你们一定会开好头，迈好步，不辜负我们成立创作委员会的愿望！

眉山市从今天起成为中华诗词创作研究基地，既多了一张名片，也添了一份责任。希望眉山市和创作委员会共同努力，建好用好这个基地，为诗词精品创作发挥基地特有的作用，为中华诗词进一步繁荣发展贡献自己的积极力量。

# 以系统观念推动中华诗词联动发展＊

各位会长、各位主任，同志们：

今天我们在常州召开这次会议，首先要感谢江苏省诗词协会，特别是感谢会长。会长亲力亲为，请常州市委市政府给予大力支持，为这次会议提供了这么周到细致的安排。

2020年11月中华诗词学会"五代会"之后，我们研究建立了全国诗词学会会长联席会议制度，目的是健全诗词工作的联动机制，构建中华诗词新发展格局。2021年6月15日在云南玉溪召开了首次会议，今天是第二次，会议名称规范为"中华诗词学会单位会员会长会议"，同时套开专委会主任会议。

这次会议的主要任务，是交流诗词工作的做法和经验，表彰先进单位和个人，使全国诗词工作进一步系统推进，整体发展，为实现党的二十大所擘画的文化强国建设的宏伟蓝图，作出中华诗词应有的贡献。这次共有9个单位会员、7个专委会、30名个人受到表彰。刚才江苏、湖北、河北、山东四省诗词学会（协会），散曲、女

---

＊ 本文是作者2023年5月16日在中华诗词学会单位会员会长会议暨专委会主任会议上的讲话。

子、残疾人专委会作了重点发言，介绍了他们的先进经验。

下面我围绕本次会议的任务，讲三点意见。

## 诗词工作先进单位和先进个人的共同特点

评比和表彰先进，这是学会成立以来的第一次，也是尝试。在评选通知中，我们对先进的共同要求是：认真落实"两讲两树"（即讲政治、讲团结，树正气、树形象）要求，结合本地实际贯彻中华诗词学会工作意图及时认真，没有发生政治性问题和不团结现象；全面组织落实《"十四五"时期中华诗词发展规划》，围绕此规划五项目标、九大工程，重点工作计划周密、开展活动有特色；积极努力承办和配合中华诗词学会组织的大项工作和活动成效明显。根据受表彰单位和个人的工作实际，我这里简要概括一下他们各自的特点。

### 先进单位的共同特点

一是认真组织诗词创作。先进单位是指先进单位会员和先进专委会。我们成立诗词组织和专委会，目的是繁荣发展中华诗词事业，而繁荣的重要标志就是诗词创作水平的提高。上任伊始，我在中华诗词精品创作研讨会上就讲，诗词组织（包括专委会）要树立以人民为中心的创作理念，引领各路创作大军创作精品力作，使诗词作品表现人民生活，接受人民评价，永为人民服务。这次表彰的16个先进单位，都在这方面下了功夫。比如，江苏省诗词协会每年确定一个专题，开展主题诗词创作、评选、展示活动，编辑《江海诗词双年选》；散曲工委以精品意识组织主题创作，选编"人世情丛书"12辑共收录作者4800余人、佳作10000余首，推动散曲创作水平大幅提升；北京诗词学会结合重大活动组织诗词创作，推出了庆祝党的二十大、迎接北京冬奥会和冬残奥会、北京中轴线申遗、讴歌新时代英雄人物等一批优秀作品；山西省诗词学会积极参加中华诗词学会组织的各项创作、大赛活动，多人在全国重大征文活动中获奖，多篇论文在全国性研讨会上交流。

二是努力做好诗词传播。越来越多的单位会员和专委会，充分发挥新媒体的传播优势，有力推动中华诗词传播"破圈"，走向大众、走向社会。比如，江苏省诗词协会借助《凤凰资讯报·天下美篇》主办"诗天下"专版（每周一期）和江苏教育报"诗教园地"栏目，不仅使传统媒体得到了拓展，而且实现了诗词全媒体传播的局面；山东诗词学会对《历山诗苑》进行了扩版，对官方网站和微信公众号进行了完善，扩大了影响；残疾人工委编发《仁美诗词》《燕声梧桐》两个微刊，一年分别发布56期、356期，数量可观；浙江省诗词学会编辑两个会刊《浙江诗联》和《浙江诗联选萃》以及《诗联浙江》微刊，推出了不少优秀作品；湖南省诗词学会创新诗词传播形式，在用好网络、微信、公众号的同时，还将诗词与戏剧、音乐、舞蹈等多种艺术形式相结合，扩大了诗词的社会影响；少数民族工委不断优化微信公众号《诗萃大观》，推出"少数民族诗人"系列。

三是扎实推进诗词"六进"。《"十四五"时期中华诗词发展规划》提出，要广泛开展诗词"六进"活动，推动诗词进校园、进机关、进农村、进企业、进社区、进景区，努力在更大范围激发群众学诗词、写诗词、用诗词的热情。在这方面，先进单位都做得比较好，比如，河北省诗词协会把诗教工作纳入当地党委、政府的社会、经济、文化规划当中，把诗教评选工作纳入当地党委、政府的评先序列，诗词"六进"的力度明显加大；内蒙古自治区诗词学会深入开展诗教工作，走出一条把中华诗词之乡创建与蒙元文化建设、民族团结教育结合起来的新路子；诗教工委启动了小学诗教教材的编写工作，并结合新课标理念编写相应中华诗教专题教学资料。

四是积极开展诗词重大活动。活动是学会的生命。这次单位评先有一条硬标准，就是每年主办影响较大的活动不少于4次。受表彰的先进单位都做到了，而且还积极承办和配合中华诗词学会组织的其他大型活动。比如，湖北省中华诗词学会举办的"聂绀弩杯"年度诗坛人物发布会、大学生中华诗词邀请赛等活动在全国影响很大；女子工委主办了中华女子诗词大会、中华女子诗词论坛等活动；乡村工委主办的孟浩然新田园诗论坛及孟浩然新田园诗邀请赛和城镇工委承办的"百城杯"全国诗词大奖赛等，都取得了很好的效果。

### 先进个人的共同特点

一是有讲政治的觉悟。具有"四个意识"，做到"两个维护"，在创作、评论、理论研究、诗词活动中坚持正确的政治方向。

二是有讲奉献的精神。这次表彰的先进个人，有的年过七旬，有的体弱多病，有的身兼数职。他们在报酬极少甚至没有报酬的情况下甘愿付出时间和精力，兢兢业业做好会员单位和专委会的工作。

三是有讲团结的意识。与同事与服务对象相互尊重、相互学习、相互理解、相互帮助，保证人际关系和谐，诗词工作顺利开展。

通过以上概括可以看出，本次表彰的先进单位和个人有两个共同特点非常明显：一是扎实贯彻"两讲两树"要求，二是认真落实《"十四五"时期中华诗词发展规划》。

### 评选和表彰先进单位和先进个人的目的和意义

中华诗词学会成立30多年来第一次表彰先进，出于以下目的，具有以下意义：

一是充分肯定工作。对做得好的，用一定方式加以肯定，是一种重要的激励方式，使诗词工作做与不做、做多做少、影响大小不一样。

二是树立工作标杆。用"先进引路、典型示范"。希望大家以先进为榜样、以优秀为标准，形成争先创优的浓厚氛围。

三是系统推进工作。第一次会长联席会议上我讲的主题是"健全诗词工作联动机制，构建中华诗词新发展格局"，我提出了建立几个联动机制，并把中华诗词学会官方网站作为联动平台。这次对网站的链接、建设和使用情况进行了评比，使辛苦管理网站、充分利用网站的同志得到应有的肯定，学会还拿出了一点奖金。截至2023年5月12日，已开通分支网站925家，其中省级30家（包括安徽3家）、市级215家、县级592家、独立诗社86家。

这次评选工作也存在不足。从中华诗词学会方面看，通知不够到位。学会工作群，有的不看，有的发诗词作品，把通知淹没了。因此，我建议：工作群不发诗词，诗词群最好不要相互拉，而是要设法"破圈"。因为，大家知道，创作歌曲主要不是让音乐家们听的，写小说主要不是让作家们看的，同样，我们写诗词主要不是让诗词作者们相互看的，而是应当向诗词圈外传播。从覆盖面看，参加评选的只到单位会员，而单位会员目前只限于省级诗词学会。一些副省级城市、一些地级市的诗词工作十分活跃，但不在评选范围内。从单位会员方面看，有的重视不够。这些问题下次要努力改正。

## 用系统观念推动诗词工作整体发展

如何进一步使各地诗词工作系统推进、整体发展呢？

## 做好诗词工作就要自觉用好党的创新理论的世界观和方法论

习近平新时代中国特色社会主义思想的世界观和方法论，党的二十大概括为"六个必须坚持"：必须坚持人民至上、必须坚持自信自立、必须坚持守正创新、必须坚持问题导向、必须坚持系统观念、必须坚持胸怀天下。

我们在诗词工作要用好"六个必须坚持"，因为每一个"必须坚持"对我们都十分重要。我们要分别领会每一个"必须坚持"的内涵和要求。

### 充分把握诗词工作是一个系统工程

从诗词工作的层级看：全国、省级、市级、县级、乡镇级诗词组织，每一个层级的诗词工作，都是一个系统，每一个下级诗词组织和诗词工作都是上一级诗词组织和诗词工作的构成要素。例如省级诗词工作由市级诗词工作作为要素构成系统，以此类推。

从诗词工作的内容看：诗词发掘整理工作、诗词创作提高工作、诗教工作、诗词出版传播工作、诗词研究评论工作、诗词人才培养工作、诗词表演展示工作、诗词环境建设工作……共同构成了诗词工作的系统内容。诗词工作，我也曾称之为诗词活动。整个诗词工作是一个系统，在这个系统中，每一项诗词工作都是整个诗词工作系统的要素。就每一项诗词工作来说，又自成系统，如诗教工作，要素就是诗教内容、队伍、地点、方式……

### 要系统推进就要坚持系统观念

系统观念是具有基础性的思想和工作方法——这是习近平总书记的一个重要金句。

一是系统推进需要健全每一个构成"要素"。系统是由相互影响、相互作用的各要素形成的有机整体，因此系统具有整体性。拿网站来说，网站要成为系统，就要健全要素。全国诗词网站系统需要健全省级诗词网站，但还有4家没有开通。省级诗词网站系统需要健全市级诗词网站，但目前只有江苏、河北、山东、江西4家市级诗词网站全部开通；全国市级诗词网站开通率只达到40.09%。市级诗词网站系统，需要健全县级诗词网站，县级诗词网站全部开通的地级市共有17家，而开通网站的县只占总数的19.53%。这需要会长们重视起来，把网站系统完善起来。

二是各个构成"要素"组成系统需要一个合理的结构，因此系统具有结构性。比如，诗词学会领导班子的年龄结构就需要讲究。我们发布了一个指导性意见，各单位会员领导班子60岁以下要占30%，50岁以下至少要有一个，以解决领导班子年龄过大的问题。

三是系统功能要大于各要素功能之和，即力求 $1 + 2 \geq 3$。有一句老话叫"一个和尚挑水吃，两个和尚抬水吃，三个和尚没水吃"，说的是"要素"增加了，但系统功能却下降了。就网站来说，有的开通了但用得不够，诗词工作的重大事件、重要成果只在公众号发布，不在网站发布；网管员配备或数量不够，或责任心不强，下级推送上来的作品和消息审核不及时甚至长期不审核，挫伤了下级和诗友们的积极性。这次网站考评，省级管理员得分最高的15096.8分，第二名只有3890.3分。这就影响了网站系统以及诗词工作系统整体功能的发挥。大家一定要认识到，网站是微信公众号所无法比拟的，它是一个共享的信息发布平台、诗词学习平台、诗人服务平台、诗教展示平台、档案存储平台。昨天下午2点12分，我打开网站，看到这么一组数字：在线534，访客16564，浏览页面38134。自这个网站改版升级以来，页面总浏览量4498万。可见，网站的吸引力和影响力还是很大的。

四是"整体发展，系统推进"就要建立健全诗词工作联动机制。联动，既有条条联动，也有块块联动。条条联动就是全国性的、省市区的、地市县的诗词工作联动；块块联动，就是一省区域内各级诗词工作联动（在本区域内这也是一种条条联动）；还有横向联动，如晋冀鲁豫四省每年都有一次活动。横向联动生动活泼，方兴未艾，前景广阔。

各位会长、各位主任，这次把单位会员会长会议和专委会主任会议合并召开，可以看作是诗词工作联动机制的进一步健全。联动的实质，就是推动各地、各专委会同心协力、相互促进，把党的二十大的有关精神在诗词界落实好，把主题教育抓实抓好，让诗词这个中华优秀传统文化的精粹合乎新时代的要求，满足人民对美好生活的期待。

# 诗人词家要担负起新的文化使命*

各位常务理事：

刚才我们听取了学会工作报告、学会财务工作报告，并且以鼓掌方式通过了他们的报告，完成了法定议程。

6月2日在文化传承发展座谈会上，习近平总书记发表重要讲话，从党和国家事业发展全局的战略高度，对中华文化传承发展的一系列重大理论和现实问题作了全面系统深入阐述，号召担负起新的文化使命，推进社会主义文化强国和中华民族现代文明建设，因此具有十分重要的意义。6月7日晚，中华诗词学会全体会长以视频会议方式，学习座谈了习近平总书记的重要讲话精神。中华诗词是中华优秀传统文化的精髓，既是要大力传承发展的重要内容，也承担着传承发展的重要责任。这次常务理事会的重要任务就是集体学习领会习近平总书记的重要讲话精神，并对单位会员和全体个人会员的学习落实工作进行动员和安排。为此，我讲四点意见。

---

\* 本文是作者2023年6月17日在中华诗词学会五届四次常务理事会议上的讲话。

## 充分认识中华文明的突出特性
## 提高建设中华民族现代文明的自觉性

全面论述中华文明的突出特性，是习近平总书记重要讲话的精彩之处，是我们要认真学习领会的第一个重点。总书记深刻地指出，中华文明具有五大突出的特性，这就是连续性、创新性、统一性、包容性、和平性。只有深刻认识中华文明的这些突出特性，才能更加自觉地投身建设中华民族现代文明。

连续性是中华文明的第一个突出特性。这一特性让我们更深刻地看到中华民族为什么必然走自己的路，告诫我们只有从源远流长的历史连续性来认识中国，才有可能更好地理解古代中国、理解现代中国、理解未来中国。

创新性是中华文明的第二个突出特性。这一特性让我们更深刻地懂得中华民族何以具有守正不守旧、尊古不复古的进取精神，中华民族何以具有不惧新挑战、勇于接受新事物的无畏品格。

统一性是中华文明的第三个突出特性。这一特性让我们更清晰地认识中华民族各民族文化为什么能够融为一体、即使遭遇重大挫折也牢固凝聚，为什么具有国土不可分、国家不可乱、民族不可散、文明不可断的共同信念；国家统一永远是中国核心利益的核心，一个坚强统一的国家是各族人民的命运所系。

包容性是中华文明的第四个突出特性。这一特性让我们更坚定地坚持中华民族交往交流交融的历史取向、中国各宗教信仰多元并存的和谐格局、中华文化对世界文明兼收并蓄的开放胸怀。

和平性是中华文明的第五个突出特性。这一特性决定了中国始终是世界和平的建设者、全球发展的贡献者、国际秩序的维护者，决定了中国不断追求文明交流互鉴而不搞文化霸权,决定了中国不会把自己的价值观念与政治体制强加于人,决定了中国坚持合作、不搞对抗,决不搞"党同伐异"的小圈子。

## 从"两个结合"深化理解"中国特色"

透彻论述"两个结合",特别是第二个"结合",是讲话的又一精彩之处,是我们要认真学习领会的第二个重点。习近平总书记指出:"在五千多年中华文明深厚基础上开辟和发展中国特色社会主义,把马克思主义基本原理同中国具体实际、同中华优秀传统文化相结合是必由之路。这是我们在探索中国特色社会主义道路中得出的规律性的认识,是我们取得成功的最大法宝。""我们的社会主义为什么不一样?为什么能够生机勃勃充满活力?关键就在于中国特色,中国特色的关键就在于'两个结合'。"

讲话对"两个结合"的透彻论述,让我们懂得了很多道理。

第一,让我们清晰地懂得,之所以能够"结合",是因为马克思主义和中华优秀传统文化存在高度的契合性。相互契合才能有机结合。

第二,让我们清晰地懂得,"结合"的结果是相互成就,造就了一个有机统一的新的文化生命体,让马克思主义成为中国的,中华优秀传统文化成为现代的,让经由"结合"而形成的新文化成为中国式现代化的文化形态。

第三,让我们清晰地懂得,"结合"筑牢了道路根基,让中国特色社会主义道路有了更加宏阔深远的历史纵深,拓展了中国特色社会主义道路的文化根基。中国式现代化赋予中华文明以现代力量,中华文明赋予中国式现代化以深厚底蕴。

第四,让我们清晰地懂得,"结合"打开了创新空间,让我们掌握了思想和文化主动，并有力地作用于道路、理论和制度。更重要的是，"第二个结合"是又一次的思想解放，让我们能够在更广阔的文化空间中，充分运用中华优秀传统文化的宝贵资源，探索面向未来的理论和制度创新。

第五，让我们清晰地懂得，"结合"巩固了文化主体性，创立习近平新时代中国特色社会主义思想就是这一文化主体性的最有力体现。"第二个结合"，是我们党对马克思主义中国化时代化历史经验的深刻总结，是对中华文明发展规律的深刻把握，表明我们党对中国道路、理论、制度的认识达到了新高度，表明我们党的历史自信、文化自信达到了新高度，表明我们党在传承中华优秀传统文化中推进文化创新的自觉性达到了新高度。

以上两部分，我几乎原原本本地转述了习近平总书记的重要讲话的报道稿内容，便于大家学习领会。

## 充分认识新的文化使命
## 共同努力创造属于我们这个时代的新文化

习近平总书记重要讲话中强调："在新的起点上继续推动文化繁荣、建设文化强国、建设中华民族现代文明，是我们在新时代新的文化使命。要坚定文化自信、担当使命、奋发有为，共同努力创造属于我们这个时代的新文化，建设中华民族现代文明。"这是总书记发出的重要号召。如何充分认识新的文化使命，积极投身创造属于我们这个时代的新文化，是我们要认真学习领会的第三个重点。

什么是属于我们这个时代的新文化？我们正在期待权威的阐释。我初步理解：属于我们这个时代的新文化，是反映时代特色的文化、弘扬时代精神的文化、合乎时代要求的文化、引领时代进步的文化。这一任务落实到我们诗词界，就是要创作属于我们这个时代的诗词精品，即创作反映时代特色的诗词精品、弘扬时代精神的诗词精品、合乎时代要求的诗词精品、推动时代进步的诗词精品。那么，如何创作属于我们这个时代的诗词精品，从而积极参与创造属于我们这个时代的新文化呢？

第一，要组织学习和贯彻落实习近平总书记在文化传承发展座谈会上的重要讲话。要把学习贯彻作为重要政治任务抓细抓实，把学习贯彻作为各单位会员主题教育的重要内容。要把此次的学习贯彻同学习贯彻习近平总书记关于文艺工作的系列讲话结合起来，同学习贯彻党的二十大精神结合起来，用以指导诗词创作。

第二，要树立"坚持与时代同步伐"的诗词价值观。诗人和诗词要"承担记录新时代、书写新时代、讴歌新时代的使命，勇于回答时代课题，从当代中国的伟大创造中发现创作的主题、捕捉创新的灵感，深刻反映我们这个时代的历史巨变，描绘我们这个时代的精神图谱，为时代画像、为时代立传、为时代明德"。（2019年3月4日习近平总书记参加全国政协文艺界、社科界联组会议时的重要讲话）让诗词成为时代的号角。

第三，要坚持守正创新，努力创作反映新时代的诗词精品。守正创新，是党的创新理论的世界观和方法论。这就要求我们处理好数量与质量的关系，更加注重诗词质量。可以说，由于诗词创作队伍庞大，诗词创作数量巨大，因此，繁荣发展中华诗词，无论是整体还是个人，都不需要在创作数量上下功夫，而是要在创作质量上下功夫。要有"好诗不厌百回改""一诗千改始心安"的态度和追求，多创作属于我们这个时代的诗词精品。

第四，要推动诗词组织向新时代转型。这就要研究思考，创作属于我们这个时代的诗词需要什么样的诗词组织。这是需要大家讨论的重大问题。比如，应当是具有正确诗词价值观的诗词组织（即正确评判诗词的文本价值，十分重视诗词的社会价值），应当是风清气正的诗词组织（如不计较个人名利、不搞文人相轻、不刚愎自用自以为是、不以诗谋私也不以私谋诗），应当是不拘一格降人才的诗词组织（打破论资排辈、善于发现培养使用年轻诗词人才、合理的班子年龄结构），等等。为此，各单位会员及其各级诗词组织要按照主题教育的要求，认真查摆各自存在的问题，分析原因，采取有效措施，边学习边整改。要通过主题教育，进一步"讲政治、讲团结，树正气、树形象"；组织要成为合乎新时代要求的诗词组织，会长们要作好各方面的表率；个人要做一个合乎新时代要求的诗词工作者和诗词学习者、创作者、传播者。

第五，要以学习贯彻为动力，持续推进《"十四五"时期中华诗词发展规划》逐项落到实处。此规划制定了"五大目标""九大工程"。"五大目标"，即开创诗词工作服务国家大局的新境界，创造诗词事业满足人民需求的新气象，构建诗词创作紧贴时代发展的新局面，营造风清气正的诗词创作发展新环境，形成诗词人才队伍新结构。"九大工程"，即诗词精品创作工程、诗词评论与研究工程、诗教质量提升工程、诗词人才队伍建设工程、诗词出版与传播工程、诗词组织建设工程、诗词工作联动工程、学会领导成员和会员学习提高工程、诗词网站联动共享工程。中华诗词发展规划，不是中华诗词学会的工作规划，而是指导和协调单位会员及其各级诗词组织开展诗词工作的规划，这个规划需要我们一起在各自主管部门的领导和支持下共同努力、通过各自的工作去逐步实施。

各位常务理事，学习贯彻习近平总书记在文化传承发展座谈会上的重要讲话精神，既是传承发展中华诗词、发挥中华诗词作用的巨大动力，也是传承发展中华诗词、发挥中华诗词作用的大好机遇。我们要集聚力量、抓住机遇，团结带领全体会员发奋努力，为创造属于我们这个时代的新文化作出诗词界的贡献。

# 传承《诗经》繁荣当代诗词创作*

各位领导、各位专家学者：

今天我们来到河北河间市，召开"《诗经》传承与当代诗词创作交流会"，参观了与《诗经》相关的遗址，考察了河间充满《诗经》文化的道路、桥梁、公园等诗词景观建设，很受感染。这里，我讲三句话。

## 繁荣当代诗词创作，不可不研究《诗经》

《诗经》是我国最早的一部诗歌总集，也是我国最古老的一部文化经典，在中国文学史、文化史上产生了极为深远的影响。

在类型上，《诗经》开创了风雅颂三种体例；在方法上，《诗经》开创了赋比兴三种艺术手法；在内容上，《诗经》开创了反映时代、反映社会生活的创作导向；在功能上，《诗经》开创了"兴、观、群、怨"的艺术魅力，《诗经》从一开始就具备了"兴、观、群、

---

\* 本文是作者 2023 年 7 月 2 日在《诗经》传承与当代诗词创作交流会上的讲话。

怨"的社会作用。

正是由于这些特色，《诗经》奠定了中国诗歌艺术以"言志、抒情"为特色的民族文化传统，确立了以"风雅""比兴"为标准的中国诗歌创作和批评的艺术创作原则。因此，繁荣当代诗词创作，不可不研究《诗经》。中国诗经学会、高等院校相关院系、一批诗人词家，都研究《诗经》，并取得丰硕成果。

## 研究《诗经》，不可不来河间

河间具有2700年的建制史。在历史上，这里产生过河间国；后来，河间府的建制历经数个朝代，长达900多年。特别是，在秦始皇实施焚书坑儒的残暴时期，毛亨（史称"大毛公"）为了避免自己的《诗经》注本被焚，便逃到河间，传于侄子毛苌（史称"小毛公"）。毛苌广招生徒，传授《诗经》，河间献王刘德封其为博士，这才使《诗经》得以传承下来。古时有四家为《诗经》作注。现在，我们见到的《诗经》，只有毛版《诗经》。

是那个特殊的年代成就了河间，使今天河间人自豪地称河间为"《诗经》的发祥地"或"《诗经》再生地"。今天的河间，流传着许多关于毛氏叔侄保存传播《诗经》的动人故事。毛公墓安详地坐落于河间大地，供人瞻仰怀念。诗经村存世久远，人们已经不知其从什么年代开始用《诗经》命名的。

所以，研究《诗经》，不可不来河间。

## 来到河间，不可不重视河间《诗经》传承工作和研究成果

河间市委市政府及其有关部门多年来把《诗经》传承工作作为

接力棒传下去，力度越来越大。在学校以及一些机关企事业单位，都开展了《诗经》的学习和诵读活动。杨宝霞的东楼乡贤书院，讲经、培训、教化人，正在组织创作诗经千米长卷，计划打造诗经长廊、音乐剧等。《诗经》的篇名、名句、名词被很多地方用于命名，如诗经路、诗经桥。诗经公园成为人们学习和品味《诗经》的好去处。河间由此成为河北省第一个被中华诗词学会授牌的"中华诗词之乡"。

河间市田国福先生几十年如一日，收藏《诗经》古本与《诗经》文化相关什物达800余函，10050册，《诗经》长物178件，并因此获得吉尼斯世界纪录，大大提高了河间在全国的知名度，成为河间的名片。另外，他还主办了河间市《诗经》文化研究会，创办了自己的刊物；主编了《诗经在河间》《诗经在沧州》《河间遗韵》《诗经长物》"诗经古籍丛书"等十几部书籍，并做了大量的实地考察工作。董杰先生是语文教师，2010年开始，他购书400余套，写读书笔记30余万字，从研究文本出发，开办《诗经大讲堂》，在各地演讲了1300余堂课。

这次《诗经》传承与当代诗词创作交流会真是找对了地方！相信会有更多的《诗经》研究者、中国文学史研究者和诗人词家来河间体验考察。

# 把推动精品创作视为天职\*

各位专家、各位诗友：

今天在湘中明珠娄底，中华诗词学会当代诗词曲赋联精品研究委员会宣告成立，当代诗词曲赋联精品论坛也同时举办，我首先代表中华诗词学会表示衷心祝贺。我因故不能来到现场，特请沈华维会长代表我、代表中华诗词学会前来参会。

我们依托湖南设立诗词曲赋联精品研究委员会，一是因为湖南是一片诗意的沃土，历史文化底蕴深厚，诗词名家辈出，李东阳、曾国藩、毛泽东等叱咤历史风云的杰出人物，都是诗词大家；二是因为多年来湖南诗词工作扎实、成果丰硕、人才队伍雄厚；三是因为湖南省诗词协会近些年高度重视诗词精品工作：2020年12月15日，我刚就任中华诗词学会会长半个月，我就应时任会长彭崇国的邀请，到株洲渌口参加"中华诗词精品创作研讨会"，并作了题为《精品力作：中华诗词创作的不懈追求》的讲话，也正是在这里，我知道他们主办了《诗国前沿》杂志，这本杂志就是在全国范围内挑

---

\* 本文是作者2023年8月22日在中华诗词学会当代诗词曲赋联精品研究委员会成立大会暨当代诗词曲赋联精品论坛上的讲话。

选并刊发诗词精品，对湖南乃至全国的诗词精品创作和传播发挥了很好的推动作用。这给我留下了深刻印象，后来我在多个场合介绍过这本杂志和湖南所做的工作。接着，我和彭崇国会长商量如何更好地发挥推动精品创作的作用，商量的结果就是依托湖南成立诗词曲赋联精品研究委员会。

我所说的"依托湖南"不是在湖南设立。委员会设在中华诗词学会，只是委员会的工作依托湖南来做，请湖南相关组织和个人承担起专委会的工作职责。所有依托地方的专委会都是如此，如少数民族诗词工作委员会、诗词创作委员会、城镇诗词工作委员会等，都是这样的模式。这一点大家一定要清晰地知道。这是中华诗词学会"千方百计调动千军万马，激发千家万户"工作思路的具体举措。《中华诗词学会关于设立专业委员会的若干规定》对此有明确规定。这里我提请诗词曲赋联精品研究委员会的全体同志要严格按照这个规定开展工作。

精品研究委员会，第一位的当然是要树立精品意识。今天我们谈论精品，和三年前谈论精品相比，肩负着更新的时代责任。今年6月2日，在文化传承发展座谈会上，习近平总书记指出："在新的起点上继续推动文化繁荣、建设文化强国、建设中华民族现代文明，是我们在新时代新的文化使命。"中华诗词是中华优秀传统文化的精髓，既是要大力传承发展的重要内容，也承担着传承发展的重要责任。传承发展的落脚点就是创作诗词精品。现在全国每天都在产生着巨量的诗词作品，因此发展繁荣中华诗词已经不需要在量上花力气，而是要把功夫下在创作精品力作上。

为推动精品力作创作，中华诗词学会有不少举措，而成立精品研究委员会则是一个非常有意义的举措，因为从此我们有了一个研究和推动精品创作的专门机构，有了一批研究和推动精品创作的专门队伍。

希望你们积极主动、创造性地开展工作，推动创作精品、收集精品、研究精品、传播精品工作，建立精品数据库。

希望你们放眼全国，发现、培养、汇聚精品创作和研究的人才队伍。

希望你们制定工作方案或工作计划。开展工作要坚持问题导向，不针对问题就是无的放矢！检验工作要坚持效果导向，没有效果就是白花力气，就是瞎折腾；效果才是硬道理！

希望你们用好本次论坛的成果，并不断加强和深化精品研究工作，为创造属于我们这个时代的新文化，源源不断地贡献你们的智慧！

谢谢大家！

# 努力打造现代医学和诗词文学相结合的精神高地[*]

各位领导、各位专家、各位同仁：

今天，我们举行中华诗词学会医药界诗词工作委员会成立授牌仪式暨《慈丹清韵》套书首发式，首先让我们表示热烈祝贺。医药界诗词工作委员会是发展中华诗词事业的又一方面军。

医药界诗词工作委员会，全称应当是中西医药界诗词工作委员会，可以简称为医药诗词工委。成立这一工委的目的，是把医药界诗词爱好者激发和组织起来，创作诗词、传播诗词，扩大诗词队伍，增强诗词力量，同时也让诗词这一中华优秀传统文化进一步走进医药界，借以营造文化氛围，丰富文化生活，提升为民境界，使中华诗词成为医药工作者的重要精神营养。

医学界具有医学和诗词文学相结合的丰厚基础。中医学、中药学源远流长，博大精深，是中华民族的文化瑰宝。学习和运用中医学、中药学经典著作，使医药界同仁具有中国传统文化的深厚功底，这是你们的突出优势。

---

[*] 本文是作者2023年9月11日在中华诗词学会医药界诗词工作委员会成立仪式上的讲话。

中华诗词，典籍浩繁，精彩纷呈，是中华优秀传统文化的璀璨明珠。医药诗词工委的成立，使你们更有条件把医学和诗词文学两者紧密地结合在一起。事实上，你们在这方面已经取得了一些原创性成果，许多医药工作者在繁忙工作之余，把医药学的心得凝练成诗词，用诗词的魅力助推医药学工作。今天首发的《慈丹清韵》套书就是一个鲜明例证。郑伟达院长就是一个勤奋高产的诗人，成立医药诗词工委是他的提议，也是他辛苦工作的结果。

　　医药诗词工委，这个机构名称就表明，今后，医药界各位诗友既要在医药专业上继承创新，又要在诗词文学上拓展新路。今年6月2日，在文化传承发展座谈会上，习近平总书记指出，在新的起点上继续推动文化繁荣、建设文化强国、建设中华民族现代文明，是我们在新时代新的文化使命。医药诗词工委的成立赶上了好时候，也为文化传承发展增添了新力量。

　　希望你们摸清底数，建设队伍。组建工委，不仅是为了加强彼此已经非常熟悉的诗友的联络，更是为了把全国医药界诗词者组织起来。因此，工委的工作可以从熟悉的诗友起步，但要逐步拓展到本市医药界、京外医药界、全国医药界。这种拓展不是机构拓展，专委会下面不能建立分支机构，更不能到各地建立分支机构。我指的是诗词工作拓展，比如工委领导成员、工委委员的组成，可以增强代表性、广泛性、覆盖面，让他们在所在地组织、协调、带动诗词工作。可以通过人际交往、诗词活动、工委微刊等多种方式，逐步让全国医药界诗词爱好者知道我们，参加我们的诗词活动。总之，千方百计调动千军万马，把医药诗词队伍逐步组织起来，投身诗词事业。

　　希望你们立足医药，写出特色。写，指写诗填词作曲。我们当然可以随性而为，见山写山、见水写水，秋来写秋、冬来写冬。从全国诗词创作的整体布局考虑，我更希望你们以医药生涯作为写作资本，以医药工作作为写作源泉，写别人写不了的题材，如写医学发展、医药管理、医者仁心、医患关系、医药遐想等等，以中华诗词的独特艺术手法，写出中国医药的时代风貌，反映中国医药的当代发展，讴歌中国医药的突出人物，弘扬真善美，鞭挞假恶丑。

希望你们以诗养性，坚守医德。每当我就医痊愈，我就发自内心地崇敬白衣天使——你们就是生命的守护神；每逢重大疫情，我对白衣天使的崇敬就上升到极点——你们就是"明知山有虎，偏向虎山行"的英雄。然而，人们对医院的诟病也不绝于耳，近期一些医院陆续被查出问题更引人关注。医风需要净化，医德需要坚守。我希望医药诗词工委的全体同仁，激发和组织更多的医药工作者，从中华诗词中汲取营养，以诗养性，在净化医风、坚守医德方面做一些力所能及的工作。医药诗词工委领导班子要率先垂范。

各位领导、各位专家、各位同仁，中华诗词学会本着"千方百计调动千军万马，激发千家万户"的工作思路，两年多来已经成立了22个专业委员会。每个专委会的成立仪式，我都作了讲话。我提出的希望，有些是对每一个专委会都适用的，这里不再重复，希望你们关注。国家对社会团体的要求越来越高，管理也越来越严。中华诗词学会的主管单位中国作协、民政部，分别于8月29日～9月1日、9月7～8日举办培训班，对社会团体领导班子进行政治培训。中华诗词学会也颁发了关于专委会的管理意见。各个专委会都要严格按照社团管理要求和学会规定去做。

相信医药诗词工委一定能够既严格遵守管理要求，又生机勃勃地开展诗词活动。我为你们加油！

# 在互学互鉴中推动新时代中国
# 诗歌的繁荣发展*

各位专家、各位诗友：

由国家文旅部、中国作协、河南省人民政府主办的第七届中国诗歌节，精心策划、周到安排、精彩纷呈。这是我首次参加这一盛大节日！感谢诗刊社的邀请！现在又举办"传承创新：新旧体诗的百年发展"论坛，这是一个很有意义的话题。

这个话题把中华诗词纳入中国诗歌发展历史加以回顾和总结。在百年前那场声势浩大、影响深远的"新文化运动"中，旧体诗遭围剿，新体诗被倡导。从此，新体诗兴起了，但旧体诗并没有被打倒，毛主席说"旧体诗一万年也打不倒"，因为人民喜欢、人民需要。旧体诗何止没有被打倒，反而在改革开放40多年来日益发展繁荣，截至今日，中国诗词学会会员编号已到51700多，省市县三级诗词学会会员估算有50多万人，诗词刊物1500多种，诗词作者队伍估算300多万人，每天产出诗词数以十万计。这些数字目前只是估算，今年年底前将会通过层层统计而使数据更准确一点。如此令

---

\* 本文是作者2023年9月22日在"传承创新：新旧体诗的百年发展"论坛上的发言。

人惊叹的文学现象，多数现当代文学史著作却不置一词，这实在令人费解。文学史家不写有人写，我们自己也写：中华诗词杂志社编写的《中国当代诗词史》已于前年出版问世；《二十一世纪中华诗词史》已于8月召开过编撰工作会议。今天的论坛以"新旧体诗的百年发展"为题，这是又一次用"史"的眼光来讨论新旧体诗。

借此机会，我以"在互动互鉴中推动新时代中国诗歌的繁荣发展"为题，谈几点想法。

## 新时代中国诗歌的主体构成

新体诗和旧体诗，是两种不同体裁的诗歌。体裁上的"新""旧"之分，本身并没有优劣之分，但是，因为"新""旧"对比，"旧"字往往含有贬义，特别是"破旧立新""破四旧"概念深入人心，所以容易引发人们对两种诗体的不当评价。所以，我建议不要脱离体裁而简单地用"新""旧"来区别，倒是用"自由诗"和"格律诗"更合适一点。

格律，就是规矩、准则，指诗歌创作在格式、音律等方面必须遵守的要求。格式是对诗歌的字数、句数、对偶的要求，音律主要是对诗歌的平仄、押韵的要求。律绝、词曲等近体诗当然是格律诗，为了论述方便，古风古体诗也可以归入格律诗，因为古体诗对句子的字数和押韵也有相应要求，"五古"（五言古体诗）、"七古"（七言古体诗）就是这么来的，杂言古体诗可看作例外。由于格律诗有这些限制，创作时中规中矩，显得很不自由。而新诗在字数、句数、对偶、平仄、押韵这五个方面没有任何限制和要求，写起来可以信马由缰，非常自由，因此称作自由诗比较合适。

对此人们早有了非常周全细致的论述，我在这里重复这些话，旨在表达两个主张：一是用"自由诗"和"格律诗"概念换掉"新体诗"和"旧体诗"以及"新诗"和"旧诗"这一类说法。二是主张把古风也纳入"格律诗"。

"自由诗"和"格律诗"是新时代中国诗歌的两大主体构成，都在源源不断地被创作出来，它们都是生于我们这个时代、属于我们这个时代的"新诗"。（注：在论坛后来的发言中，诗人、翻译家树才教授赞同我的观点，但他建议要加"体"字："自由体诗"和"格律体诗"）

## 新时代中国主体诗歌的长与短

自由诗和格律诗各有所长，也各有所短。只有长处没有短处或只有短处没有长处的文学体裁是不存在的。因此，彼此应当互学互鉴。

格律诗的长处，就在于它严格的韵律、凝练的语言，朗朗上口，好记好诵，老少咸宜、易于传播，因而持久为人民所喜爱，在陶冶情操、道德教化、传播美誉、服务社会等方面发挥出巨大的作用。然而，它的短处也在于它严格的格律：固定的句数、字数，限制了诗人表达的容量或空间，严格的平仄、押韵和对仗的规定，造成了诗人用词选字的局限。一句话，束缚了思想的翅膀，不能自由翱翔。

自由诗正是为了冲破格律诗的束缚破土而出的，它不限字数、句数，不要求对偶、平仄、押韵，以更大的容量、以无拘无束的文字来反映生活、表达内心。周啸天教授是写格律诗的，而且以格律诗获得"鲁奖"，他以《一个旧体诗作者眼中的新诗》一文，慷慨大方地论述了自由诗的若干长处，是很有道理的，论述本身就展示了当代诗坛的融合气氛。然而，自由诗的长处也是它的短处，就是它"自由"得像狂风巨浪一样冲击了很多读者关于"诗"的概念，怀疑自己读的是"文"而不是"诗"。谢冕教授是以研究自由诗而闻名的,他的《今天,我们从容面对新旧诗的"百年和解"》一文,反映了读者的上述感受,并且指出:"诗必须是诗,诗不能混同于文。"

我不是说所有自由诗都是给读者这样的感受。一批被读者敬称为著名诗人的自由诗,在座的各位著名诗人的自由诗,都是被公认的"诗",而且是"好诗"。

如果自由诗和格律诗各自的长短被认同,那么,互学互鉴就是这两种诗体、这两种诗体作者的应有胸襟和应有态度。

## 新时代中国诗歌的互学互鉴

人与人之间、事与事之间,互相学习、互相鉴赏、互相借鉴,这是日常工作和生活的应然,也是必然,用不着我们倡导。事与事之间的互学互鉴,需要当事人之间互学互鉴,因此归根结底是人与人之间的互学互鉴。自由诗和格律诗,归根结底是他们的作者之间互学互鉴。如果不是这样的作者,能不能被称为"诗人",也就成了问题。

首先,格律诗要向自由诗学习。一是学习自由诗,把面向生活、面向大众、面向时代作为诗歌的创作题材,不能总写二十四节气,不能老是盯着天上月、窗前树、庭中花、亲友别。二是学习自由诗生动活泼的文字表达,强化诗词用词的时代性。不要再纠结于哪些词是诗的语言,不能再以古代诗词的用词作为圭臬。特别是要允许出于特殊表达的需要而不得不突破平仄的个别诗句。三是学习自由诗关于"好诗"的灵活评价理念,不要以"像唐诗宋词"作为"好诗"的评价标准。否则,具有时代性的诗词出不来。

其次,自由诗要向格律诗学习。一是学习格律诗的凝练,吝啬文字，该长则长，能短则短。二是学习格律诗的形式感。没有独特的形式，一篇文字不能成为独特的文学样式。自由诗贵在"自由"，也有了自己的形式，但自由诗的形式不能仅仅突出表现在"分行"上。自从自由诗产生以来，一些大家发表了许多关于自由诗形式的见解，闻一多、何其芳等名家甚至也有"现代格律诗"等主张，但并没有成为共识，也没有共同遵守的写法。在我们看来，自由诗应该告别格律诗的形式规定，否则不成自由诗；但自由诗若没有自己的形式，就不称其为诗。我们期待诗人们继续探索。当然要向格律诗学习的，不仅是这些，对此学界已有不少研究，这里不再赘述。

  我国的自由诗是作为格律诗的"冤家对头"出现的，但后来蔑视格律诗的态度渐渐变化，到现在两者共存发展的局面已经形成。《诗刊》以刊登新体诗为主，但历来很重视旧体诗，1957年《诗刊》创刊号就刊登了毛主席的18首诗词。近几年，在习近平总书记大力传承发展中华优秀传统文化的大背景下，在教育文化部门的大力推动下，诗刊社及其旗下的《中华辞赋》杂志、中国诗歌网，以及国务院参事室中华诗词研究院，与中华诗词学会齐心协力，共同推动着格律诗的守正创新。新时代中国诗歌的两大主体会在互学互鉴中发展得越来越好！

# 诗词万水架心桥*

铸牢中华民族共同体意识,既是国内各民族的共同目标和历史责任,也是海内外所有中华儿女的共同目标和历史责任。习近平总书记在《铸牢中华民族共同体意识 推进新时代党的民族工作高质量发展》的重要文章中指出:坚持"请进来""走出去"相结合,积极推动中外学术界、民间团体交流互动。(《求是》杂志2024年第3期)我在诗词工作实践中感到,中华诗词可以为铸牢中华民族共同体意识发挥独特作用。

## 用中华诗词强化中华民族共同体意识的成功探索

中华诗词学会是由中国作家协会主管、民政部注册登记的国家一级文学类学会,是唯一的全国性的诗词组织,成立于1987年。现有包括各省市区和港澳在内的单位会员33个,个人会员55000多人,专业委员会22个。连同省市县三级诗词学会会员,全国加入各级诗

---

* 本文是2023年12月15日作者在中央民族大学"铸牢中华民族共同体意识与中华民族伟大复兴"论坛上的发言,2024年4月发表于《中国政协》杂志,这里略有改动。

词组织的会员总数60多万人，诗词作者总数有人通过大数据估算有300多万人，每天创作的诗词作品数以十万计。

2020年11月我就任中华诗词学会会长，就有与海外诗友加强交流的想法。两年多来，联络工作一直在做，但联络范围还是不大。2023年8月，深圳一位诗友想利用赴美探亲机会与海外诗友建立联系，要我写首诗并写成书法作品作为见面礼。我意识到这是好主意，也是好机会。于是立即动手，写出绝句《致海外诗友》：

**致海外诗友**

诗词万水架心桥，旅泊他乡思不遥。

吟颂声中多聚首，一湾平仄向东漂。

同时，我把这首诗写成了书法作品。这位诗友与海外诗友如期见面，并先后在海外诗友和国内诗友中组织唱和，不到一个月，收到和诗千首，形成了一次规模不小的诗词隔空雅集活动。

唱和，是千百年来我国诗友之间的高雅交往方式。我和许多诗友一样，也时有唱和作品。但我并不提倡"规模性"的唱和活动，因为这是标准的"千篇一律"。所以，每有重大创作题材，我都希望"各写各的"，以便"百花齐放"。但对《致海外诗友》引发的这次唱和活动，我既感意外，也深感高兴，因为唱和广泛联系了海内外诗友，形成了海内外诗友诗词创作的"大合唱"，展现了中华文化一脉相承、生生不息的强大基因，展现了海外诗友身在他乡心向中华的感情，为如何用中华诗词增进海内外中华儿女的大团结、讲好中国故事进行了一次有意义的探索。日本著名汉学家海村惟一教授也应邀和诗一首："鉴真东渡送佛昭，空海留华耀吾朝。三体唐诗如雨露，东瀛始有五山饶。"这些诗已经结集成《致海外诗友唱和集》，正在陆续寄发作者。

中华诗词学会微信公众号分别于8月24日、25日和9月2日选发了部分海内外诗人的和作。

由此，学会决定并经主管部门中国作协批准，"天涯共此时——海内外诗友中秋联谊会"，于9月28日上午10:00，通过线上线下举行。参会者达500多人，其中海外诗友有170多人。这是有史以来第一次！中新社、人民政协报、中国日报、光明网、学习强国平台等作了及时报道，阅读量巨大。海内外诗友为这次联谊会再次纷纷赋诗表达兴奋之情。

中华诗词，成为海内外诗友的精神纽带，成为海外诗友心系祖国的真诚表达。

## 中华诗词能够强化中华民族共同体意识的内在根据

"铸牢中华民族共同体意识，就是要引导各族人民牢固树立休戚与共、荣辱与共、生死与共、命运与共的共同体理念。"（《求是》杂志2024年第3期）中华诗词为什么能够用来强化中华民族共同体意识呢？就是因为中华诗词是中华优秀传统文化。

习近平总书记多次指出："中华优秀传统文化是中华民族的根和魂。"海内外中华诗友同属中华民族，就是因为我们使用共同的语言文字，具有共同的生活方式、共同的价值观念、共同的情感方式、共同的风俗习惯等等。因此，中华优秀传统文化是中华民族的精神血脉。

在中华优秀传统文化中，中华诗词地位突出，她是中华文化的精粹，是中国文学皇冠上的明珠。"中华诗词"是一个专门概念，特指律绝、词曲、古风这些中国古老的诗歌艺术。李白、杜甫、苏东坡、辛弃疾等伟大诗人词家，就是中华诗词发展史上的杰出代表，毛泽东诗词是当代中华诗词的一座高峰。中华诗词韵律严格、语言凝练、主题鲜明、意象生动、意境优美，因而朗朗上口、好记好诵、老少咸宜、易于传播，因而持久为人民所喜爱，在陶冶情操、道德教化、传播美誉、服务社会等方面发挥出巨大的作用。这是中华诗词能够强化中华民族共同体意识的内在根据。

海外华人在异国文化环境中，坚持学习和诵读中华诗词，自发成立各种诗词组织，坚持诗词创作，举行诗词雅集，编印诗词报刊，出版诗词著作，有的还参加了国内诗词组织，热心参加国内诗词活动。这是我们可以用中华诗词强化中华民族共同体意识的现实基础。

从国内角度来看，海外华人的这些行为一直处在自发状态、分散状态。中华诗词学会是祖国唯一的全国性诗词组织。我们出面组织他们进行创作诗词，开展诗词联谊活动，就把他们的自发行为纳入祖国诗词组织的自觉行为，把他们的分散状态变成了步调一致的诗词活动。中华诗词学会自觉组织的统一活动就成了一种象征，而象征的作用和意义是巨大的。

我们这样做，就使中华诗词所内含的理想抱负、家国情怀、传统美德、自强不息、奋斗奉献精神，自然而然地强化了海外华人的民族认同感、民族自豪感、民族自信心；组织海外华人创作诗词，就会自然而然地激发他们继承和发展"诗言志，歌咏言"的中华文化优秀传统。特别是，居住在不同国度、不同地区的诗友通过线上线下方式面对面地进行联谊活动，那种期待、那种氛围、那种诗意、那种亲切……汇合在每个人心中的，就是"我是中国人""我说中国话""我颂中国诗"，毫无疑问地强化了每一个人的中华民族共同体意识。

## 用中华诗词强化中华民族共同体意识的行动计划

要铸牢中华民族共同体意识，就要像习近平总书记所指出的那样，"研究和挖掘中华传统文化的优秀基因和时代价值，推动中华优秀传统文化创造性转化、创新性发展，不断增强各族群众的中华文化认同"。(《求是》杂志2024年第3期）中华诗词是中华优秀传统文化中最能增强全世界中华儿女对中华文化认同的优秀基因，可以获得以诗词相通促进心灵相通、命运相通的效果。

我们正在制定和逐步实施以下计划：

第一，筹备成立中华诗词学会海内外诗友联谊工作委员会（简称工委会），专门负责海内外诗友诗词活动和联谊活动。同时聘请海外诗友安排相关诗词组织与工委会对接，共同制订年度活动计划，并组织实施。

第二，为海外诗友提供作品发表园地。在中华诗词学会官网开辟海外诗友频道，发表诗作，报道动态。在《中华诗词》杂志开辟海外诗友专栏。中华诗词学会微信公众号设置海外诗友专辑。鼓励海外诗友经常浏览中华诗词学会官网，订阅《中华诗词》杂志。

第三，鼓励"请进来，走出去"。鼓励中华诗词学会的单位会员和海外诗友组织携手开展诗词活动，按相关外事规定开展"请进来，走出去"诗词文化交流活动。我们将遵循习近平总书记关于"交往交流交融，是增进民族团结、铸牢中华民族共同体意识、推进中华民族共同体建设的必由之路"的教诲，逐步拓展与海外诗友交往交流的渠道和方式，并通过海外诗友"加强海内外中华儿女大团结，形成同心共圆中国梦的强大合力"。

第四，鼓励创办"中华诗词文化展示馆"。鼓励有条件的海外诗友组织和诗友个人，在所在城市创办"中华诗词文化展示馆"，为中华优秀传统文化走向世界、构建人类命运共同体、讲好中国故事贡献力量。中华诗词学会为他们提供内容支持。

第五，引导海外诗友扩大诗词组织建设，完善诗词组织体系，引导和指导他们常规开展诗词组织活动，广泛团结诗友，增强诗词组织的生命力和凝聚力。

第六，举办专场中华诗词讲座，以满足海外诗友学习和提高之需。组织海外诗友进行专题诗词创作，开展诗词创作竞赛活动，激发他们的创作热情。

中华民族是一个伟大民族，所有海外华人都是这个伟大民族的组成部分，铸牢中华民族共同体意识的工作范围，不仅在国内，而且在全球。中华诗词学会有责任为此而发挥光和热。

# 叶嘉莹先生是中华诗教工作的楷模*

尊敬的各位领导、各位专家，老师们、同学们：

诗教概念和诗教实践，自出现以来两千多年，一直在传承和发展。在当代，国内诗教如火如荼；在海外华人群体中，诗教也在越来越广泛地展开。9月28日，即中秋佳节前一天，中华诗词学会组织召开了"天涯共此时——海内外诗友中秋联谊会"，居住不同国家、不同区域的中华诗词诗友线上线下欢聚一堂，这是有史以来第一次。大家热情高涨，踊跃发言，吟诵诗词，生动展示了中华诗教这一世界级现象。今天，在这个集中研讨中华诗教的国际性会议上，南开大学、中央文史研究馆、国际儒学联合会三家主办单位安排我代表中华诗词学会致辞，我感到十分高兴。

中华诗词学会是唯一的全国性诗词专业社会团体，成立于1987年。36年来，学会始终把推动诗词创作、诗词传播、诗词评论、诗词理论研究作为自己的使命，把诗教工作作为重点，以诗词刊物、诗词培训、诗词"六进"为主要载体，持续开展诗教工作。诗词"六进"，就是推动诗词进校园、进机关、进农村、进企业、进社

---

\* 本文是作者2023年10月15日在中华诗教国际研讨会上的致辞。

区、进景区，推动建设"诗词创作研究基地"等，在越来越大的范围内兴起学诗词、写诗词、用诗词的群众热潮。2021年学会发布的《"十四五"时期中华诗词发展规划》，把"诗教质量提高工程"作为九大工程的第三大工程。

叶嘉莹先生对我国诗词事业的重大贡献，首推诗教工作。她的"兴发感动"的诗教理念、"开设讲坛"的诗教途径、"带徒传艺"的诗教模式、"著书立说"的诗教成就，正是中华诗教传统的生动继承与发展。作为"感动中国2020年度人物"，组委会对她的颁奖词是："桃李天下，传承一家。你发掘诗歌的秘密，人们感发于你的传奇。转蓬万里，情牵华夏，续易安灯火，得唐宋薪传，继静安绝学，贯中西文脉……"这些优美的文字概括了叶先生对中华诗教的贡献与成就。

叶先生是中华诗词学会的名誉会长，参与了学会的创建工作。我就任会长后拜访和看望的第一人，就是叶先生。"感动中国2020年度人物"一公布，学会立刻组织会员创作贺诗。今年是先生百岁华诞，学会、恭王府及南开大学文学院联合举办"海棠雅集"，学会授予先生"百岁诗星"荣誉称号，马凯同志的贺寿诗引起唱和潮；今年以来，海内外诗友纷纷吟诗庆贺。以此为基础，《中华诗词》选稿并组稿，编辑了《百年锦卷咏斑斓——贺叶嘉莹先生百岁华诞诗词选》一书，由中国书籍出版社出版。学会女子诗词工委和高校诗词工委联合主办了"好花原有四时香——叶嘉莹先生百岁寿诞诗词书法作品展"。

中华诗词学会因先生而自豪，以先生为楷模。我们学会和首都图书馆正在联合筹建的中华诗词博物馆拟设立"迦陵书舍"，收藏先生著作及珍贵版本诗词类图书。明年4月，我们学会将在河北定州召开诗教工作会议，交流经验，部署工作，把全国各地诗教工作更好地开展下去，为践行习近平文化思想，建设属于我们这个时代的新文化，作出中华诗词的新贡献！

最后，祝研讨会圆满成功！祝叶嘉莹先生健康长寿！

# 学习贯彻习近平文化思想奋发有为做好诗词工作*

就任会长以来，我利用到各地的机会进行诗词工作调研，去过不少诗词学会，但一直没有机会来青海及西部其他地区，这成了我心头的一个纠结。这次感谢青海省委党校请我讲课，给了我同青海诗友见面的机会。

刚才听了高驰会长的工作介绍，听了四位同志的发言，对青海诗词工作有了进一步了解。青海诗词学会自2008年成立15年来，克服困难，努力工作，紧跟时代步伐组织诗词创作，编印诗词刊物《青海诗词》，创办微刊，学会领导班子无私奉献，个个都是"志愿者"，组织开展了一系列诗词活动，在一定范围内初步形成了爱诗、学诗、写诗的良好氛围，用诗词为青海文化发展作出了应有的贡献。

这次来青海，正是各地学习贯彻习近平总书记关于宣传思想文化工作的重要指示和全国宣传思想文化工作会议精神之际，我们诗词界要认真学习领会、积极贯彻落实。昨天，中华诗词学会党支部召开专题会议，同时传达学习了全国宣传思想文化工作会议精神和中国作协党组书记处（扩大）会议精神。今天，我利用这次座谈会，

---

\* 本文是作者2023年10月21日在青海诗词工作调研座谈会上的讲话。

讲几点意见，既是对你们讲的，也是对中华诗词学会全体单位会员和个人会员讲的。

## 以习近平文化思想为指引进一步做好诗词工作

这次全国宣传思想文化工作会议首次提出了"习近平文化思想"。习近平文化思想是新时代党领导文化建设实践经验的理论总结，丰富和发展了马克思主义文化理论，构成了习近平新时代中国特色社会主义思想的文化篇。会议提出，习近平文化思想既有文化理论观点上的创新和突破，又有文化工作布局上的部署要求，会议用"明体达用、体用贯通"八个字加以概括。"体"指本体，"用"指实践。

关于习近平文化思想的科学体系和实践要求，会有权威的学习读本。目前就我个人的认识来说，我们要原原本本学习习近平总书记关于文化建设的一系列重要讲话。例如，2014年9月在纪念孔子诞辰2565周年国际学术研讨会暨国际儒学联合会第五届委员大会开幕式上的讲话，同年10月在文艺工作座谈会上的讲话，2016年5月在哲学社会科学工作座谈会上的讲话，2013、2018年在全国宣传思想工作会议上的讲话，2019年3月在学校思想政治理论课教师座谈会上的讲话，2020年11月出版的习近平《论党的宣传思想工作》，2021年12月在中国文联十一大、中国作协十大开幕式上的讲话，2022年10月党的二十大报告，2023年6月在文化传承发展座谈会上的讲话，2023年对宣传思想文化工作的重要指示，等等。通过学习，着力把握习近平总书记关于意识形态、社会主义核心价值观、文化自信、文化强国建设、文艺工作、中华优秀传统文化、讲好中国故事、"两个结合"、建设中华民族现代文明等方面的深刻论述。

希望各个单位会员组织领导班子和会员认真学习，用习近平文化思想武装头脑、指引诗词工作。

## 学习贯彻习近平文化思想要奋发有为

奋发有为既是一种工作状态，也是一种精神状态。毛泽东同志有一句名言：人是要有一点精神的。革命、建设、改革开放和现代化建设的实践，都证明了精神的重要性。在1992年那篇著名的"南方谈话"中，邓小平同志指出："没有一点闯的精神，没有一点'冒'的精神，没有一股子气呀、劲呀，就走不出一条好路，走不出一条新路，就干不出新的事业。"随着中国特色社会主义进入新时代，习近平总书记格外重视精神的作用，他强调："良好的精神状态，是做好一切工作的重要前提。"总书记概括提炼出伟大建党精神，号召全党保持锐意创新的勇气、敢为人先的锐气、蓬勃向上的朝气，坚定理想信念，坚定"四个自信"，防止精神懈怠的危险发生。

我们经常看到，同样的天，同样的地，有的地方的发展一年一个样，几年大变样；有的地方却"涛声依旧"。这样的巨大反差，无论在东部地区还是西部地区都不难看到。真正的差距在哪里？在于这些地方的领导班子，在于领导班子的精神状态。我们并不否认地理环境、历史条件等对于经济社会发展的重大影响，但在同一个地区、同样条件下，发展的差距只能从领导班子自身找原因，从精神状态上找根源。精神可以创造奇迹，我不是说精神能直接创造奇迹，而是说精神指挥行动，行动创造奇迹。因此，拥有什么都不如拥有精神，缺少什么都不能缺少精神。

对学习贯彻习近平文化思想进一步做好诗词工作来说，外部支持不可缺少，自身奋发更加重要。在文化传承发展座谈会上，习近平总书记说："希望大家担当使命、奋发有为，共同努力创造属于我们这个时代的新文化，建设中华民族现代文明！"

奋发有为有两方面的内涵和要求：一是有为，二是奋发。

**首先是有为。**

为，就是作为；有为，就是有作为。有为可以细分为想为、善为、成为三个要点：

"想为"就是想作为，也就是我们常讲的想做事。无论是在职在岗还是退休兼职，都要按职责要求做事。做事不做事成了人们评价领导干部最朴素而含义最深刻的口头语。

"善为"就是能作为，也就是我们常讲的能做事。想做事的人一定要具有做事的能力和本事。习近平总书记在党的十九大报告中要求增强学习本领、政治领导本领、改革创新本领、科学发展本领、依法执政本领、群众工作本领、狠抓落实本领、驾驭风险本领。接着提出增强斗争本领。九种本领，成为新时代领导干部增强执政本领的基本要求。

"成为"就是成功的作为，也就是我们常讲的做成事，即做得有成果、有成效、有成绩、有建树等等。习近平总书记强调的"善作善成"，就包含了"善为"和"成为"两层意思。

可见，有为是志向，有为是能力，有为是成就。对一个社会团体来讲，有为具有十分重要的意义。意义就体现在"有为就会有位"这句话中。位即位置、地位，就是被高看，就是被重视。有为和有位，是先后关系：有为在先，有位在后。有为和有位是因果关系：有为才能有位，有位是因为有为。

有为和有位的辩证关系还表现在，有位更有动力有为、更有条件有为。如果不有所为，就不可能有位；没有位就更不想有为，更没有条件有为。于是就可能陷入恶性循环，还总是抱怨外部条件不好。

有为还是无为，第一眼就是看诗词组织有没有活动。活动是学会的生命，没有活动的诗词组织就没有生命，就是"僵尸"。没有活动就是不作为的表现。

**其次是奋发。**

要有为就得奋发，这是因为：

第一，有为就会有困难。不作为当然没有困难，一作为就难免遭遇困难。例如资金困难、场所困难、出书困难……奋发就会知难而进。

第二，有为就会有阻力。一帆风顺的事情有，但只占一定比例。很多事情都会遇到阻力，例如认识不一致而产生的阻力，协调各方关系而遇到的阻力……奋发就会勇往直前。

第三，有为就会有挫折。挫折就是不成功、没办成。我们期望做任何工作都能一蹴而就，但挫折总是难免的。奋发就会不折不挠。习近平总书记指出："奋斗的道路不会一帆风顺，往往荆棘丛生、充满坎坷。强者，总是从挫折中不断奋起、永不气馁。"

第四，有为就会出差错。例如，组织活动的时候对参加人员照顾不周；选诗评诗的时候对作品没有看准……奋发就会通过差错举一反三，奋发就会对出现的差错引以为戒，奋发就会在差错中吃一堑长一智。

奋发和有为的关系是互为因果的。奋发才能有为；有为更会奋发。当然，话分两头：不想有为，肯定不会奋发；但奋发不一定就会有为，取决于如何奋发。奋发内在地要求我们有思路、有方法，讲策略、讲艺术，特别是不能乱作为，等等。这里就不展开了。

## 学习贯彻习近平文化思想做好诗词工作的几点具体意见

我们诗词学会是社会团体。社会团体如何奋发有为？各地不少学会走出了好的路子，我以前也讲过一些意见。这里再讲几点，供参考。

第一，要制定年度诗词工作计划。增强诗词活动的计划性、经常性、有效性。没有计划，就胸中无数，处于盲目状态；没有计划性，就容易产生随意性。经常化，这是对活动量的要求。有效性，是对活动质的要求。特别是要把诗词普及、诗词"六进"、诗词提高纳入年度工作计划。

第二，要争取主管部门和社会各方面的支持。服从和接受主管部门的管理、监督，及时汇报和请示工作，积极争取宣传文化部门的领导，主动争取财政、教育等部门的支持。西宁市城西区兴海路街道办事处为你们免费提供办公及会议、活动场所，非常可贵。此外，要主动争取工会、妇联、共青团等人民团体的帮助和支持，在他们的主办下开展诗词活动。由此拓展开去，各种社会力量如企业、社会团体等，都有支持诗词活动的条件，需要我们主动争取。按照这个思路，还可以争取更多支持。

第三，要调动各级诗词学会及其会员的积极性。诗词学会是开展诗词活动的主体，传承和发展中华诗词就要建立健全诗词组织；每一个地方的诗词工作都要整体联动、系统推进。诗词学会可以根据工作需要成立一些专委会，专委会的职责可以依托有条件的单位履行，从而调动千军万马、激发千家万户。要把发展会员、服务会员、组织会员、指导会员作为诗词学会的重点工作。特别是要重视在年轻人中发现培养诗词人才。

第四，要集中创作具有本地特色的诗词，形成地方诗词风格。对青海来说，民族风情、草原风貌、江河源头、湖光山色是十分典型的创作题材。可以引导鼓励组织会员聚焦这些题材进行创作，逐步形成青海诗派。

第五、各级诗词学会领导要身先士卒，奋发有为。首先是要求学会的每一位领导率先奋发有为，一个地方的诗词工作，关键在于每一位领导特别是会长尽心尽责。每一个诗词学会都要提高领导班子驾驭诗词学会工作的能力，努力建设成为风清气正的诗词组织。

《人民政协报》2023年10月11日第1版《不断开创新时代宣传思想文化工作新局面——全国政协委员深入学习贯彻习近平总书记重要指示和全国宣传思想文化工作会议精神》的综合采访报道，有我一段话，我用这段话作为我今天讲话的结束："习近平总书记关于宣传思想文化工作的重要指示和全国宣传思想文化工作会议精神，让我们深切感受到继承和创新中华优秀传统文化所面临的大好形势和美好环境。中华诗词是中华文化的精髓，中华诗词学会将着力在中华诗词的普及与提高两方面同时下功夫。我们将以习近平文化思想为指引，做好诗教工作，推动中华诗词成为人们日常生活的重要组成部分；着力提高精品创作水平，让诗词创作反映新时代、记录新时代，为创造属于我们这个时代的新文化，为建设中华民族现代文明作出贡献。"

# 让中华诗词借力学习强国平台振翅翱翔*

各位来宾、各位媒体朋友、各位同仁：

首先，我对"中华诗词"学习强国号成功上线表示由衷祝贺，对学习强国平台表示衷心感谢，向为上线付出辛勤劳动的各位专家和老师表示衷心感谢！

下面，我讲三点意见。

## "中华诗词"学习强国号上线的重要意义

"学习强国"平台是由中共中央宣传部主管，以学习和传播习近平新时代中国特色社会主义思想和党的十九大、二十大精神为主要内容，立足全体党员、面向全社会的优质平台。2019年1月1日在全国上线。

自此，一个崭新的理论学习和传播平台出现在人们视野。平台主题鲜明、资源丰富、技术先进、功能强大，每天以其海量的正能

---

\* 本文是作者2023年11月11日在"中华诗词"学习强国号启动仪式上的讲话。

量信息、旺盛的生命力、巨大的传播力，在很短的时间内，受到了全国广大党员群众的关注和喜爱，上"学习强国"成为人们每天的日常生活，"学习强国"成为国内外最著名的理论平台。

"中华诗词"学习强国号启动的目的和意义，就是要用"学习强国"平台实现中华诗词传播的"破圈"，走出诗词界，更好地走向大众、走向社会、走向新时代；就是要全国广大会员和诗友用好"学习强国"平台，加强理论学习和各方面的学习，不断提高自身素质，更好承担起参与建设属于我们这个时代的新文化的历史使命。中华诗词源远流长，是中华民族杰出的艺术创造和丰富的情感记录，是我们代代传承发展的文化瑰宝。我们要依托这一平台进一步激发诗词文化热，加大中华优秀诗词传播力度，使中华诗词越来越广地滋润人们的心田，助推中国式现代化建设，助力中华民族伟大复兴。

2020年11月中华诗词学会"五代会"以来，借助习近平总书记大力弘扬中华优秀传统文化的强大背景，在中央和国家有关部门的指导和支持下，各级诗词组织共同努力，各媒体齐心协力，中华诗词已然在当代文坛上形成了一种"破圈"效应，进入千家万户，进入机关学校、公园街道、乡村企业、酒店商场、旅游景点，已成为当代大众文学，成为社会环境的一道靓丽风景。人民日报、人民网、光明日报、光明网、新华网、中国网、人民政协报、中国文化报、中国艺术报、文汇报、网易、抖音等，各种各类现当代媒体给予我们大力的支持，中华诗词正以她独特而又传统的魅力席卷大江南北、风靡海外华人圈。"中华诗词"学习强国号上线，将会大大加强中华诗词的传播和影响，推动广大会员和诗友学习和创作水平的提高。

## 办好"中华诗词"学习强国号的质量要求

一是政治上的要求。我们必须牢牢把握政治导向,强化和拓展诗词的社会功能,为国家发展全局凝心聚力、激发正能量。大力弘扬以爱国主义为核心的民族精神和以改革创新为核心的时代精神,推动社会主义核心价值观落地生根,开创诗词工作服务党和国家大局的新境界。

二是艺术上的要求。艺术是面向人民大众的,要坚持以人民为中心,着力强化精品意识,做有品质的文化,做有鲜明时代特色富有诗情画意的文化服务。从一开始就必须坚持政治和艺术双重标准,在选题、编辑、制作等各个环节,都要做到精益求精。切实把严格质量管控作为重点,讲求真实而决不能造假,端正文风而决不能浮夸。

三是时效性要求。学习强国号的发布,要因时、因事,把握好最佳时机。

## 履行办好"中华诗词"学习强国号的责任

"中华诗词"学习强国号这艘航船,从今天开始就正式启航了。这是中华优秀传统文化与中国式现代化的经典结合,是中华诗词学会践行习近平文化思想和"两个结合"重要讲话精神的实际行动和有力举措,我们一定要学习好、运用好、维护好这个平台。

第一,要专班负责。成立"中华诗词"学习强国号编辑部,制定信息采集、审核和发布制度。

第二,建立供稿网络。中华诗词学会、《中华诗词》杂志、中华诗词学会信息技术部及其承办的官网、各单位会员要积极供稿。不断改善和丰富内容，形成平台和各地诗词网站整体联动的格局，把各地学会力量和有关力量组织起来，建立健全广泛而有价值的供稿网络。

第三，中华诗词学会信息技术部负责履行事后检查监督职责。要以高度的政治敏锐性和网络安全意识，对平台发布的会议、研讨、采风等诗词工作动态及诗词作品，进行检查监督，避免因文字、图片等不当或失误，造成不良影响，对出现的问题要及时妥善处理。

"中华诗词"学习强国号的设立，是"学习强国"平台对我们的信任和支持。我们一定不辜负期望，把"中华诗词"学习强国号越办越好！

# 推动诗词与旅游在广度和深度上更加融合*

各位领导、各位企业家、各位诗友和朋友：

中华诗词学会和诗刊社第一次共同把诗词与旅游作为一个重要话题来讨论，这要归功于我们学会22个专委会之一——科技与文创诗词工作委员会，他们精心策划，联合数家单位在正乙祠大戏楼举办，并获得北京西城区委宣传部、文旅中国新媒体中心的支持！

诗词与旅游的关系早就存在，现在是在理论上研究、在实践上推动的时候了。借此机会，我讲四点粗浅认识。

## 旅游催生诗词创作

旅游一词产生很晚，但类似旅游的游历、游览古已有之。一大批著名的古代诗词就是在诗人游历过程中产生的。旅游诗词涉及山水、边关、寺庙、草原等，都是诗人游历时即兴而赋的。

山水游历诗。有苏轼《饮湖上初晴后雨》：水光潋滟晴方好，

---

\* 本文是作者2023年11月22日在第二届中华诗词发展讲坛上的致辞。

山色空蒙雨亦奇。欲把西湖比西子，淡妆浓抹总相宜。这首写杭州西湖的诗，写出了"晴湖"和"雨湖"的不同风光，并且以拟人手法，把西湖比作越国美女西施，怎么"打扮"，无论晴雨，都是美不胜收。

寺庙游历诗。如张继《枫桥夜泊》：月落乌啼霜满天，江枫渔火对愁眠。姑苏城外寒山寺，夜半钟声到客船。这是最著名的游历之作，古往今来，成为苏州寒山寺的最具煽情意味的广告，吸引了无数旅游者。我第一次到苏州就是因为这首诗而把寒山寺作为首选旅游目的地。

边关游历诗。如王维的《使至塞上》：单车欲问边，属国过居延。征蓬出汉塞，归雁入胡天。大漠孤烟直，长河落日圆。萧关逢候骑，都护在燕然。这首诗形象地描写了诗人出使塞上的旅程以及旅程中所见的塞外风光。

草原游历诗。如白居易的《赋得古原草送别》：离离原上草，一岁一枯荣。野火烧不尽，春风吹又生。远芳侵古道，晴翠接荒城。又送王孙去，萋萋满别情。其中，"野火烧不尽，春风吹又生"两句，因其意味深长，世代流传，几乎家喻户晓。

## 诗词创造文旅资源

我国许多的地方，都是通过古人著名诗词，如今成为"网红打卡地"和旅游名胜的。鹳雀楼，始建于北周，元初毁于战火，再加上黄河水屡次泛滥，已经很难找到旧址了。只因王之涣的"白日依山尽"，使它天下闻名，人们强烈呼吁重建，于是被毁700余年后而复生接待游人。李白、杜甫、苏轼等诗人走过的地方已成为当地政府着力打造的地域名片和文旅资源。而一些不太知名的地方也因一首诗而走红网络。唐代张志和的《渔歌子》："西塞山前白鹭飞，桃花流水鳜鱼肥。青箬笠，绿蓑衣，斜风细雨不须归"，使得长三角的西塞山成为游人如织的旅游度假区。李白的《赠汪伦》："桃花潭水深千尺，不及汪伦送我情"，使得安徽一个冷门景区，游客络绎不绝。王维的《送元二使安西》，是文学史上的一首经典送别诗："渭城朝雨浥轻尘，客舍青青柳色新。劝君更尽一杯酒，西出阳关无故人。"捧红了西北一个小地方，至今乃举国皆知。这就是诗词的无穷魅力。

## 旅游成为学习诗词的途径

行万里路，读万卷书，古今均有之。游历自然山水，可以激发出清雅脱俗的诗句。古人出行喜欢背个袋子放诗，今天我们有手机随时可以记录下来。

经典例子当属贾岛"推敲"的故事。有一次贾岛骑驴去拜访朋友李凝，在酝酿《题李凝幽居》这首诗时，到底是"僧推月下门"还是"僧敲月下门"，犹豫不决。不料驴冲撞了韩愈的车骑；冲撞变成了机缘，韩愈支持用"敲"。

古今诗人有时不会单独去游历，而是约三五好友同行，起到相互学习提高的效果。李贺曾与王参元、杨敬之、权璩、崔植等结伴旅游；李白、高适、杜甫三人曾结伴出行。王羲之在兰亭组织41人春游后雅集赋诗饮酒。现在我们经常组织的集体采风，也是提高诗词创作水平的举措。

现在，在景区景点，诗词已经普遍可见，既可供阅读观赏，也可作临习范本。临习诗词，就像学书法临摹法帖，这是学习诗词的基本功，通过临习，学习前贤如何观察、如何立意、如何造景、如何用韵。李白、杜甫、苏轼、毛泽东都是学习前人的典范。李白学习屈原、宋玉；杜甫学习初唐四杰，苏轼学习白居易、王维；毛泽东学习李贺，称赞李贺是"英俊天才"。毛泽东的著名诗句"天若有情天亦老"，一字不差地取自李贺之诗，"一唱雄鸡天下白"，出自李贺《致酒行》"我有迷魂招不得，雄鸡一声天下白"。

我们可以用古人的游览心境来引导今天人们的出游选择，古代的众多诗句已成为地方著名景点的文化招牌，时至今日仍然吸引着大量游客慕名而来，当代诗人也遵循"笔墨当随时代"的古训，创作出了更多的优秀诗篇。

## 诗词成为推介景点的导游

著名诗人或著名诗词更是为当地文旅增添动力。

例一：四川江油举办"跟着李白去旅游"，2023年7月22日发布"读李白、游神州"中华文化主题旅游线路，由"李白的长江青春之旅、壮年仕宦之旅、北国漫游之旅"三条线路构成。来自四川、重庆、湖南等地代表推介了当地李白文旅资源。近日，热映的动画电影《长安三万里》，火爆引发了人们对李白游踪地的向往。

例二：浙江打造的"浙东唐诗之路"已经初具知名度。唐代的浙东，是一条黄金旅游线路，李白等众多著名诗人都曾走过，走出了一条中国文学史上赫赫有名的浙东唐诗之路。这些年浙江省把唐代诗人游踪地串点成线，打造当代文旅热线，吸引游客"领略自然之美，感悟诗词之美，陶冶心灵之美"。

例三：重庆奉节举办"好山好水好风光，有诗有橙有远方"文化节。诗歌是奉节最美的风景，脐橙是奉节最浓的乡愁，旅游生态和人文内涵是奉节特有的"两大宝贝"。奉节这样官宣：奉节诗承千年,"天下第一快诗"《早发白帝城》、"天下第一律诗"《登高》、"天下第一情诗"《竹枝词·杨柳青青江水平》、"天下第一景诗"《康熙·六言诗》,均产生于这里,成就了奉节"中华诗城"之美誉。当代奉节人,仍然保持着"人人读诗、人人写诗、人人唱诗"的良好状态。

例四:跟着诗词游荆楚、跟随东坡足迹,读懂"大美黄冈,此心安处"。我这里原文照录来自荆楚大地的新闻报道:一首经典诗词,就是一份最好的旅游指南。湖北与诗词有着绵延千年的缘分。从发出惊世《天问》的楚国诗人屈原,到"我本楚狂人,凤歌笑孔丘"的诗仙李白,再到创作"一词二赋"的大文豪苏轼,荆楚大地的山山水水,饱含着文人墨客的深情凝望。为了让荆楚诗词、荆楚文化发挥对湖北旅游更好的带动作用,湖北省文化和旅游厅联合楚天都市报·极目新闻共同推出"极目楚天舒·跟着诗词游荆楚"系列主题活动。近年来,黄冈将东坡文化植入城市规划建设之中,不断加强东坡赤壁、临皋亭、安国寺等历史遗迹的保护修复,历时十年匠心打造以东坡文化为主题的遗爱湖公园,并且加快推进总投资98亿元的"东坡文化"旅游区建设。经过持续保护与挖掘,这些文物古迹和人文景观已经逐渐成为黄冈的"城市名片"。

例五:河南巩义举办杜甫国际诗歌文化周活动,带动巩义旅游。巩义是诗圣杜甫的故乡,自2015年起已连续八年举办杜甫国际诗歌文化周活动。特别是"我与诗圣有个约定(第六季)"全民诵杜诗线上打卡、"诗乡月明"经典诵读大赛、"河洛少年赞子美"系列活动、"诗颂杜甫"诗词创作大赛、"我和杜甫抖起来"抖音短视频比赛等16项群众文化活动,深受广大人民群众喜爱。

例六:"一越宋潮、放翁归来"的陆游文化节使千年古城绍兴焕发时代生机。陆游是中国古代诗歌存世量最多的诗人,更是风骨壮士、爱国典范。沈园因陆游与唐琬的《钗头凤》成为千古爱情名园，名扬海内外，成为游客"诗境爱意"的打卡地。

此外，央视大型纪录片《人文地图——诗词之旅》全116集、山西综合广播与山西省文化和旅游厅联合策划的12集系列文化节目《读着诗词去旅行》、大河报·豫视频与河南诗词学会联合推出的大型文化视频栏目《厚重河南 诗歌走廊》共8期等等，使诗词成为所在地的金字招牌和文化名片。

综上所述，诗词和旅游这种相互生成、相互推进的关系，我们今天应当在理论和实践两个方面，在广度和深度上让它们更加融合。

在理论上，我们要研究诗词和旅游融合的时代条件、地理特点、内在机理、诗人素质、诗词品质、传播路径、环境打造、经营管理……而且这种研究应当广泛联系旅游实际，进行有深度的分析研究，逐步形成诗词和旅游融合的相关理论。

在实践上，我们要推动诗人为旅游而深入生活、为旅游而创作精品，为旅游而传播诗词。同时，推动旅游部门和旅游景点认识诗词在旅游产业发展中的独特作用，支持和欢迎各地诗词组织开展的诗词"六进"活动之一的诗词"进景点"，特别是主动邀请社会组织和诗人为增添旅游的文化含量而进行创作，在景点景区建设高水平的诗词文化景观，诗词文化景观要在"景观"上下功夫，使之与景点景区高度协调，产生增光添彩之效，而不是画蛇添足或粗制滥造，破坏景点景区。

习近平文化思想和新时代高质量发展的局面，为诗词和旅游在广度和深度上更加融合提出了要求，也提供了条件。让我们诗词界和旅游界为此而携手努力，为祖国大地特别是各地方政府创建文旅品牌助力加油！

# 为祖国边疆的长期繁荣稳定贡献中华诗词力量<sup>*</sup>

各位代表，各位诗友：

我任会长整整 3 年，利用其他出差机会去过不少地方，见见诗友，听听诗词工作介绍，谈谈开展诗词工作的看法，但一直没有机会来西部地区。11 月我找机会去了青海和贵州，这次又来到了乌鲁木齐，参加新疆诗词学会第八次会员代表大会。这是我第一次参加地方的学会领导班子换届大会。我首先代表中华诗词学会向大会的召开表示热烈祝贺！向各位与会代表致以诚挚的问候！

新疆诗词学会诞生于 1988 年，是成立较早的诗词组织。35 年来，新疆诗词学会团结带领一代代诗友，积极推动中华诗词的复兴和繁荣，为新疆地区文化发展贡献了诗词力量。尤其是新疆诗词学会"七代会"召开 5 年来，你们贯彻落实党中央文化自信、文化润疆的战略部署，践行"举旗帜、聚民心、育新人、兴文化、展形象"的使命任务，壮大了诗词队伍、提升了创作水平、提高了研究能力、丰富了编著成果，涌现出以星汉同志为代表的一批著名诗人，形成

---

\* 本文是作者 2023 年 12 月 10 日在新疆诗词学会第八次会员代表大会上的讲话。

了在全国有较大影响的"天山诗派"。星汉同志诗词专业水平突出，诗词组织工作积极，参与了中华诗词学会和新疆诗词学会的创建工作，连任两届中华诗词学会副会长，现在是中华诗词学会顾问，昨天还是新疆诗词学会会长，对全国和新疆的中华诗词事业作出了突出贡献。你们编辑出版了《天山诗派作品选》等作品集、《当代新疆诗词诗人论》等论文集，完成了《全西域诗编纂与研究》《新疆当代诗词研究》等国家级科研课题，显示了你们诗词创作和理论研究的实力。尤其是新疆诗教工作有了新的进展，克拉玛依成为新疆诗教工作的历史性突破。你们这些成绩的取得是以兄弟般的团结为保证的。习近平总书记在党的二十大报告指出："团结奋斗是中国人民创造历史伟业的必由之路。"你们成功地践行了这一必由之路。

新疆是典型的少数民族边疆地区，这里独特的风土人情、独特的民族文化、独特的边塞风光、保卫和发展边疆的独特使命，都具有独特的魅力，为诗词创作提供了丰厚的滋养，也为诗词工作提出了独特的要求。借此机会，我提以下几点希望：

一是希望新一届学会领导班子认真学习贯彻习近平文化思想，把做好诗词工作作为责任和使命，以《"十四五"时期中华诗词发展规划》为指导，为繁荣发展全疆诗词事业而多谋事、多做事、做成事。要开动脑筋，千方百计调动千军万马，激发千家万户，投身新疆诗词事业，实现诗词工作的"破圈"。

二是希望你们增强政治判断力、政治领悟力、政治执行力，强化意识形态责任意识，严格管理会刊、公众号、微信群等媒体平台，引导会员和广大诗友创作积极向上的好作品，弘扬主旋律，发挥正能量，让中华诗词为进一步加强民族团结、铸牢中华民族共同体意识，发挥积极作用。

三是更大力度开展诗教工作，推动诗词"六进"，在更大范围、更多民族人口中普及中华诗词，让诗词学习、诗词欣赏、诗词朗诵、诗词演唱、诗词创作等，成为展现文化自信、建设中华民族现代文明的潮流和风尚。

四是立足新疆大地、深入现实生活，拓宽创作思路、表现重大现实题材，创作出更多富于鲜明时代特色的优秀作品，让"天山诗派"这张名片更加靓丽。

总之一句话，希望你们为祖国边疆的长期繁荣稳定而奋发努力，贡献中华诗词的力量！

预祝新疆诗词学会第八次会员代表大会圆满成功！

# 成功举办中华诗词创作赛事的条件和意义 *

各位领导、各位诗友：

今天，我非常高兴地来到这次大赛的颁奖现场，首先代表中华诗词学会向大赛的成功举办、向获奖者表示热烈的祝贺！

这次颁奖典礼，是三奖联颁。"张九龄杯"是首届，"助残杯"是第二届，"中国梦·深圳杯"诗词楹联大赛已经成功地举办了六届。之所以能够如此可持续发展，从中华诗词学会的角度来看，有这么几个有利的条件：

第一，我们正处在一个好时代，即正处在大力弘扬发展中华优秀传统文化的好时代。习近平总书记对文化传承发展和文艺工作发表了一系列重要讲话，形成了习近平文化思想，指引和激励着文化繁荣和发展。中华诗词事业赶上了这个好时代。

第二，我们有一个好题目。这就是大家都在为之奋斗的中国梦。所谓中国梦，也就是中华民族伟大复兴，内涵是三句话：国家富强，民族振兴，人民幸福。这也是中国梦的本质，这是我们的共同期盼。

---

\* 本文是作者 2023 年 12 月 16 日在"中国梦·深圳杯"诗词楹联大赛颁奖典礼上的讲话。

所以每次大赛都能够吸引很多的作者，获得很多的诗词作品。

第三，得益于我们有一个好组织。所谓好组织，这是由各方面的组织组成的，宣传文化部门（市委宣传部、市文联）、各有关单位，同时还有我们各个诗词组织，比如深圳市诗词学会、深圳长青诗社等等，大家都很团结，相互支持相互补台，这是难能可贵的。今天上午，参加了长青诗社新书发布会，给我留下一个强烈的印象：深圳市诗词界团结一致，相互看别人的长处，相互总结介绍别人的工作成绩。这两条，一是体现在诗词组织之间，一个是体现在诗词组织内部。这种景象，跟个别地方诗词组织之间相互拆台、诗词组织内部闹不团结甚至相互诋毁形成鲜明对比。这是大赛连续成功举办六届的组织保障。特别是深圳市委宣传部，给了不少支持；热爱诗词事业的企业家慷慨解囊；长青诗社今年遭遇水灾，厉有为老书记带头捐款，企业家给予大力帮助，全国各地诗友捐款，我听了以后非常高兴、非常感动。这就是中华诗词精神在这些重要关头的具体体现。

第四，评比能够做到公平公正。大赛如果真正把好诗词选出来，让人心服口服，也就会得到越来越多的参赛者的支持。

这是我所分析的"中国梦·深圳杯"能够成功举办六届的重要条件。我希望你们能够持续办下去。深圳诗词，我可以说已经在全国形成了一个现象，这个现象，正如你们自己所自豪的那样：诗词工作跟深圳这样一个一线城市相匹配。我赞成你们的观点。

诗词大赛，不同于其他很多大赛具有很高的含金量，所以受到严格控制。而我们的诗词大赛，没有什么含金量，但含文量很高。组织诗词大赛，有这么几个好处：

第一个好处，利于推动诗词创作。诗友们能够在赛事的推动下精心创作，反复打磨，拿出自己满意的作品参赛。各地诗友成规模地创作，这是一个多么好的繁荣景象！

第二个好处，评比出诗词精品。总有人说当代诗词之所以没有"入史"，是因为没有优秀作品、赶不上唐宋。唐宋的确是一个诗词高峰，值得我们永远欣赏。但是，很多评委告诉我，很多专家告诉我，当代诗词也有不少高峰级的作品，问题是推荐宣传不够。在此我希望各位以后讲诗词欣赏和创作，不光要以李杜苏辛为代表人物，也要精心收集当代的高峰级诗词用作讲课案例。我们应该编写当代诗词300首、500首、1000首。我们要不惜笔墨篇章，推荐当代精美的诗篇和优秀诗人。在这方面我们要向其他文学领域学习，作家们一发表优秀作品，评论紧接着就跟上来，而且很快，我们现在就缺乏这样的做法。我在这里希望大家加强评论推介工作。赛事能够让我们发现诗词精品，这是举办大赛的第二个好处。

第三个好处，发现优秀诗人。参赛的许多作者，平时不为我们所注意，甚至住在边远地区，工作在基层普通岗位，有的身体还有残障。通过赛事他们可以凸显出来，进入我们的视野、进入诗词界。我们的诗词要想繁荣发展，不能等到人们退休的时候才想到写诗词；同样，我们的诗词组织也不能成为退休老人的俱乐部，应该大量培养中青年。诗词活动有利于发现优秀诗人，有的地方还专门举办中学生诗词活动、大学生诗词活动、青春诗会等，这些都是非常好的做法，凡有条件的地方都应该开展起来。

第四个好处，我们有些主题赛事，起到了很强的政治作用。比如，以中国梦为主题的诗词比赛，如果真的能扩展到海外，就能够通过诗词这个精神纽带，把海内外诗人联系在一起。你想想，大家都用中国字、写中国诗、圆中国梦，从而让诗词成为团结海内外中华儿女的一个桥梁纽带，也成为我们用中国诗词讲好中国故事的一次又一次的生动实践。今年中秋节，中华诗词学会举办"天涯共此时——海内外中秋联谊会",会前海内外上千诗友愉快唱和,会间线上线下面对面吟诵诗词、表达感情,会后赋诗说感想体会,由衷赞美。这是海内外中华诗友第一次隔空集体创作,形成了中华诗词有史以来,居住在不同国家、不同地区的诗友的创作"大合唱"。这项工作得到了我们学会主管单位中国作协的批准,事后也得到了他们的充分肯定。很多中央媒体及其融媒体都给予了及时的报道。中新社的一个报道,几个小时之后点击量超过 80 多万,再次推动诗词活动宣传报道工作的大"破圈"。在党的二十大报告中,习近平总书记提出,团结奋斗是中国人民创造历史伟业的必由之路。他提出要加强全国各民族的大团结、海内外中华儿女的大团结。实践证明,中华诗词可以为此贡献力量。

今天,我们面临这么好的形势,有党和国家的大力倡导,有宣传文化部门的大力支持,有兄弟人民团体和社会组织的齐心协力,我们一定要努力努力再努力,把中华诗词当事业,更多更大范围开展诗词活动,从而在建设属于我们这个时代的新文化中,在推进中华民族现代文明的建设过程当中,发挥我们的光和热。

祝颁奖典礼圆满成功,谢谢大家。

# 传承发展中华诗词要强壮"五种生命"*

同志们：

这是中华诗词学会第二次召开专委会主任会议。2022年3月27日，中华诗词学会以线上线下结合的方式第一次召开专委会主任会议，会上我作了题为《专委会要在繁荣发展中华诗词中大显身手》的讲话，这个讲话已收入《会长的使命》一书，估计一些同志不一定读过，而讲话的内容也是我现在想强调的，故而作为会议材料印发大家，内容我不再重复。

刚才22个专委会主任作了交流发言，学会6位分管领导也发表了很好的意见。专委会的工作和成效证明，成立专委会是学会的一项战略安排，是推动《"十四五"时期中华诗词发展规划》逐步落实的一个重大举措。专委会的作用和意义在于：专委会把社会各界凝聚于繁荣发展中华诗词的远大目标，把千军万马集聚成繁荣发展中华诗词的强大队伍，把千家万户激发成繁荣发展中华诗词的得力同盟，把学会骨干重压成繁荣发展中华诗词的四梁八柱。

---

\* 本文是作者2024年1月13日在2024年中华诗词学会专委会主任会议上的讲话。

四梁八柱说的是什么呢？专委会主任都是学会常务理事，每一个会长、副会长分管1～3个专委会不等。这些重担使学会骨干都独当一面，成为繁荣发展中华诗词的四梁八柱。

如果把中华诗词学会比作动车，专委会就是动车组的组成部分。大家一起发力，中华诗词学会的工作就高速前进了。实践证明，这一战略安排切合客观需要，产生了"千方百计调动千军万马，激发千家万户"，推动中华诗词发展的实际效果。

在2022年第一次主任会议上，我引用了陶行知先生的对联"捧着一颗心来，不带半根草去"，并说明，"捧着一颗心来"就是坚定不移的政治之心、积极主动的工作之心、大度仁爱的宽容之心。不带半根草去，就是无私奉献，廉洁自律，不"以诗谋私"，也不"以私谋诗"。

当然，专委会现在也不是一般齐，有的成立快三年了，有的才谋划成立挂牌仪式；有的活动一个接一个，有的还没有什么有影响的活动；有的不断出诗集，有的还没有这类计划；有的微信公众号去年推出上百期，有的至今没有开张……差距不是一般的大，而是很大。召开这次主任会议，目的在于让专委会总结去年，思考今年；通过大会交流，听听别人，想想自己；最后都行动起来，做得出色的，要做得更好；做得不够的，唤醒、发力、行动。今后工作关键是什么，借此机会，我讲以下五点意见，供大家参考。

## 把活动作为专委会的生命

专委会的生命在于活动。活动多生命力就强，活动少生命力就弱，没有活动就没有生命。诗词创作活动、办诗词微刊，只是初始活动，没有启动的抓紧启动。在此基础上注意以下几点：

一是丰富活动内容。如果细致策划，诗词活动是很多的，比如，诗词普及活动、创作活动、研讨活动、吟诵活动、雅集活动、采风活动、学习活动、交流活动、传播活动、培训活动、联谊活动……希望各专委会从实际出发，相互学习，但不简单模仿，策划出有特色的系列活动来。

二是拓展活动范围。诗词活动半径要向全国拓展。中华诗词学会是全国性的诗词组织，她的二级机构当然也是全国性的。活动范围要超越本单位、本城市，而且要覆盖全国。女子诗词工作、高校诗词工作、城镇诗词工作、残疾人诗词工作、创作委员会和评论委员会的工作……都要面向全国，把全国这方面的工作都推动起来。

三是讲求活动成效。效果是硬道理——我曾写过一篇文章，提倡树立效果导向思维。策划活动时，首先明确活动所要达到的效果，然后从效果出发，倒推活动过程、举措、参加人员、活动范围等环节，确保每项活动都能收到实实在在的效果。绝不搞形式主义，绝不搞劳民伤财。

四是活动要围绕一个"专"字。专委会的特色就在于"专"，不要开展与专委会职责无关的活动，不要"抢了别人的自留地，荒了自己的责任田"，而是要围绕专业、深耕专业。专业就是特色，围绕专业就能出有特色的工作成果来。

五是活动要依规进行。今天特地把民政部社会组织管理局《关于进一步加强全国性社会团体分支机构、代表机构规范管理的通知》《中华诗词学会关于设立专业委员会的若干规定》印发大家，希望各专委会自觉遵守。今天发言中有同志说得好：不能发生任何违规活动。只要活动涉及"利"，就极有可能会违规。

## 把精品作为创作的生命

为什么说精品是创作的生命,道理何在?这是因为:

第一,精品是诗词创作的不懈追求。因为精品力作才能动人,精品力作才能传播,精品力作才能传世,精品力作才能环球。

第二,社会对诗词精品怀有强烈期待。人们盼望当下有好的诗词供他们学习和运用。

第三,诗词数量遮蔽诗词质量的现状要求我们调整创作追求,狠抓诗词质量。当前诗词作品的数量惊人,繁荣发展诗词已经不需要在数量上下功夫。诗词的现状是,大量一般作品淹没了诗词精品;对诗词数量的看重超过了对质量的追求;有些诗友机械堆砌成语、口号,从而形成一些拉低总体评价的诗词。这种状况需要我们加强诗词业务学习,调整创作追求,提高创作水平。

因此,当代中华诗词的中心任务是高质量发展,在创作精品力作上花大力气、下大功夫。习近平总书记号召:"广大文艺工作者要坚持以强烈的现实主义精神和浪漫主义情怀,观照人民的生活、命运、情感,表达人民的心愿、心情、心声,立志创作出在人民中传之久远的精品力作。"(2016年11月30日习近平在中国文联十大、中国作协九大开幕式上的讲话)对此,我们要铭记在心,用以指导诗词创作。

## 把传播作为诗词的生命

诗词的生命在于传播,传播范围越大,生命力就越强。诗词保存在手机里、抽屉里,诗词的生命就在手机里、抽屉里;诗词传播在群里，其生命就在群里。诗词只是在诗友之间传播，它的生命就只能存在于诗友圈里。

所以我曾提醒，诗人之间可以交流，但诗词不能只在诗友中交流。要设法向社会和大众传播——小说不是写给作家看的，歌曲不是写给音乐家听的，小品不是演给演员看的，同理，诗词不是写给诗人看的，或者加两个字："主要"不是写给诗人看的。因此，传播要"破圈"。

当代传播媒介或传播手段很多，受众就有了选择。从报纸——广播——电视——CD和VCD——网络——以手机为终端的抖音、快手、喜马拉雅……这是传播媒介或传播手段发展的大致路线。受众一旦选定就有了偏好。一般说来，传统媒介已越来越远地在受众的选择之外，新媒体也被分出了亲疏远近，比如随着诗词微信公众号（我们叫作诗词"微刊"）日益增多，朋友们从"先点赞，后再看"已经变成了"只点赞，不再看"。

因此，我们要把诗词传播作为一个课题，经常加以思考。办报刊要抓发行，办电视台要抓收视率，同理，写诗词要重视传播。究竟用哪些媒介或手段让诗词得到越来越广泛的传播，请大家一是要读一两本传播学、接受美学等教科书，从理论上武装自己；二是要跟踪科技传播媒介或手段的发展，不断提高数字素养。现在的诗词传播，比起李杜苏辛时代，媒介或手段不知要方便高效了多少倍，关键在于我们要重视运用。对中华诗词学会官网、"中华诗词"学习强国号，大家要努力用好。但是，媒介和手段越多，执行的标准也就越容易乱，管理的难度也就越大，使用的要求也就越高。因此，网络信息部要抓紧修订《中华诗词学会网络信息管理工作规定》下发各专委会执行。

当然，诗人有诗人自己的选择——我就是写给自己看的，不用传播，或者不需要每篇都加以传播。但在座的都是诗词组织的领导者，推动诗词传播就成了一种责任。一些当代中国文学史著作对当代诗词不置一词的理由是，没有好诗词；实际上不是没有好诗词，而是他们不知道有好诗词；各种重大文艺演出朗诵当下诗人的诗词很少，也是因为他们不知道有哪些好诗词。就拿我们自己来说，我们天天泡在诗词里，请问你们能不能随口说出当下诗人的10首好诗词？我估计很难，而说出10首甚至百首古人好诗词，很多人不在话下。问题的根子找到了：我们自己没有重视当下好诗词的筛选和传播。

因此，今年起，各专委会、各级诗词组织，要把诗词精品的创作、筛选、传播作为诗词工作的重中之重。不达一定质量的诗词要好好修改后才能发表。你们举办诗词欣赏和创作讲座，既要讲古人诗词，也要讲当代诗词，特别是当下诗词。要形成当下诗词研究和评论之风。筛选、传播精品诗词，要认诗不认人；拥有筛选、传播诗词精品话语权的人要主动回避。

## 把素养作为诗人的生命

我这里把素养和修养、素质看作是同等概念，素养是人的各方面修养或素质的综合统一，主要包含政治素养、理论素养、道德素养、文化素养、思维素养，等等。每一个素养都可以细化，例如，文化素养就可细化为文学素养、文字素养、艺术素养、诗词素养等，当下还得加上"数字素养"。

这么一来，把素养看作是诗人的生命就可以理解了。在不同岗位，从事不同工作，对素养的要求是不一样的。诗人的素养具有特殊的要求；没有特殊的素养，一个人就成不了诗人。而作为新时代的诗人，与以往时代相比，具有新的素养要求。

"文艺要塑造人心，创作者首先要塑造自己。养德和修艺是分不开的。德不优者不能怀远，才不大者不能博见。广大文艺工作者要把崇德尚艺作为一生的功课，把为人、做事、从艺统一起来，加强思想积累、知识储备、艺术训练，提高学养、涵养、修养，努力追求真才学、好德行、高品位，做到德艺双馨。"（2016年11月30日习近平在中国文联十大、中国作协九大开幕式上的讲话）这是习近平总书记对文艺工作者的要求，当然也是对诗人的要求。我们要落实在自己身上，加强自我修炼，不断提高自己的素养。

## 把团结作为队伍的生命

没有团结就不成队伍。诗词队伍是文艺队伍的一个重要组成部分。中华诗词学会于2023年11月向33家单位会员发出《2023年全国诗词工作基本情况调查通知》，截至12月31日，中华诗词学会会员5500人，全国省市区诗词学会会员102400人，地市级诗词学会会员160136人，市县级诗词学会会员369252人，总数大约64万人。这里有重复计算，例如有的人可能是三级学会的会员。不要紧，我们统计的目的就是心中有数。诗词作者总数早有人通过大数据估算有300多万人。可以说，诗词队伍是一支庞大的队伍。

总体上看，诗词队伍是团结的。例如，中华诗词学会与各单位会员相互尊重、相互支持、相互促进，这种团结尤为突出。有的单位真心把中华诗词学会看作上级组织，对我们的要求和安排雷厉风行，贯彻落实。中华诗词学会各专委会之间、不少地方的不同诗词组织之间也是如此。二十大报告指出，团结就是力量，团结才能胜利。所以，中华诗词学会"五代会"以来全国诗词工作出现了新局面，这是大家团结奋斗的结果，但不团结现象依然存在。希望大家提高认识，宽以待人、严于律己，勠力同心，团结成一块坚硬的钢铁。

刚刚过去的一年，是贯彻落实党的二十大精神的开局之年，也是疫情结束、交通交流全面放开的一年。这一年，习近平总书记发表关于文化传承发展的重要讲话，全国宣传思想文化工作会议提出习近平文化思想，诗词繁荣发展遇到了空前的大好机遇，也有了更加明确的方向。中华诗词学会以及各单位会员、各专委会像补课似的加倍工作，对中华诗词学会会长们的需求也加倍增长，会长们不顾劳累常年奔走在各地的诗词发展道路上。2024年的诗词工作属于接力跑，不是起步跑。请同志们乘势而上，坚持守正创新，继续"两讲两树"，突出一个"创"字，一开年就在快车道上前进，力争比2023年取得更大成绩。

龙年正在向我们大踏步走来，我代表中华诗词学会提前给大家拜年，并通过你们给全国诗友们拜年，祝大家龙年健康快乐、万事如意！

# 第一次新春诗会的意义*

各位领导、各位演艺界朋友、各位诗友：

演艺界和诗词界共同举办新春诗会，这是中华诗词学会成立以来的第一次。这得益于我们三年前的一个决策：2021年6月10日在保利多功能厅成立演艺界诗词工作委员会。

演艺界诗词工委不负众望，团结组织艺术家们开展了不少诗词活动。举办这次新春诗会就很有意义。

意义之一，新春诗会是中华诗词界的新春联谊会。我们欢聚一堂，以诗词和演艺相结合的方式，迎接甲辰年新春佳节，迎接更加美好的龙年——中华民族的本命年。参加新春诗会的嘉宾虽然人数有限，但通过央视电影频道，通过到场各媒体的报道，通过我们自媒体的宣传，会把联谊会的盛况传给千千万万诗友，传遍千家万户！所以，借此机会，我代表中华诗词学会向全国诗友、向演艺界朋友、向支持中华诗词事业的社会各界领导和朋友，表示新春祝福和衷心感谢！

---

\* 本文是作者2024年1月28日在"诗颂新时代 逐梦新征程"新春诗会上的讲话。

意义之二，新春诗会是中华诗词和演艺联袂的魅力展示会。诗词和各类演艺，都是人民群众喜闻乐见的艺术。诗和词都有供演唱的历史。今天诗词同演艺结合的路子更宽了，朗诵、演唱、舞蹈、舞美、LED屏幕、电声乐器……诗词插上了当代演艺的翅膀，飞得更宽、更远、更深入、更有感染力，实现了诗词传播方式的破圈。演艺借助诗词，有了别样的表现内容，因而别有风味。这里，我们以热烈的掌声，对演艺界、对今天到场的各位艺术家，表示诚挚的谢意！

意义之三，新春诗会是诗和演艺乘龙腾飞的鼓劲会、加油会。诗词和演艺都需要守正创新，都需要在体现时代性、人民性、艺术性、精致性方面"更上一层楼"。龙年，人们常喻为是龙腾之年。因此，我们可以把这次新春诗会当作诗词和演艺并驾齐驱、龙年腾飞的鼓劲会、加油会。我们要相互学习、相互激励，在创作精品力作上花功夫、用力气。尤其是在吸引力、感染力方面，诗词要向演艺学习，诗人要向演艺家学习！

祝新春诗会圆满成功！

# 发表诗词要把作业和作品区别开来*

第一次来燕京诗社，听了社长的介绍，感到十分惊喜。第一，燕京诗社历史很长，成立将近45年了，成立时间早于中华诗词学会好几年，并且持之以恒，活动从未间断。《燕京诗刊》也创办22年了，出了46期，印发了11万册，成绩不小。第二，燕京诗社、《燕京诗刊》始终坚持围绕中心，服务中心，服务老同志，曾提出"不弃一人，不弃一诗"的主张，很感人。第三，燕京诗社、《燕京诗刊》"有爹有娘"，长期得到中央党校校委会和老干部局实实在在的领导、指导和支持。

《燕京诗刊》办到今天，如何提高质量，是摆在我们面前的新课题。要把"不弃一人"的理念与提高办刊质量有机结合。怎么结合？可以采取一些办法。比如，在诗刊上开辟"教学园地"或者是"学步专栏"，专门刊登初写诗词者的作品，以便把作业和作品区别开来，作业是初学者的诗词习作，水平低点读者都能理解。作为作品出现，标准则要提高一点，为的是提高当下诗词作品整体形象。同时，请行家讲诗评诗，肯定好的方面，指出存在问题，对他们的

---

\* 本文是作者2024年1月15日在燕京诗社座谈会上的讲话。

创作加以具体指导。再如，可以举办讲座，举办培训班。请谁讲，讲什么，诗社统筹考虑，需要时我可以来安排。中华诗词学会年年开办诗词创作高级研修班，全国各地都有人报名参加学习，有些诗友连年参加，一班不漏，说明培训质量不错；收费也不高，主要靠举办地支持。我们可以分期分批组织诗友当中感兴趣的同志参加培训，培养骨干，培养诗社中诗词创作的领军人物。又如，在中青年教师中扩大爱好诗词、写作诗词的队伍。诗社既要欢迎老同志，更要重视培养和吸收中青年。

燕京诗社今天所处的诗词环境已经远远不同于成立之初了。在习近平文化思想指导下，传承发展中华优秀传统文化已成为热潮，中华诗词乘势而上，可以说走在传承发展大潮的前列。截至去年12月底，各级诗词学会会员总数约64万人，全国写诗词的有300多万人，大部分作者没有入会，估计超过写散文、写小说的作者。在我国当代文学创作活动中，诗词创作是一个重要的方面；诗词作品是当代文学作品的组成部分，其中不乏精品力作。但是中国当代文学史却没有诗词的篇章，原因是多方面的，其中一个原因是一些当代文学史作者不太熟悉诗词，他们写不出当代诗词史。所以，一方面我们呼吁和推动他们改变这种情况，我们也在组织和推动创作、筛选和推介诗词精品，为他们提供史料；另一方面，我们自己动手编写了《中国当代诗词史》，已经正式出版。本着"千方百计调动千军万马，激发千家万户，投身中华诗词事业，传承发展中华诗词"的工作思路，中华诗词学会成立了22个专委会，各工委都在做传承发展的工作。全国各级诗词组织已形成"整体联动、系统推进"的工作局面。

我作为中央党校（国家行政学院）的一员，经校委批准，任中华诗词学会会长，应当关注和支持燕京诗社。今天我和君如同志一起被聘请为诗社名誉社长，感到"应当"已经变成了"责任"。我一定加强与诗社的联系，支持诗社的工作，支持有意愿的社员加入中华诗词学会，支持社员的高质量诗词作品在《中华诗词》杂志发表。

祝燕京诗社越办越好！

# 诗词的吟诵和朗诵*

今天，我们在梅兰芳大剧院欢聚一堂，见证中华诗词学会朗诵艺术委员会揭牌仪式。这是我们早已批准的22个专业委员会之一，而挂牌仪式是22个专业委员会中最晚的一个。

晚有晚的味道，时间选在农历癸卯年的最后一个月，甲辰年春节的前几天，这是很有意义的。寒冬即将过去，2月1日便是春天，我们以朗诵专委会的揭牌仪式迎接2024年春天，迎接龙年春节！

在22个专委会中，已经有了吟诵委员会，为什么还要成立朗诵委员会呢？起因在于有人提议，搞吟诵的同志提出成立吟诵委员会，搞朗诵的同志提出成立朗诵委员会，我们也有这个需要，因此就都同意了。

吟诵和朗诵的共同点是把诗词由文字转变为声音，通过有声语言表现诗词的内容。不同在于：

吟诵古老典雅，是我国三千年来欣赏和传承诗词文赋的重要形式之一。朗诵则是后起之秀，属于现代艺术。

---

\* 本文是作者2024年2月1日在中华诗词学会朗诵艺术委员会揭牌仪式上的讲话。

吟诵可用方言与方音，朗诵用普通话。到目前为止，我们听到的朗诵都是使用普通话，朗诵要求字正腔圆、语音标准，这使得朗诵最能够体现诗词平仄韵律、抑扬顿挫的特点，最能表现诗词的艺术魅力。

吟诵的个性化色彩浓郁，吟诵者有自己的基本调，因人而异，没有准谱定调。郭沫若认为"（吟诵）那是接近于唱，也可以说是无乐谱的自由唱"。朗诵要求字正腔圆，有一定艺术标准，需要专门学习和训练。所以，去年我家乡扬州诗词协会安排我讲话后朗诵一首我自己的诗词时，我不敢造次，因为我的普通话带有浓重的地方口音，我便用英语朗诵了赵彦春教授翻译的我的《京杭大运河》，算是过关了事。

吟诵是自娱为主，主要用于学习，有助于记忆；偶尔登台表演，主要是在诗人雅集上出现。朗诵主要是娱人，主要用于舞台表演，朗诵已成为各种文艺演出的重要节目之一。因此，吟诵多是即兴的，朗诵则多是有备而来的。两者我都用了"主要"二字，因为也有例外。

有人说，吟诵就是古代的朗诵，朗诵就是现代的吟诵，我们姑且听之。总的来说，吟诵和朗诵各有特点，各有妙用，对诗词的学习和传播来说都不可缺少。

朗诵艺术专委会的揭牌，使朗诵艺术家和诗人词家成为一家，使专业朗诵成为中华诗词的得力同盟。朗诵对于诗词有重要意义，初步想来，有以下几点：

一是朗诵的语言艺术能够使诗词作品更加深入人心。诗词本是一种文字表达，朗诵使诗词的文字艺术转化为语言艺术，通过有声语言的表达使文字作品有了升华，使诗词通过语言的魅力和风采更富于感染力。与新闻播报不同，朗诵的字音、音长、音色、音强、语气、节奏的变化很大，可以说是波澜起伏。优秀的朗诵艺术家一张口，那悦耳动听、富有磁性的声音立刻俘虏听众。朗诵是诗词表达的语言艺术。

二是朗诵的丰富感情能够使诗词作品更富于感染力。朗诵既用富于表现力和吸引力的有声语言进行表达，又注入了朗诵者丰富的感情，给诗词增添了浓厚的感情色彩，声音和感情并举，把听众带入诗词的意境和思想，使诗词净化心灵、陶冶情操的作用得到更加有效的发挥。朗诵是诗词表达的传情艺术。

三是朗诵的表演技巧能够使诗词作品更加引人入胜。朗诵通过优美的声音、细腻的情感、优雅的仪态、协调的动作表情，再加上化妆、灯光、舞美等，成为视觉冲击力很强的表演艺术，展示出朗诵的舞台魅力。朗诵是诗词表达的综合艺术，极大地增强了诗词的感人效果。

朗诵对诗词如此重要，专委会要不辱使命，努力工作。这里，我对专委会提出以下几点希望：

第一，要把诗词朗诵常态化地开展起来。活动是专委会的生命，没有活动就没有生命，就等于不存在。因此，要用心策划诗词朗诵活动及其相关工作。

第二，要组织和激发更多的朗诵艺术界朋友写诗词，也可以组织和激发诗词界朋友学朗诵。这是我们成立朗诵艺术专业委员会的重要目的。

第三，要把朗诵艺术专业委员会的工作推向全国。中华诗词学会是全国性诗词组织，省市区诗词学会都是单位会员，同时省市区都有朗诵协会。我在这里倡导各省市区诗词学会效仿中华诗词学会，筹备成立朗诵艺术专业委员会。你们要积极推动，并携手开展工作。

第四，要与中华诗词学会所属的兄弟专委会特别是吟诵工委会和演艺界诗词工委会交流合作，使诗词朗诵、诗词吟诵、诗词演唱、诗词舞蹈等有机结合。

第五，要通过朗诵把中华诗词推向世界。专委会有的领导经常出国进行朗诵演出，有的领导工作涉及"一带一路"。希望你们用各种机会通过朗诵把中华诗词推向世界，既要朗诵经典诗词，也要重视朗诵当下诗词精品。

最后祝仪式圆满成功！祝朗诵艺术委员会后来居上！祝大家新春快乐，龙年大吉！

# 在大学生中开展诗词教育*

各位领导、老师、同学和诗友：

今天令人难忘，一是上海交通大学"中华诗词大学生教育与研究基地"挂牌，中华诗词学会荣幸地应邀作为指导单位。二是挂牌时间选在元宵佳节，象征着我们将团团圆圆共同努力办好这个基地。我首先代表中华诗词学会对基地的建立表示热烈祝贺！

中华诗词，专指中国古典诗歌，现在我们主张称为格律诗，当下与她结伴而行的是百年来兴起的自由诗。格律诗和自由诗的说法，比起旧体诗和新体诗的说法，更合适一些。当下人们创作的格律诗和自由诗，共同构成了我们这个时代的新诗。中华诗词学会就是专门组织开展格律诗创作、普及和研究的全国性诗词组织。在弘扬中华优秀传统文化的热潮中，中华诗词的传承发展工作是走在前列的，形成了宣传文化教育部门和社会力量包括各级诗词组织协力推动的喜人局面。在大学生中开展诗词教育，既是这一局面的重要组成，也是发展这一局面的重要举措。这是从诗词工作的角度来讲的。

---

\* 本文是作者2024年2月24日在上海交通大学"中华诗词大学生教育与研究基地"挂牌仪式上的讲话。

对大学生群体来说，开展诗词教育，意义是多方面的：第一，有利于他们增进对中华优秀传统文化的认同感，增强文化自信。第二，有利于他们陶冶情操、健全人格、增强家国情怀。第三，有利于他们学习艺术的创作和欣赏，培养审美心理和能力，促进全面发展。第四，有利于他们学习构思遣词造句，提高母语阅读和运用能力。对学习诗词的意义，习近平总书记作出了十分凝练的概括：学诗可以"情飞扬、志高昂、人灵秀"！这无论对于理工科大学生还是文科大学生，都是要牢牢记取并付诸行动的。

大学生诗词教育的内容是什么？首先当然是赏读诗词，广泛组织大学生阅读、背诵古代和当代诗词精品。其次是吟诵诗词、朗诵诗词和演唱诗词。吟诵有助于记忆，朗诵和演唱可用于表演，活跃校园生活。再次是创作诗词，就是学习写作格律诗。赏读和背诵要在覆盖面和广泛性上下功夫，创作则要根据大学生自身条件逐步展开，但人文学院大学生应当没有例外地要学写中华诗词。

大学生诗词教育工作是一个系统工程，需要制定详细规划，采取相应措施。比如，可以系统开设通识性的诗词鉴赏课、诗词朗诵课、诗词写作课；比如，可以用评级的方法激励大学生背诵诗词，例如背诵50首或100首为一级，最高为九级，一首长调可以折算为3~4首，余类推；比如，可以成立全校性的大学生诗词组织，同时引导和鼓励大学生成立诗社或诗词兴趣小组，发挥大学生在诗教中的主体作用；比如，可以规划建设校园诗词文化环境等。这些都是需要研究并实施的。在深圳等地一批学校开展的系统的诗教活动，引领和带动了学校各项教育，形成了学校教育的崭新风貌，走出了一条办学治校的新模式。

上海交通大学是一所综合性、创新型、国际化的国内一流、国际知名大学，院系及学科门类众多。你们以文学院为依托，主动向中华诗词学会提出，共同建立大学生诗词教育与研究基地，大学党委书记杨振斌教授亲自担任主任，今天举行高规格的挂牌仪式，让我们甚为感动，也更加重视。我相信你们一定能不负初心，开拓创新，办好这个基地，用好这个基地，把曾经以工科见长的高等学府办成更加齐全的综合性大学。我们已经依托清华大学成立了高校诗词工委，依托中国地质大学成立了青年诗词工委，你们可以互学互鉴互动。基地的工作重心是本校大学生诗词教育与研究，但校际交流合作联动、全国大学生诗词教育研究也是题中应有之义。中华诗词学会虽为指导单位，但会把这个基地作为自己的事情而全力支持，并及时总结你们的经验和做法加以推广。

最后向上海交通大学对诗教的重视和对诗词事业的支持表示衷心的感谢！向专程前来参加挂牌仪式的嘉宾表示衷心的感谢！

# 强化诗词审美图式的时代性*

关于诗歌美学的基本理论，学者们已经发表了大量论文，出版了大量著作。这次研讨会的主题是推动建构当代诗歌美学，这是很有意义的，意义即在于"当代"二字。

按照史学家们的划分，"当代"始于1949年10月1日，即新中国成立之日。从那时到现在，虽然只有75年，但变化却是天翻地覆的，以党的十八大为标志，中国已经跨入了中国特色社会主义新时代。如何在诗歌美学建构上适应这个时代，以指导和引领这个时代的诗歌创作、诗歌欣赏、诗歌评论，是我们的紧迫任务。因此"当代"诗歌美学建构，确切地说，应该理解为或聚焦为"当下"诗歌美学建构。只有这样去理解或聚焦，我们的研究和讨论才具有时代意义。

"当下诗歌美学建构"要解决的一个突出问题，是要集中探讨和回答什么样的诗词才是好诗词，或者说评价当下好诗词的标准（尺度）是什么。评价诗词的好与不好、美与不美，是人（主体）的诗

---

\* 本文是作者2024年3月在"推动建构当代诗歌美学——推动中华诗词传承与发展专题研讨会"上的发言。

词审美活动。支配一个人对诗词作出审美判断的，则是其"诗词审美图式"。诗词审美图式是从我的《狡黠的心灵——主体认识图式概论》一书派生的。例如，有人对新词入诗之所以感到不合适，是因为他们认为：凡是古代诗词里没有出现过的词汇，读起来就没有诗的味道，因此就不是"诗的语言"。这是我们长期阅读古代诗词特别是唐诗宋词而形成的"诗词审美图式"起作用的缘故。古代诗词特别是唐诗宋词的词汇，如"烟柳""斜阳""西楼""凭栏""流水""碧波"等，在人们头脑里形成了"诗词模板"或"诗词格式"，成为诗词审美图式的内在构成，成为评价诗词的尺度或标准。因此，有人主张，今人的诗词如果放在唐诗宋词里看不出哪是今人的哪是古人的，就是好诗词。显然，这种审美评价尺度是有问题的，最大问题是没有时代尺度。在我看来，写得像唐诗宋词，这属于模仿，如同学习书画的临摹，模仿是学习诗词创作的重要方法，也是功底，但不能把模仿得像作为好诗词的尺度，就像临摹得再像的书法也不是自己的书法作品一个道理。新时代的诗词评价尺度，除了人们迄今形成的关于好诗词的共识外，具有时代性或具有时代特色，无疑应当成为好诗词的第一要素。诗词有没有时代特色，当然要从诗词的题材、主题、用词、意象、意境等多方面去评价。

为什么一些古代诗词传承至今经久不衰？在于它们反映了作者所处的时代。我请助手用"搜韵网"搜索了古代交通、古代兵器、古代四大发明等，我得到一个惊喜的发现：所有代表那些时代的劳动创造、科技成果、战斗生活的先进物件，大多反映在诗词中，而且直接使用物件的本名，没有作任何"诗化"处理。因此，我们学习古诗，不要拘泥于它们用过哪些具体词语，而是要总结它们用词的共性特点或一般规律，那就是：用词要有时代特色；更不能以古诗的用词为标准来判定当代词语是不是诗的语言。一些评论家和诗人批评当今一些诗词"语言陈旧",甚至胡适当年就已发过类似议论。诗词"语言陈旧"的原因之一,恐怕在于诗词审美图式的固化。

因此,当下最重要的任务,是从强化诗词审美图式的时代性入手,建构当代诗歌美学。对作者来说,拥有具有时代性的诗词审美图式,就会瞄准时代,深入生活,捕捉素材,守正创新,写出具有时代意义的作品;对读者来说,拥有具有时代性的诗词审美图式,就会认同具有时代特色的好诗词;对于评论者来说,拥有具有时代性的诗词审美图式,就能评出诗词的时代韵味,引导当下好诗词的创作、阅读和鉴赏;对于媒体来说,拥有具有时代性的诗词审美图式,就会把具有时代特色的好诗词推向社会,推向大众,而不仅仅是盯着古代好诗词。

为建设属于我们这个时代的新文化贡献诗词的力量,让我们共同努力,把各自传统的诗词审美图式转化为具有时代性的诗词审美图式!

# 在诗词创作和评价中坚持守正创新的
# 世界观和方法论*

各位领导、各位学者、各位诗友：

我们从各地来到四川泸州，参加中华诗词学会"论新时代诗词的守正创新"学术研讨会。这次会议是由创作委员会策划筹办的，他们提出了一个很好的命题，就是"新时代诗词的守正创新"。

诗词要守正创新，包括诗词要"求正容变"，对此我没有听到过不同意见，但一到具体问题，分歧就产生了。例如：在用韵上，有诗友认为，只能用平水韵，否则就不叫中华诗词；在用词上，有诗友认为，不能用当下时兴的新词，因为它们不是诗的语言；在好诗标准上，有诗友认为，把当下诗词放在唐诗宋词中分不出谁是谁写的就是好诗词……若是这样，古代诗词在千年之后的今天仍然面貌依旧，还谈得上与时俱进吗？这些现象所反映的问题，就是守正创新还停留在口头上、概念上，没有成为我们的精神器官或"大脑软件"。要解决这些问题，就要从世界观和方法论上去找原因、从世界观和方法论上去打基础。因此，我今天的讲话就是围绕这个问题而

---

\* 本文是作者2024年3月25日在中华诗词学会"论新时代诗词的守正创新"学术研讨会上的讲话。

构思的，题目是：在诗词创作和评价中坚持守正创新的世界观和方法论。

## 坚持守正创新是世界观和方法论

世界观是人们关于世界的总的看法和根本观点，与之对应的是具体看法和具体观点，具体看法和具体观点是受总看法和根本观点支配的。所以说世界观是管总的，是人的全部实践行为和精神活动的总开关和总钥匙。世界观的作用在于：管方向、管思维、管方法。当人们以一定的世界观观察问题、处理问题时，世界观也就有了方法论意义。因此，从这个意义上说，世界观就是方法论。

世界观侧重说明世界"是什么"，方法论侧重说明"怎么办"；世界观决定怎么去"想"，方法论决定怎么去"做"。辩证唯物主义和历史唯物主义是我们党的世界观和方法论。

习近平新时代中国特色社会主义思想继承和发展了我们党的世界观和方法论，党的二十大报告概括为"六个必须坚持"：必须坚持人民至上，必须坚持自信自立，必须坚持守正创新，必须坚持问题导向，必须坚持系统观念，必须坚持胸怀天下。其中，必须坚持守正创新，位列第三。因此，我们要把守正创新作为世界观去确立，作为方法论去运用。

## 坚持守正创新所蕴含的道理学理和哲理

坚持守正创新蕴含着深刻的道理、学理和哲理。只有搞清楚其中的道理、学理和哲理，才能做到知其言更知其义、知其然更知其所以然，切实把党的创新理论的世界观和方法论运用到诗词创作和评价的全过程。

在这里,道理,是指论点的根据和理由、事物的内在规律;学理,是指科学上的原理、法则或依据;哲理,是指哲学的道理。哲学是关于自然、社会和人的思维的一般规律的科学,因此,哲理具有最大的普遍性和最广的适用性。

无论是道理、学理还是哲理,共同之处在于一个"理"。如果我们能把握坚持守正创新所蕴含的"理",我们就会懂得它的重要性,就会增强运用它的自觉性。

坚持守正创新之理在哪里呢?十分简单,就在物质世界的客观辩证法和马克思主义的唯物辩证法中。

客观辩证法是说,我们所生活的物质世界,包括自然世界和人的世界(人的世界又包括科学技术、生产力、文化文明、社会形态以及人本身等),都是变化发展的。任何事物的发展、社会的进步、人的进化,总是肯定与否定的统一、继承和抛弃的统一——没有完全的肯定,也没有完全的否定;没有完全的继承,也没有完全的抛弃。例如,父母的孩子、脱胎于旧社会的新社会、新冠病毒的变种等,总是有所肯定也有所否定,有所继承也有所抛弃。这些亘古不变、不以人的意志为转移的客观规律,就被称为客观辩证法。

物质世界的这种客观辩证法,被马克思、恩格斯认识并概括起来,形成哲学理论,这就是唯物辩证法,例如,矛盾运动学说、发展变化学说;对立统一规律、否定之否定规律、量变质变规律,以及相应的成体系的范畴,例如肯定、否定、扬弃(既继承又抛弃)。所以说,唯物辩证法是客观辩证法的主观反映,两者具有高度的一致性。

唯物辩证法是马克思、恩格斯为工人阶级及其政党创立的,是指导我们实践行为和精神活动的世界观和方法论。坚持守正创新作为党的创新理论的世界观和方法论，正是植根于物质世界的客观辩证法和马克思主义的唯物辩证法。

## 在诗词创作和评价中坚持守正创新的世界观和方法论

坚持守正创新，比起经典的唯物辩证法，更富于实践性和指导性。守正，就是恪守正道。正道的具体内涵，在不同领域所指不同。政治上指正确方向、正确道路、正确立场、正确原则等；道德上指社会公德、职业道德、家庭美德等；学术上指基本理论、基本原理、基本观点、基本公式等；文化上指中华优秀传统文化、书法法度、文学体裁、诗词格律等。守正，就是要恪守这些正道。

创新就是打破常规、突破传统，推陈出新，创造新事物。例如，理论创新、科技创新、制度创新、文化创新、实践创新等。创新要求勇于开拓，善于突破，敢于说前人没有说过的新话，敢于干前人没有干过的事情，不断推陈出新。创新是否成功，要接受实践检验、人民检验和历史检验。

守正与创新是辩证统一关系。首先它们是相辅相成、不可分割的：守正才能不偏离正道，创新才能顺应时势。守正是创新的前提和基础，只有在守正基础上的创新才是有源之水、有本之木，才是方向正确的创新、有价值的创新。创新是守正的保证和动力，创新是为了更好地守正；只有创新才能使所守之"正"与时俱进，获得强大生命力。

其次，守正和创新也是需要科学对待的矛盾关系：僵化地对待守正，忽视创新，就会束手束脚、因循守旧、故步自封，不敢越雷池一步；盲目地追求创新，忽视守正，就会偏离正道、偏离方向、违背客观规律，最终归于失败。因此，守正，是创新前提下的守正；

创新，是守正基础上的创新。不能以守正为由，阻碍创新、扼杀创新；不能以创新为由，拒绝守正、背离正道。守正与创新的辩证统一关系，体现了"变"与"不变"、继承与发展、原则性与创造性的辩证统一。守正和创新的这种关系告诉我们，创新离不开守正，守正离不开创新，创新是一个民族进步的灵魂，是一个国家兴旺发达的不竭动力，也是一个政党永葆生机的源泉。

创新对于诗词同样十分重要。它的重要性怎么评价都不过分。第一，从诗词文化看，创新才能推动进步和发展；第二，从诗词创作看，创新才能拥抱时代、贴近生活；第三，从诗词评价看，创新才能做到容变和求正。

至于诗词，哪些要特别注重守正，哪些特别需要注重创新？我已陆续发表过一些看法。我主张诗词题材要创新、诗词用词要创新、诗词评价标准要创新、诗词传播范围和传播手段要创新，这里不再赘述。有时候我强调"破圈"，每当此时，我所谓的"破圈"和创新就是一个意思。希望大家运用坚持守正创新的世界观和方法论，认真思考、展开讨论、充分交流。没有诗词理论上的突破，就不会有诗词创作和评价上的突破，也就没法为建设属于我们这个时代的新文化贡献诗词的力量！

祝研讨会圆满成功！

# 弘扬江西诗派　推进诗旅江西[*]

各位领导、学者、诗友：

对诗旅融合，我作过调研、有过思考。但对江西诗派和诗旅江西这个题目，我没有研究；让我讲这个题目，我有难度。我今天关于江西诗派的内容，是阅读胡迎建教授的研究成果、中华诗词学会科创工委提供的资料和网上的一些材料后留下的一些印象。我首先对原作者表示感谢。

## 江西诗派及其当代价值

江西诗派是中国文学史上第一个有正式名称的诗歌流派，是由宋代黄庭坚开创的，他们认杜甫为祖。江西诗派的做法和追求，对于我们今天仍然很有意义。

一是开放包容。宋代吕本中所列江西诗派25人，但不都是江西人，而是把有识之士都聚拢在一起。

二是守正创新。黄庭坚提出："我不为牛后人""文章最忌随人

---

[*] 本文是作者在2024年4月9日在首场"诗意江西"分享会上的讲话。

后""随人作计终后人"。他们尊古不复古,尊古不泥古,在尊古的基础上求变求新,推陈出新,实现诗歌文化的传承和发展。用现在的话就是守正创新。

三是方法独特。这就是"点铁成金""夺胎换骨"。所谓"夺胎",就是在前人诗意的基础上加以创变,为自己所用;所谓"换骨",就是袭用前人诗意而在语言上加以创变。

四是学风严谨。强调读书,提出"诗词高胜,要从学问中来",主张无一字无来处。诗人必须具有较高的人文素养,才能"点铁成金""夺胎换骨"。实际上提出了"诗人学者化"的主张。

五是成就斐然。唐以后,中国诗歌经五代而到宋,在将近百年时间中,陷入专尚技巧而内容贫乏的形式主义泥潭。江西诗派的出现成为宋诗繁荣、文化发达的一个标志。

## 江西诗派及历代诗人对江西山水人文名扬天下的作用

江西诗派与历代诗人,写了大量关于江西的诗文,从不同层面和角度展示了江西的自然风光和文化底蕴,为它们名扬天下发挥了重要作用。这些诗人中首推黄庭坚。

登快阁

痴儿了却公家事,快阁东西倚晚晴。
落木千山天远大,澄江一道月分明。
朱弦已为佳人绝,青眼聊因美酒横。
万里归船弄长笛,此心吾与白鸥盟。

这首诗为黄庭坚的代表作。由于这首诗,位于澄江边的快阁声名鹊起,以前并无名气之地也成为名胜。

历代文人墨客歌咏江西风景的名句令人沉醉,成为"语文课文收割机"。比如：王勃笔下"落霞与孤鹜齐飞，秋水共长天一色"的滕王阁；李白"飞流直下三千尺，疑是银河落九天"的庐山；苏轼"横看成岭侧成峰，远近高低各不同"的西林寺；辛弃疾"郁孤台下清江水，中间多少行人泪"的郁孤台；白居易"浔阳江头夜送客，枫叶荻花秋瑟瑟"的九江琵琶亭；王阳明"醉卧石床凉，洞云秋未扫"的赣州摩崖石窟；吴铭道"出新柴汝官哥后，玉色郎窑仿定州"的瓷都景德镇；更有毛主席"踏遍青山人未老，风景这边独好"的会昌、红色旅游胜地井冈山、瑞金等。行走在钟灵毓秀的赣鄱大地，江西文化就像一坛陈年老酒，历久弥香，越品越有味道。

## 诗旅江西：一个值得拓展的系统工程

诗旅江西，在我看来，不只是一个文化项目，而是一个应当精心策划实施的文旅工程和实现江西高质量发展的系统工程。

### 打造经典江西诗旅带

诗旅，就是诗词带你去旅游，旅游让你学诗词。浙江四条诗路建设提供了重要启示。浙江省于2018年提出以"诗"串文为主线，以"诗"为点睛之笔，高质量打造浙东唐诗之路、大运河诗路、钱塘江诗路、瓯江山水诗路四条诗路文化带，全面展示浙江诗画山水、推进美丽浙江和文化浙江建设。2019年10月发布《浙江省诗路文化带发展规划》，诗路文化带建设在浙江大地上全面展开，浙江省正在走出一条具有浙江特色的文化建设之路、生态文明之路和高质量发展之路。浙江的做法对诗旅江西很有借鉴价值。

诗旅江西包含三条思路和三项工程：一是按照古代诗词优化旅游路线、诗化旅游景点；二是按照现有旅游热线发掘和利用古代诗词，附加诗词文化环境；三是按照计划开发的旅游路线、旅游景点，发掘古代诗词，征集当代诗词，组织当下诗人创作诗词。

我本人来江西就写过一些诗，这里献丑两首：

井冈山瀑布

峰巅一跃气冲天，跌落龙潭起白烟。

峭壁危崖何所惧，源头击水向长川。

（2015年9月16日）


南昌滕王阁

滕王肇始筑江楼，劫海重生廿九修。

原貌只今难以觅，勃然一序耀千秋。

（2017年5月12日）

由此转到我要讲的第二点：诗人要积极投身诗旅江西活动。

## 诗人要积极投身诗旅江西活动

如前所述，江西诗派及历代诗人为江西山水和历史文化名扬天下作出了巨大贡献。今天，我们要以习近平文化思想为指导，弘扬江西诗派精神，拥抱时代、深入生活，服务社会主义文化强国建设，创立新时代江西诗派。

第一，从创作主体说，以江西诗人为主同时吸引各地诗人参与。

第二，从创作态度说，坚持源于生活、高于生活创作原则，坚持"语不惊人死不休"创作态度。这是江西诗派宗祖杜甫的名言。

第三，从创作成果说，要以诗词精品为追求。大凡让不知名成为知名胜地的诗词，都是脍炙人口、被人喜闻乐见的诗词精品。"烟花三月下扬州""姑苏城外寒山寺，夜半钟声到客船""欲穷千里目，更上一层楼"……都是不朽之作。我们与其随意写作百首，不如精心推敲一首。中华诗词学会把今明两年定为"精品年",提倡各地创作精品、赛选精品、推广精品。

最后,我特别强调,江西也是中国革命的摇篮,也是革命文化的发祥地,红色旅游资源成片成片,而且吸引力巨大。今年2月,中共中央印发《党史学习教育工作条例》,使党史学习教育常态化、制度化,加上正在启动开展的纪律教育,为江西发展红色旅游提供了极大机遇,"诗旅江西"对此要格外加大力度。

祝活动圆满成功!祝"诗旅江西"成为江西高质量发展的靓丽风景!

# 创作属于我们这个时代的田园诗\*

各位领导、各位诗友：

乡村工委在中华诗词学会 22 个工委中是非常突出的。突出在哪里呢？一是有一个很智慧的领导，就是罗辉顾问，他是学会分管乡村工委的领导，具有领导诗词工作的责任心和智慧。二是有一套有效的机制。这个机制就是把田园诗创作比较活跃的省份都拉进了工委领导班子，建立了一个轮流主办活动的机制，出现了各地争办活动的局面。三是有一批优秀的成果，包括诗词创作成果和理论研究成果。

要创作出新时代的田园诗，一要在"田园"上下功夫，二要在"新"字上下功夫，三要在微观上下功夫，四要在传递正能量上下功夫。想好这四个标题之后，我反问自己：这"四个下功夫"有针对性吗？于是，我开始翻阅本次研讨会论文集，从昨天晚上翻到今天早上，大有收获。这"四个下功夫"，大家想到一起去了。

---

\* 本文是作者 2024 年 4 月 10 日在新田园诗研讨会（南昌）上的讲话。

## 在"田园"上下功夫

在诗词领域,田园诗跟山水诗虽然归为一体,但是田园诗还是有确定内容的,它是专写农村、农家、农事的诗。所以在"田园"上下功夫本来是不应该有问题的,但是大家还是思考了或者碰到了一些问题。

比如,有研究者认为,有些诗不写农村,就不应归入田园诗。高朝先在《关于当代田园诗本质问题的思考》中说,田园诗的本质在田园,但当代田园诗有不少似是而非,不是田园诗。田园概念,基本元素是有山水而有"田",有人居而有"园"。但当今农村变化巨大,"田园"表现农村,"农村"却不一定完全表现田园,但只要是在农村的人和事,就是"田园生活"。他举例说,就信息化写信息化不是田园诗,但将信息化融入农村,就是田园诗。农村题材诗词创作的主旋律永远是田园诗。

与上述观点相反,有人提出,当代市井诗词应归入田园诗。因为纯以日出而作日落而息的田园牧歌没有了;田没有了,园也变成了城市;农民变成了城市上下班的打工族,而描写的人和对象就变成了《电焊工》《女贩》《推销员》等等。因此,李汝启《当代市井诗词的田园属性》一文的结论是:"现代市井诗词是传统田园诗的继承与发展,市井诗词就是现代版田园诗"。这个看法很新颖,但有待继续研究。

两位论文作者的文章还反映了其他一些观点,表明当下在"田园"二字上存在较大分歧。

还有论文作者指出,当下有的田园诗模仿古人,闭门造车,写得很优美,但不像田园诗。我提出在"田园"上下功夫,用意在于,我们要把田园诗的题材搞准，保证新田园诗的创作始终围绕主题。

## 在"新"字上下功夫

新田园诗，肯定不同于旧田园诗。从东晋陶渊明开创田园诗，经过唐代王维、宋代范成大等大家，发展到今天，1000多年过去了，乡村田园的变化，用翻天覆地这个词都不够到位。那么，新田园诗遇到什么问题呢？

一是新田园诗的时间起点。张世才的《新田园诗词界定浅谈》写道：新田园诗的起点究竟是新中国成立，还是改革开放那年？他认为党的十九大是新田园诗的创作起点，也就是2017年，理由是这次会议提出了乡村振兴。他提出的起点问题，大有研究清楚的必要。要是这样的话，2006年也可以看作起点，因为那年《中共中央 国务院关于推进社会主义新农村建设的若干意见》发布，开启了社会主义新农村建设热潮。再往前，以1978年12月18日党的十一届三中全会召开为标志，我国进入改革开放的新时期，这同样可以作为新田园诗的起点。还有同志主张新田园诗应该以新中国成立为起点，但我想那时中华诗词被否定之后还没有复兴，农民还处在农耕时代，关于田园的诗词很少，难以成为新田园诗的起点。但不管什么意见，都给我们新田园诗增加了一个时间划分的研究课题，就是新田园诗从什么时间开始？认识不一致也没有关系，不影响我们当下的创作。

二是新田园诗要新在内容上。张世才的文章提到，新田园诗在内容上是"全面振兴、乡村全面发展"。据此他说，他六七年之前写的塑料大棚诗，就不能说是新田园诗，因为塑料大棚不是乡村振兴的新生事物。塑料大棚能不能作为新田园诗的内容，我不作评论，但他强调新田园诗必须体现在内容"新"，这一点我特别赞成。

李汝启的文章《当代市井诗词的田园属性》，说到有一首叫《春耕》的诗"云影天光飞白翎，鼓蛙跃跃试新萍。一冬梦醒鞭声里，春在农家指上青"，诗词极美，但不是新田园诗，因为看不到任何时代元素、现代元素。另外三首诗，因为写到抖音，写到网络销售，就是新田园诗，比如孙江浦的《访花农》："一路翻山几复重，驱车十里访花农。导航今去无开启，引领前行是蝶蜂。"

这个观点我极为赞成。写新田园诗切忌"泥融飞燕""酒饮东篱"之描写，切忌"炊烟""牧笛"之词汇，因为这是农耕时代田园的景象，现在搬来就不合适了。昨天在"诗旅江西"启动会上，有人提出好诗词的标准是什么？实际上，好诗词的标准大家是公认的，例如，畅晓明白、有思想、有意境、感动人、合辙押韵、用字精练等，但如果问"当下"好诗词的标准是什么？在我看来，除了合乎以上标准之外，第一要素就是有没有时代性、有没有时代意象、有没有时代特色。如果没有，那就叫古代好诗词，或好的仿古诗词。跟唐诗宋词放在一起分不出哪是你写的，这属于唐宋好诗词。这是我现在非常坚定的观点。

至于内容上"新"在哪里，好几个人谈到了。彭崇谷提出，要有当代农村新气象，比如新生事物、生产方式新变化、农村新风尚，当代农民的精气神，当代农民的情感需求。他抓住"当代"两个字，也就是"新"在反映时代，我认为所言极是。姚泉名的《谈谈新田园诗的叙事元素》，分析了新田园诗与传统田园诗的异同，我关注到他提出的三个"不同"，即时代背景不同、写作视角不同、表现手法不同。接着他以当下新田园诗作品为依据，归纳出新田园诗之新在于题材开新、语言翻新、角度谋新、意境肇新这"四个新"，很有启发意义。

此外，张健安的《不负春秋望 田园有新词》提出情感须新。罗海章的《谈谈新田园诗》强调了创作目的之新。他写道，传统田园诗的作者们，不论是自发归隐还是被迫流放，创作目的多半是从作者自身经历出发，借描写农村、农民、农业来引出作者孤芳自赏、怜花惜时、伤秋悲月、避世离俗等"小我"情致。而当今更多诗家将目光从自身挪开，放眼"大我"，表现家国大情怀，体现"产业兴旺、生态宜居、乡风文明、治理有效、生活富裕"的乡村振兴国家战略。他指出，"诗词的内容形式，创作诗词作品时所想要达到的目的，想要抒发的情感，才是当今的田园诗创作得以与传统田园诗相区别的最重要的考量因素，只有扎根于新时代的土壤，才能生发出属于新时代的诗词创作新芽"。邱虹的《田园承古韵 草木起新声》表达了同样的观点。这段文字就是他俩文章的综合。

## 在微观上下功夫

不少人研究中西方思维方式之异同，说中国人重整体、重宏观，西方人重具体、重微观。这不尽然，但我碰到过一件事：1992年我在哥伦比亚大学做访问学者，我问一个研究生研究什么，他说他研究"中国乡镇党委是怎么做决策的"。当时我很惊讶："研究得这么具体啊！"我进入诗词界三年来，看过一些当下的诗，有的钟爱宏观叙事，见不到具体景、具体事、具体人。所以，我感到新田园诗要在写具体和写微观上下功夫。胡迎建的《试说当代田园乡村诗词》也主张"切忌空泛语、套话"。诸如"山居春色好，兴致赋诗夸""家家乐走康庄道，个个争当致富翁""曲曲新词除旧调，田园岁岁赞歌多""清风飘唱多康乐，美丽乡村谁不吟"这样直露无余味的诗，"作者应力戒不作，编辑应力删不选"。

那么，微观写什么呢？好几位作者都涉及这个问题。胡迎建阅读了大量新田园诗，在《试说当代田园乡村诗》一文中作了很好的总结：一是对乡村田园、乡村景物的描绘；二是现代农业生产方式的展现，比如铁牛代替耕牛，插秧机代替双手，收割机代替镰刀；三是对田园乡村生态的讴歌；四是对村居生活的讴歌，如信息化的生活方式——网上学习、网络销售；五是留住乡愁、祠堂；六是对乡村人物的描写，比如采茶女、村姑、单身汉遇到寡妇求偶等；七是怀旧与仿旧。胡迎建为我们如何写微观给出了有价值的归纳和提示。至于"炊烟"，现在煤气、太阳能的使用使农村几乎不再有炊烟，但是也不是全然没有，诗人可能看到有的地方或有的人家还在烧柴火。我今年春节在海南看到，城里人在乡村租地盖房子，砌个现代小炉灶，做饭烧枯枝落叶，炊烟袅袅。

要写好微观，就要深入生活。丰云的《以田园诗之名》一文指出，诗人一定要深入乡村，坐在家里是写不出好诗歌的。一要观察农村的新景象，二要跟留守翁妪聊天，包括跟留守儿童、跟享受低保的人聊天，看他们在想什么、盼什么。文章指出，有的诗很美，但是很虚幻，不是现实的；写诗，必须要有真实。丰云说得很有道理。我们要区别两个真实，一个是客观真实，一个是艺术真实。艺术真实不是客观真实的复制或移位，而是经过艺术加工，是诗词内容的似真性、可信性，它的基础是客观真实。写快递小哥，把他们写成"甘于奉献"，这就不真实了。研究生、大学生去做快递小哥，这是他们的理想吗？根本不是，而是迫于生活的无奈选择。写环卫工人，风霜雨雪都在扫，意在让人感动，但有读者问：你什么时候见过环卫工人在冒雨打扫、顶着大风在打扫？这可能是坐在家里的凭空想象，因此不真实。

从微观入手，可以以小见大。我们知道，博士论文，包括我本人写博士论文，都是小题目，但内容含量大。因此，新田园诗要从微观入手。写到这部分，我复看了王维、范成大等人的一些田园诗，他们写的真是很微观。有研究者指出，春节回家是写得最多的题材，而最出彩的则是重视细节描写的诗词，如徐耿华《鹧鸪天·除夕归家》："凛冽寒风卷雪花，归人趋步几跌滑。旧宅扉侧拴黄犬，枯树枝头卧暮鸦。红对子，绿窗纱，泥泞庭院撒新沙。子侄殷切牵衣袖，白发亲娘泪满颊。"此词细致呈现了自己急切归家和亲人牵衣泪目的场景，画面真切动人。

学过逻辑学的都知道，概念外延越大，内涵越小；外延越小，内涵越大。试比较"人""女人""村妇""母亲"这几个概念，概念外延越来越小，但内涵却越来越丰富。这启发我们，新田园诗要写得有血有肉，就要着眼于微观、具体，避免题目大而内容空泛。

## 在传递正能量上下功夫

改革开放几十年来，农村发展又好又快，真是沧海桑田，田园诗的颂扬题材取之不尽，但农村仍然有落后、有贫穷、有忧愁、有消极的一面。例如婚丧喜事大操大办，收"人情"（又叫份子），有的人家一年要出二三十份人情，被人情债逼穷了。还有封建迷信抬头，失地与有地抛荒问题并存，留守老人和留守儿童的困苦等。新田园诗对乡村问题应当给予关注。张旭丽分析了一些新田园诗，发现作者们大致写了四种情感，即喜爱之情、向往之情、寄托之情、忧患之情。例如韦树定的《宁陵酥梨歌》反映宁陵酥梨大丰收了，梨农们却因"梨贱伤农贵伤客""果烂枝头还烂摊"而伤悲。洪雪莲的《鹧鸪天·农村污染》反映："……泉流黑水鱼难觅，草长黄花牛不闻。……今日农家不养禽。"说的是农村生态环境被破坏，家禽易发瘟病。高怀柱的《留守病叟》写道："病来倚杖垄头行，难忍禾间草滥生。……一双儿女务工去，数亩粮田独自耕。"闲适平静的表面，掩藏着复杂心绪。这应该是当下田园的另一个缩影。

我个人感到，新田园诗反映农村这一面，为农民代言，以引起有关部门和全社会的重视，未尝不可。习近平总书记在文艺工作座谈会上的重要讲话指出：文艺工作者要想有成就，就必须自觉与人民同呼吸、共命运、心连心，欢乐着人民的欢乐，忧患着人民的忧患，做人民的孺子牛。总书记特别指出：对许多不如人意之处、丑恶现象，不是不要反映，关键是如何反映。文艺创作如果只是单纯记述现状、原始展示丑恶，而没有对光明的歌颂、对理想的抒发、对道德的引导，就不能鼓舞人民前进。应该用现实主义精神和浪漫主义情怀观照现实生活，用光明驱散黑暗，用美善战胜丑恶，让人们看到美好、看到希望、看到梦想就在前方。这段话应成为我们创作和评价新田园诗的指南。文艺作品具有正视问题、反映问题的责任，关键是站在什么立场、抱着什么目的、用什么样的语言。新田园诗不是只能颂扬，没有批评。新田园诗应当关注农民的呼声，反映他们的急难愁盼。"急难愁盼"这个概念，这几年中央一直在用，要求干部以人民为中心，从解决群众的急难愁盼之事做起；哪里有群众的需要，哪里就能创造政绩。所以，对农村的一些现象，如何通过我们的诗词来反映、批评，让人们觉醒和解决，形成新的气象，这也是我们的任务。

因此，新田园诗的颂扬是提供正能量，恰到好处的批评也是提供正能量。我们的批评，是表达农民群众的心声和代表人民利益的批评，而不是发泄作者个人的不满。颂扬与批评可以同时构成田园诗创作的正能量。

借此机会，我就讲以上这四点，采用的全是大家提供的研究素材。如有误解和引用不当之处，请批评指正。期望通过这次研讨会，碰撞出更多的思想火花，丰富新田园诗理论，指导新田园诗创作，写出更多的精品力作，把田园诗创作推向新时代。

祝研讨会圆满成功！

# 让海棠雅集之花绽放得更加鲜艳夺目 *

尊敬的各位领导、各位文朋诗友：

今天我们在人间天堂的萧山区义桥古镇，参加甲辰年"海棠雅集"，这是第十三届海棠雅集。首先，我代表中华诗词学会对雅集的举办表示热烈祝贺！向参加雅集的各位领导和文朋诗友表示热烈欢迎！

去年的4月10日，我在北京恭王府参加了以阅读为主题的第十二届海棠雅集活动，印象非常深刻。当时有七十余位文朋诗友共襄雅集盛会，同时庆祝叶嘉莹先生百岁华诞以及恭王府博物馆创建40周年，雅集活动举办得非常成功。

"海棠雅集"始于恭亲王奕䜣时期，曾一度中断，直到著名学者周汝昌先生倡议，"海棠雅集"得以恢复。通过前十二届的成功举办，"海棠雅集"越来越焕发出她的生机和魅力。

这次雅集是传承中华优秀传统文化的又一次高端活动。海棠雅集自2011年恢复以来，已成为具有一定影响力的文化活动，可以称得上是一道传承中华优秀传统文化的亮丽风景线，为弘扬中华传统

---

\* 本文是作者2024年4月20日在第十三届海棠雅集开幕式上的讲话。

诗词文化、推动古典诗词的普及和发展，起到了很好的推动作用。今天的雅集是海棠雅集第一次走出京津，我也是第一次看到了恭王府海棠雅集文献展，从中看到，每一次雅集都是大家云集，诗情浓烈，精彩纷呈。

这次雅集是与浙东唐诗之路的美好交汇。雅集走出恭王府，走进浙东唐诗之路源头渔浦。我一下飞机，就感受到了江南四月天的大好春光和如诗如画的美丽景色。萧山义桥古称渔浦，是浙东唐诗之路的重要源头，也是浙江省首个乡镇级诗教工作先进单位，镇党委镇政府领导班子多年来对于诗词文化具有特别的感情和特别的投入。在这里雅集，也许更能感受诗词文化的氛围和作用，激发文朋诗友的灵感，推动中华诗词的普及与传播。

这次雅集是诗人词家与书画、古琴艺术的交相辉映。海棠雅集，雅就雅在文朋诗友吟诗唱和、抚琴品茗、奉香莳花、书画笔会。这次雅集，地点变了，但传统没变，变的是进入了基层，融入了更加广阔怡人的大自然，增添了"庆祝中华人民共和国成立七十五周年""庆祝澳门回归祖国二十五周年"的喜庆内容和家国情怀。

为这次雅集，恭王府博物馆牵头策划、领军筹备；义桥镇热情承办、给予多方面支持；浙江省和杭州市诗词学会积极配合；各位文朋诗友留出专门时间如期而至，有的长途跋涉；新闻传媒界朋友还将对这次雅集进行多方面多角度的报道和宣传。在此，让我们以热烈掌声对为这次雅集作出贡献的所有单位和人士表示衷心感谢！

最后，祝第十三届甲辰年恭王府"海棠雅集"活动取得圆满成功！

# 抓好新形势下的中华诗教工作*

同志们：

中华诗词学会全国诗教工作会议，这些年每届召开一次，这一次是第四次。第一次于2008年在江苏省淮安市召开，第二次于2012年在江苏省扬州市召开，第三次于2017年在江苏省镇江市召开，第四次原计划在江苏省常州市召开，后因为我们诗教工作委员会主任郭羊成同志的请求，改在河北定州召开。昨天，林峰常务副会长作了一个非常好的诗教工作报告，大会安排了两种交流：昨天安排了13个工作交流，今天有9个论文交流。下面我讲三个方面内容。

## 三十年中华诗教工作成效卓著

### 诗教工作成绩单

我选词选了半天决定用"卓著"两个字来形容工作成效。我首

---

\* 本文是作者2024年5月19日在中华诗词学会全国诗教工作会议（定州）上的讲话。本文部分内容，以《学诗：情飞扬、志高昂、人灵秀》为题，发表于2024年5月29日《光明日报》。

先报一下诗教工作成绩单。从 1995 年开始，我们以诗词"六进"为抓手，以诗乡创建活动为载体，开展诗教工作。截至 2023 年 12 月底，中华诗词学会验收认定的诗教单位如下：中华诗词之市（地级市）33 个、中华诗词之县（市、区、旗）266 个、中华诗词之镇（乡）211 个、中华诗词之村 16 个、中华诗教示范学校 544 个，中华诗词之家（集中在贵州）9 个。各个省市区诗词学会都是我们的单位会员，开展诗词创建活动的有 27 个单位，你们各单位共认定了多少，会后请上报数字，具体到单位名称。

### 诗教工作的一贯做法

这是最值得自豪、最值得宣传的地方。30 年来我们坚持两条一贯做法：一是只验收不评比。学会制定了标准，而且根据社会需求实时修订标准。各地按照标准去做，但是从来不搞评比活动，由学会和单位会员共同组织验收认定。二是只服务不牟利。我们把创建工作当作一项公共服务。我任会长后一直强调，诗词学会是公共服务机构，服务谁？服务时代、服务社会、服务会员，包括单位会员和个人会员，我们要把会员当作上帝。就中华诗词学会而言，会员就是我们的衣食父母，会员是学会最重要也是最强大的人文基础；没有单位会员，我们怎么可能开展这么多的诗词活动？每年我们在不同的省市区召开各种诗词活动，不都是单位会员在支持吗？所以，中华诗词学会应该鞠躬尽瘁、全心全意地把会员当作上帝来服务。学会诗教工作的这两个一贯做法是过得硬的，这也是社团主管部门理解我们的重要原因。我们从来没有出现过授牌收费的现象，各个单位会员都是这样做的。

### 诗教工作的综合成效

我为什么说 30 年来诗教工作成效卓著呢？因为我们诗教工作取

得了以下综合成效。

第一，创建了诗词文化环境。各地根据自己的条件，因地制宜，建设诗词长廊、诗词碑墙、诗词公园、诗词校园、诗词教室、诗词橱窗、诗词园地、诗词广场、诗词舞台等等。昨天我们看了定州中学，我送他们四个字："诗韵定中"。我们去的那个众春园，诗词氛围浓厚，市民们可以边逛公园边学诗词。

第二，推动了诗词普及和创作。从1995年诗教工作起步到现在，中华诗词在神州大地上出现了什么景象？到处都有诗词诵吟声，每天都有海量的诗词产生，以至于我们号召，不要在写作数量上下功夫了，而要在质量上下功夫。每天新产诗词超过一部全唐诗，我们与其随意写百首，不如精心写一首。多少人、多少个家庭、多少个单位在读诗背诗，多少媒体在搞诗词大会！当然，我们只是推动力量中的一支，最重要的是新时代给了中华诗词发展的机遇和条件。

第三，丰富了精神文化生活。改革开放以来，群众的物质生活和精神生活大幅度提高，1995年我们开展诗教工作以来，诗词在群众生活当中所占份额逐渐增多。在家庭，在学校，在广播电视，这几年又加上微信，诗词正在成为群众精神文化生活的重要内容。

第四，助力了经济社会发展。诗词是文化软实力的重要组成部分。在各地的经济社会发展当中，诗教工作和诗词作品发挥了感染人、教育人、鞭策人的作用。诗词与旅游融合，与营商环境建设融合，与学校教育融合，诗词以自己的独特方式助力了各地的经济社会发展。

第五，创出了治校办学新模式。昨天深圳来的老师已经在大会上作了介绍：一个区里排名最后的学校，经过两年诗教把它提升到全区前十三名，开展诗教是让学校打翻身仗的新思路。引入诗教的学校，课间学生齐聚大操场，读着背着诗词，铃声设计为诗词音乐。

学生既学了诗词，也调节了心情。我参观过深圳莲南小学，这是一个进城务工人员子弟学校，诗教让学校的办学质量直线上升，走出了一条治校办学的新模式。

这次会议的两个交流活动，既有诗词组织，也有教育部门，还有基层文化站，人员有大学教授、中学老师、小学老师、幼儿园老师，非常具有代表性，各个层面都涉及了。

综上所述，30年来我们的诗教成绩单，我们坚持公共服务的做法，由诗教产生的综合成效，让我们感到自豪。我特别要向省市区诗词学会、向地市县诗词学会，向相关地区党委政府及其文化教育部门、向"六进"单位干部职工和青少年学生，表示崇高的敬意和衷心的感谢。越是基层，越是辛苦，越是用心。他们开展诗教的举措，让人叫绝，他们服务于诗教的精神是一以贯之、全心全意的。

## 发挥诗教在建设中华民族现代文明中的独特作用

2023年6月2日，习近平总书记出席文化传承发展座谈会发表重要讲话强调："在新的起点上继续推动文化繁荣、建设文化强国、建设中华民族现代文明，是我们在新时代新的文化使命。"中华诗教在这个新的使命当中可以发挥独特的作用。

第一，诗教作为教育而言的独特作用。这两天大家已有充分论述，我后面还要补充。

第二，诗教作为文化而言的独特作用。诗教传承发展中华优秀传统文化，成为新时代社会主义文化的重要组成部分，在建设属于我们这个时代的新文化当中具有独特作用。

第三，诗教作为环境而言的独特作用。抑扬顿挫的朗诵声，诗词墙、诗词长廊、诗词公园等诗词文化环境，使我们所处的工作、学习、生活环境得到了改善，人居环境被我们诗化了，越来越多的人生活在诗化环境当中。

第四，诗教作为生活而言的独特作用。诗教本身就是生活，教诗词、学诗词、写诗词、诵诗词，这就叫文化，这就叫生活。生活的幸福，物质是一种指标，精神也是一种重要指标。越是未来，文化生活的含量会越高，文化消费在家庭总收入的比重，成了衡量一个社会生活质量的标志之一。马斯洛把人的需要分为五种，最高境界就是自我完善的需要，诗教在满足人的自我完善的需要中具有重要作用。

第五，诗教作为工作而言的独特作用。诗教是我们的工作，使我们能够为社会、为时代、为基层，为我们的老百姓、中小学生服务，实现我们的自身价值。诗教工作还要继续进行，而且要进行得比以往更好，从而在建设属于我们这个时代的新文化当中，在建设中华民族现代文明当中，发挥独特作用。

## 在新形势下开展中华诗教要严格规范创新思路

中华诗教面临的新形势，是指国家对社会团体的创建示范活动正在进行清理整顿、强化规范管理。一方面，各地的诗词创建积极性、诗教工作积极性日益高涨，申请报告越来越多。但另一方面，社会团体的创建示范活动需要获得许可。这就要求我们一方面持续发力，把诗教工作做得更好。诗教工作绝不能在施行了30年之后，在我们这些人手里丢掉了，那我们既对不起提出"诗教"的老祖宗，也对不起我们诗词学会的老前辈，更对不起各地的诗词需求。另外一方面，诗教工作要严格规范，创新思路。这里，我提出三句话，供大家回去研究参考。我们今后的诗教工作要向前推、回头看、高质量。

## 向前推：遵照党和国家关于社团工作的文件精神开展诗教工作

2022年5月，经中央批准，全国评比达标表彰工作协调小组印发了《社会组织评比达标表彰活动管理办法》（国评组发〔2022〕3号，以下简称《办法》），对社会组织开展评比达标表彰活动的适用范围、申报条件、审批机制、程序要求、禁止情形、监管体制、违规处置、荣誉撤销等方面作出了全面规定，为加强社会组织评比达标表彰活动管理、规范社会组织评比达标表彰活动开展提供了制度遵循。中华诗词学会及其单位会员衷心拥护，坚决学习贯彻落实。

全国性的社会组织有2200多家，分为三类，一类叫社会团体，一类叫基金会，还有一类叫民办非企业单位，又叫社会服务机构。我们属于社会组织当中的社会团体。我在这里特别提醒两点，第一，《办法》强调，社会组织"未经批准不得开展评比达标表彰活动"；全国性社会组织评比达标表彰项目由党中央、国务院负责审批，协调小组负责具体工作；地方社会组织的评比达标表彰项目，由各省市区党委政府负责审批，由各地协调小组具体负责，并报全国评比达标表彰工作协调小组备案。对这一规定，我们要认真贯彻执行。中华诗词学会正在按照程序申报，中国作协对我们的工作非常认可，对我们提出的申报要求非常支持。中国作协党组书记张宏森同志听取了我们的专题汇报，肯定了我们的工作，也作出了指示。中国作协社联部也对我们的工作给予充分肯定，所以很快就把我们的申请上报了。现在正在清理整顿，尚未批准，这是我们面临的新形势。第二，《办法》指出，社会组织开展的属于业务性质的展示交流、人才评价、技能评定、水平评价、信用评价、技术成果评定、学术评议、论文汇编、认证认可、质量分级等资质评定、等级评定、技术考核不适用本办法，社会组织依据国家标准、行业标准、团体标准进行的认定评定不适用本办法。接着《办法》同时规定，社会组织开展这些活动，不得以授予称号、颁授奖章、发布排行榜等方式变相开展评比达标表彰。这一方面为我们开展诗教成果的认定评定留下了空间，提供了依据，另一方面又提出了严格要求。请中华诗词学会诗教部会后认真学习领会《办法》，制定认定评定诗教成果的实施意见。请各单位会员结合本地实际，制定本地认定评定诗教成果的实施意见。这是我们诗教"向前推"的着力点，这是以往30年诗教工作外延式发展的继续。

我们这次定州会议，属于接过学会前辈开创的事业，如期召开诗教工作会议，也是此前诗词创建工作的收尾工作。收尾工作之后没有得到国家主管部门批准之前就暂时不再表彰授牌了。

### 回头看：把"诗教"二字的本意作为诗教工作的重中之重

"诗教"二字，本来指《诗经》怨而不怒、温柔敦厚的教育作用，后来就演变成用诗歌来教化民众、教化青少年的一种教育办法，通过学诗写诗来开展教育，这便是诗教的本意。刚才我把"诗教"二字扩展了很多，从作为文化的诗教、作为环境的诗教、作为生活的诗教、作为工作的诗教，阐述了诗教的意义。那么本意上的诗教是一种什么样的教育呢？

第一，诗教是一种素质教育。通过诗教，提高文化修养、语言水平、诗词功底等等。孔子曾说"不学诗，无以言"，没有这些素质，就不能把话说好。

第二，诗教是一种德育教育。《论语》说，"诗三百，一言以蔽之，思无邪"！诗教可以助力培养家国情怀、人生理想、处世学问、道德品质。"诗言志"是自古以来的传统，诗歌的写作与欣赏，有助于树立人生志向。有老师说得好："诗词是载体，做人是目标。"

第三，诗教是一种智力教育。可以培养人的逻辑思维能力、意象思维能力、抽象概括能力、语言表达能力。无论是欣赏诗词、学习诗词还是写作诗词的构思、造句、炼字都是一种智力训练过程。

第四，诗教是一种美学教育。诗词的语言美、意象美、意境美、音韵美等等，是美学的集中反映。诗教可以帮助人们认识美、欣赏美、追求美，有助于人们塑造美的心灵、追求美的人生、创造美的生活。

习近平总书记说得好：学诗可以"情飞扬、志高昂、人灵秀"。诗教的本意，正是我们开展诗词创建"回头看"的着力点。中华诗词学会下发了"回头看"通知，希望各省市区学会高度重视，开展工作，对已验收认定授牌的，加以回头看、补大课，即在诗教的本意上开展诗教工作。

## 高质量：以诗教助力各方面高质量发展

党的二十大报告指出：高质量发展是全面建设社会主义现代化国家的首要任务。今后的诗教工作，我们要在助力各方面高质量发展上多下功夫，讲求实效。比如诗词进校园，我们要突出助力学校教育高质量发展；比如进景区，我们要突出诗旅融合，"诗旅"可以理解为："诗词带你去旅游，旅游让你学诗词"。两句话结合起来，就是两种思路的交融，我们可以大有作为。我们可以用诗词助力打造地方名片。历史上一些不著名的景点，一些小城市被诗人一句话，搞得妇孺皆知、世界皆知。当代的景点、当代的城市名片，古代没有现成诗词，需要我们创作当代精品诗。现在，大量的一般性诗词掩盖了当代诗词精品，所以中华诗词学会决定今明两年为"中华诗词精品年"，把创作、筛选、推介当代好诗词作为今明两年诗词工作的重点。

同时，高质量发展还包括诗词创作和诗词工作的高质量发展。

《"十四五"时期中华诗词发展规划》提出，诗教是中华诗词经典的普及活动，"十四五"时期要继续广泛深入开展巩固诗教活动，提高诗教质量。这个《规划》是2021年颁布的。我们一方面为高质量发展服务，另外一方面我们要高质量地开展诗教活动，并且要与今明两年的"中华诗词精品年"紧密结合。

"向前推、回头看、高质量"这九个字，就是我们今明两年诗教工作的新思路。通过这个新思路，推动新形势下诗教工作的外延式发展、内涵式发展和高质量发展，并且让这三个发展相互结合，相互推进，创造诗教工作的新局面。

在这里我还要提醒大家，中华诗词学会官网、微信公众号、《中华诗词学会通讯》、"中华诗词"学习强国号，要把它们用好，踊跃供稿，把你们的诗词工作宣传开来。

同志们，这次会议的召开，是中华诗教工作30周年，又恰逢党和国家对社会团体评比达标表彰活动发布了新的管理办法，这就决定了这次会议不同寻常，既是中华诗教加油站，又是中华诗教转折点。我们要认真学习贯彻习近平文化思想，严格执行该办法，振奋精神、积极有为，开动脑筋、拓宽思路，开创中华诗教工作新局面，在建设中华民族现代文明过程中作出中华诗词的应有贡献。

# 把诗词精品的创作筛选推介作为工作重点 *

各位理事：

这次在山东青州召开五届四次理事会，目的就是报告工作，确立新的目标任务，把习近平文化思想在中华诗词界进一步贯彻好、落实好。刚才，林峰常务副会长作了一个很好的工作报告。现在，我围绕"把诗词精品的创作筛选推介作为工作重点"这个主题，讲五点意见。

## 创作筛选推介精品是诗词工作的中心任务

这是因为：

第一，精品才能动人。即打动人、感动人、熏陶人、教育人。习近平总书记指出，没有优秀作品，"是不能真正深入人民精神世界的，是不能触及人的灵魂、引起人民思想共鸣的"。

第二，精品才能传播。也就是让人们喜闻乐见，如口口相传，写成书法作品，收录于各种书籍，进入诗歌朗诵会等等。

---

* 本文是作者2024年4月26日在中华诗词学会五届四次理事会上的讲话。

第三，精品才能传世。历史就是大浪淘沙，能够留下来的都是精品。对于我们这代诗人来说，只有创作精品，才能传至后代，甚至流芳百世。

第四，精品才能环球。这里的"环"是动词，即走向世界。习近平总书记指出，推动中华文化走出去必须有好的作品。文艺是不同国家和民族相互了解和沟通的最好方式。中华文艺要成为世界语言，就需要好作品。

第五，精品衡量成效。我们所有诗词工作，最终就看有没有出精品。习近平总书记指出："没有优秀作品，其他事情搞得再热闹、再花哨，那也只是表面文章。"

因此，从诗词组织来说，必须把抓诗词精品作为诗词工作的中心环节。抓诗词精品的意义，不仅仅在于诗词本身，而且与国家和民族紧密联系在一起。习近平总书记强调："衡量一个时代的文艺成就最终要看作品。"优秀文艺作品反映着一个国家、一个民族的文化创造能力和水平。

从诗人个体来说，必须把创作诗词精品作为自己的追求。我们必须牢记：创作是自己的中心任务，作品是自己的立身之本，要静下心来、精益求精搞创作，把最好的精神食粮奉献给人民。

## 创作筛选推介精品到了刻不容缓的时候

为什么这么说？因为我们都看到了：有些当代文学史著作对诗词不置一词；一些有关诗词创作、欣赏的著作和课程不举当下诗词的例子；一些文艺演出不朗诵当下诗词；一些书法家只抄写古代诗文而不抄写当下诗词；一些诗词公园没有展示当下诗词的位置；我所接触的爱好诗词的社会各界人士，包括机关干部、学校师生，没有几个能随口说出当下一首诗词;即使在诗词界,也很少有人背诵十首八首当下诗词,而背诵十首百首古人诗词的人很多很多。以上现象,用一句话概括:当下诗词在社会生活中严重缺位。

是当下没有什么诗词吗?当然不是!当下,我们每天创作出来的诗词作品数以十万计。

是当下没有什么好诗词吗?当然也不是!当下好诗词很多,仅各种大赛中评选出来的诗词,就有一些值得我们肯定。例如,有人推荐过一首《卜算子·咏环卫工》(四川秦雪梅):"扫亮满天星,扫醒云中月。扫过漫漫春与秋,多少花和叶。 不怕雪霜寒,不怕骄阳烈。不怕沾衣汗与尘,只要人间洁。"读来让人赞不绝口,而这样的好诗词很多很多。

造成当下诗词在社会生活中严重缺位的原因是什么呢?我初步分析,可能是以下这些因素综合作用的结果:

有些是古代诗词特别是唐宋诗词历史形成的独占优势造成的。经过历代筛选而脍炙人口的古代优秀诗词通过家庭、课本、媒体、环境等的传播,吸引了一代又一代人的注意力。相比之下,当下诗词以在诗人之间传递为主,而且还不知道有多少诗人在看。

有些是"厚古薄今"的习惯势力造成的。例如,有些书法家表示只抄写古代诗词,当下诗词不写;一个讴歌今天改革发展成就的书法展,征稿启事明确要求抄写古人诗词。有的担心推介当下诗词有风险,因为作者还没有"盖棺论定"。其实这种担心是不必要的,因为对人的表彰风险更大,但却年年在进行。

有些是对中华诗词不熟悉造成的。一些研究当代文学的、做报刊编辑的同志就告诉我:自己不是搞诗词的,因此要梳理当代诗词史,要把好诗词编发出来,力不从心。其实,这些困难通过史家和诗人合作、报刊和诗词组织的合作就可以排除。

造成当下诗词在生活中的缺位，还有一个重要原因就在我们自己。一是没有真正把创作优秀诗词作为工作重点，尽管时常挂在嘴边；二是大量一般诗词淹没了优秀诗词；三是没有重视推介优秀诗篇和优秀诗人；四是忽视把当下好诗词作为我们写文章作讲座评介的重点。

针对这种状况，学会驻会会长会研究决定，把今明两年确定为"中华诗词精品年"，推动和引领中华诗词发展进入新阶段。两年之后，我们可以不再延续"精品年"的提法，但也要"把精品作为中华诗词创作的永恒追求"——这是 2020 年 12 月 15 日我在中华诗词精品创作研讨会（湖南株洲渌口）上的讲话内容，那时我就任中华诗词学会会长正好 15 天，今天我把这句话作为正式号召提出来。

## 创作筛选推介精品是三位一体的全员行动

把今明两年确定为"中华诗词精品年"，准备何为？主题词是六个字：创作、筛选、推介，即把诗词工作重心放在创作精品、筛选精品、推介精品上。这是三位一体的全员行动。

首先，创作精品。

抓精品要把抓创作为切入点。创作抓不好，筛选和推介就成了无源之水、无本之木。

抓创作，要从诗词组织做起。各级诗词组织要把精品创作作为各项工作所围绕的中心。以经济建设为中心，落实到我们这里，就是以精品创作为中心；发展是硬道理，落实到我们这里，就是精品是硬道理；高质量发展，落实到我们这里，就是创作高质量作品。各级诗词组织，一要组织精品创作，二要激励精品创作，而且要采取切实有效的措施去组织和激励精品的创作。

出精品，要从诗人个体做起。诗人个人是精品创作的主体。诗词组织组织精品创作，组织的是诗人个体；激励精品创作，激励的也是诗人个体。诗人个体要走出"诗作多少说明水平的高低""写得越多说明水平越高"的价值误区；一个题目写多首已经遭到不少诗人的诟病甚至是反感。与其随意写百首，不如精心写一首。"孤篇盖全唐"的说法虽然有点夸张，但张若虚的确凭一首《春江花月夜》而名垂千古。须知：李清照留给我们的也只有几十首。能证明自身水平的，最终不是诗词数量而是诗词质量。

无论是诗词组织还是诗人个体，都要懂得，中华诗词发展到今天，全国每天产生的诗词是海量的；繁荣发展当代诗词，已经不需要在数量上下功夫，而是要在质量上下功夫。高质量的诗词作品就是精品，或者称之为优秀作品。

其次，筛选精品。

即使所有诗人都以精品创作为中心，但创作出来的不可能都是精品。这就需要筛选。

筛选需要把握三个方面，即标准、公正和回避。标准明确了，选筛选品就有尺度；公正才能使筛选出来的精品得到公认，才能服人；回避才能使筛选进程顺畅。

哪些人需要回避？学会领导班子成员！学会领导的作品选还是不选成为筛选工作的棘手问题。这里就需要大度、需要境界，够标准就选，不够标准就不选。必要时领导成员可以明确表态：我的诗词不参选。领导班子的诗词没有被筛选上，并不丢人，因为会长不是按照诗词水平挑选的，会长、副会长、秘书长不是本地写诗最好的一批人。我本人就是这样的人。选会长主要是选那些愿意并且能够为会员和诗词爱好者服务的人。有的地方的会长从来不写诗，但诗词工作却开展得如火如荼，能把个性各异的诗人团结得很好；而那些只用心写诗却不想办法开展工作的会长是不称职的会长。

最后，推介精品。

创作和筛选出精品，就要推介；不推介就深藏闺阁而无人知晓，就无法进入诗词消费领域。诗词精品不进入消费领域，价值何在？诗词价值，根据马克思的理论，是由价值和使用价值构成的：价值就是花费和凝结在诗词精品中的劳动，包括体力劳动和脑力劳动；使用价值就是诗词精品的有用性，即能够满足消费者某些需要的属性。只有被消费，诗词精品的价值和使用价值才能得到实现，也就是诗人的劳动得到回报（主要是精神回报），读者得到享受，产生美感、愉悦、感慨、悲伤、怜悯等情感。因此，我们推介诗词精品，要像企业推介商品那样用心用力。如果说企业最怕商品积压，那么，我们应该最怕诗词精品无人知晓。诗人个体可以选择只创作而不发表诗词作品，但中华诗词界作为一个整体，却不能这样做，这样做就不能履行使命、表现担当了。

精品推介，一要豁达，舍得推介。诗人个体条件成熟的，我们推诗人；条件不成熟的，我们推诗篇。所谓豁达，就是深知"个人的声誉是集体的财富"，不带其他不正确的心理，例如嫉妒、压制、排挤等心理。二要批评，加强评价。文艺批评、文学批评是传统概念，也是传统学科，引入中华诗词就是诗词批评，我们习惯叫作诗词研究和诗词评论。诗词评论的意义我曾在中华诗词学会评论委员会成立大会上讲过，这里不再重复。前面所说的"豁达"也适用于被批评者，正话反话都要认真听取，正确对待。三要多种媒体并举，现在一些人用短视频、抖音等媒体推介古人诗词，阅读量动辄"10万+"，为我们如何推介当下诗词精品闯出了新路，值得我们学习效仿，也欢迎他们参与、指导、合作。

这些年，诗词精品的筛选和推介工作一直在做，如湖南杂志

《诗国前沿》、江苏杂志《江海诗词》双年选，一些诗词组织、诗词微信平台的年度作品精选，都在做这些工作。中华诗词学会牵头制定的《"十四五"时期中华诗词发展规划》推出的九大工程，精品创作位列第一大工程；中华诗词学会早已成立精品研究委员会、创作委员会、评论委员会，表明工作早已布局。今天起要格外重视、切实加强。各单位会员要尽快安排部署，共同把中华诗词发展推向新阶段。

## 创作筛选推介精品必须明确精品的评价尺度

衡量诗词是不是精品的标准是什么？这是一个众说纷纭的话题。在即将出版的《人间要好诗》一书的序言中，我汇总了一些较有影响的观点，它们各有各的道理。在《人民画报》制作的8集短视频中，有一集叫《当代好诗词的标准》，我指出，有人说当代人写的诗词，放在古人的诗篇当中，分不出是谁写的，就是好诗。其实，这在书法界叫临摹，不是创作。同样道理，好诗词不在临摹，而在于有没有自己的特色。所以当下诗词是不是好诗词，要放在我们这个时代中加以考量，除了好诗词所具备的各种条件外，比如除了主题好、很顺畅、有意境、感动人等等之外，第一要素是看有没有时代特色、有没有时代性。没有时代特色的诗篇，至多只能算是古代好诗词，不能说是当代好诗词。清代诗人赵翼写的一首诗："李杜诗篇万口传，至今已觉不新鲜。江山代有才人出，各领风骚数百年。"这说明了诗词当随时代的道理。

在我看来，诗词精品的标准实际上是一个不需要争论的问题，早已约定俗成，而且人们能够一目了然。唯一需要统一认识的，就是在符合其他条件的前提下，把时代性作为衡量当代诗词是不是精品的第一要素。我所说的"当代",特指"当下"。

最后我要强调,诗词精品的最终尺度在人民。我们要以人民喜欢不喜欢、欢迎不欢迎、欣赏不欣赏,作为诗词精品的最终标准;一切标准最后都要归结到这个标准。因此,创作、筛选、推介诗词精品,要牢牢确立以人民为中心的理念。人民需要诗词,诗词也需要人民;没有人民,我们的诗词就是孤芳自赏,再好的诗词也是自我陶醉、自我肯定的私藏珍品,对社会、对时代无法产生任何意义。我们的诗词一定要有欣赏者;没有欣赏者,作品的社会价值就等于零。

## 创作筛选推介精品必须整体联动系统推进

这句话意在强调,创作筛选推介精品,需要各级诗词组织同时行动,需要所有诗人词家齐心协力,实现整体联动系统推进。这次会议之后,大家立刻行动起来。中华诗词学会要制定发布一个精品年行动计划,但你们不要等,先创造性地去做。

为了减少一般性诗词,凸显诗词精品,我个人建议:

一要压缩命题作诗。根据实际需要,聚焦一个主题,组织大家分别创作诗词,这就是命题作诗。命题作诗今后仍然需要,但要加以压缩。因为较之自由作诗,命题作诗产生精品的概率要小得多。

二要减少规模性唱和。唱和历来是诗人之间的高雅交往,留下不少名篇佳作,我们当然应该传承好这个传统。以往曾产生过数十人、数百人、一千多人的唱和,读来别有风味,营造了气氛,产生了特有的效应,今后仍然会组织这种规模性唱和。我这里说的是减少这种唱和,因为这是标准的"千篇一律",不但属于命题作诗,而且规定了统一的格律,产生精品就更难了。

三是严把发表关。媒体要减少发表一般性诗词的期数和数量，比如，所有微信公众号都可以减少推送频次。个人推送自己的诗词要"三思而行"、慎之又慎；随写随发、即写即发，不大可能产生诗词精品。在此之前我们一直鼓励创办微信公众号，增加诗词发表和传播平台；中华诗词学会微信公众号率先垂范，组稿编辑人员吃尽辛苦，分别推送了学会顾问、会长、常务理事、理事的个人专辑，推送了许多单位会员、专委会的诗词作品，推送了进城务工人员、残疾人的诗词作品，实现了每天推出一期，为诗词的创作、展示和传播发挥了巨大作用，是这几年诗词繁荣发展的重要标志。现在到了减少发表一般性诗词，重点传播诗词精品的时候了，所以我希望各媒体的思路作适当调整，以筛选推介精品为主。

四是开辟习作园地。为了诗词事业后继有人，我们要更加有效地吸引和鼓励越来越多的人学写诗词，并且要为他们提供发表园地。在提倡创作筛选推介精品的背景下，各类媒体可以开辟"习作园地"之类的专辑或专栏，以把作业和作品明确区别开来，避免人们对当下诗词创作水平的误解。

各位理事，这次理事会的主题，具有十分重要的意义。希望大家的认识能够统一，行动能够一致，力争在今明两年，出现诗词精品不断涌现、广泛传播、逐步融入社会生活的新局面，为习近平文化思想的贯彻落实贡献中华诗词界的智慧和力量！

# 在首届庐陵文化生态旅游节开幕式暨中国游学旅行大会上的致辞*

各位领导,各位嘉宾,女士们,先生们:

吉安首届庐陵文化生态旅游节暨中国游学旅行大会,今天隆重开幕,我首先代表中华诗词学会表示热烈的祝贺。2012年9月,我到中国井冈山干部学院学习,后来学院经常邀请我授课讲学,每来一次,都受到震撼和教育。

我特别崇敬吉安厚重的历史,以及善于创造和勇于牺牲的吉安人民。"三千进士冠华夏,文章节义金庐陵"。吉安人民在这块美丽富饶的土地上,辛勤耕耘、生生不息,孕育了优秀的庐陵文化。欧阳修、文天祥、杨万里,还有周氏的先祖周必大……群星熠熠,绘就了"隔河两宰相,五里三状元"的人文画卷,铸就了"人生自古谁无死,留取丹心照汗青"的精神丰碑。吉安人民以热血和牺牲支持老一辈无产阶级革命家,在这里浴血奋斗,点燃了革命根据地的"星星之火",汇聚成全国解放的"燎原之势",创造了伟大的"井冈山精神"。迈入新时代,一个开放繁荣秀美幸福的新吉安正在加速崛起。

---

\* 本文是作者2024年5月26日在首届庐陵文化生态旅游节开幕式暨中国游学旅行大会上的致辞。

我高度赞赏吉安大力弘扬庐陵文化、红色文化，创造着丰富多彩的社会主义先进文化，创新诠释"庐陵十二吉事"，掀起"同诵庐陵诗词、同传庐陵文化、同游庐陵吉安"的热潮。今天来自四面八方的专家学者、诗人才子们千里相会、缘聚庐陵，定会碰撞出气韵不凡的智慧火花，把吉安的自然美景和人文底蕴融入笔端，掀起更高的艺术创作热潮。

　　我异常沉醉吉安这座诗意之城。在这里，抬头即见千年古韵，处处有被诗词浸润的风景。你们正在习近平文化思想的指引下，以诗词为媒，推动文化与旅游融合。从昨天安排的引人入胜的夜游，到今天入场看到的各业优质产品的展示，以及开幕式现场的设计、流程的安排，都显示了吉安的文化水平和发展文旅的成果和信心。最近，我们中华诗词学会与江西省文旅厅、中国文化报社一起推动"诗旅江西"系列活动，得到上级领导充分肯定。正在吉安采访的文化大咖，包括陈晋、熊召政先生，也参加了今天的开幕式。你们的精心策划和组织，必将有效促进文旅新兴业态的兴盛与发展。

　　最后，衷心祝愿旅游节各项活动圆满成功。

　　谢谢大家！

# 散曲是中华诗词百花园的绚丽花朵*

各位曲友、各位同仁：

我昨天下午从吉安一到这里，就浏览了你们的论文集，阅读了张存寿副会长的讲话。他的讲话贯彻落实中华诗词学会五届四次理事会精神，把筛选、创作、推广当代散曲精品作为这次会议的主题，部署研究散曲精品的标准，提倡用《中华通韵》创作散曲。讲得很好！借此机会，我再讲这么几个问题。

## 散曲工作成绩可圈可点

散曲工委会成立比较早，从那时到现在，工作成绩可以归纳为以下几点：

一是散曲组织不断增多。起初只有山西、湖南、陕西三省成立了散曲组织。2015年12月，中华诗词学会散曲工作委员会成立。迄今全国已有20个省市区成立了省级散曲组织，同时他们不断发展市县级散曲组织，形成了系统。

---

\* 本文是作者2024年5月27日在第六届当代散曲创作学术论坛上的讲话。

二是散曲作者队伍持续壮大。散曲作者当时有两三千人，现在发展到三四万人。《长城情》一书征稿时只有947人投稿（"人世情"第一辑征稿时只有270人投稿），到《田园情》征稿时投稿已达2004人。山西省原平市农民散曲社，前不久央视17套农业农村频道播出两集专题片，报道了他们写散曲的故事，让人惊叹。

三是散曲作品数量倍速增长。散曲工委组织编写"人世情散曲丛书"，截至2020年，编写出《故乡情》《山水情》《父母情》《校园情》《爱恋情》《手足情》《军旅情》《民族情》共8本。2022年至今完成了《草原情》《长城情》《黄河情》《长江情》《田园情》的编印工作，还计划编辑《边塞情》《丝路情》。

四是散曲交流平台非常活跃。创办《中华散曲》刊物，开办《九州散曲》微信公众号，建立散曲作品微信交流群4个、近2000人参加，网络平台成为活跃创作、振兴散曲的主要场所，气氛十分活跃。

五是散曲理论研究逐步加强。每两年举行一次散曲创作学术研讨会，分别在山西吕梁、陕西西安（两次）、内蒙古正蓝旗、湖南岳阳，这次在江西井冈山，共举行了6届研讨会。

六是散曲创建工作注重质量提升。截至目前，学会授予了山西原平、陕西洛南、湖南绥宁、陕西潼关、河北卢龙5个"中华散曲之乡"，元好问墓祠、周德清故居、冯惟敏故居等17个"中华散曲文化教育基地"，井冈山大学等6个"中华散曲创作基地"。

散曲事业取得如此长足的进步，大致有这么几个原因：第一，有一个肯担当能干事的领导班子。你们有使命感，真的做到了不忘初心、牢记使命。有的身体动了大手术没有痊愈就投入工作；有的年事已高，身体一直不是太好，却为散曲的创作、筛选、编辑，为策划和组织散曲活动，使出了九牛二虎之力。学会分管散曲工作的张存寿副会长，爱散曲，也偏爱散曲工委，为散曲事业做了很多工作。第二，有一批高水平的名流大家。南广勋、徐耿华、周成村、张四喜等散曲工委领导班子成员都是创作高手。这次研讨会你们共安排三场大会交流和分组讨论，让每个人都有机会，做法值得推广。第三，有一种支持散曲事业的情怀。散曲工作缺人、缺场地、缺经费，但是总有一批有情怀的同志和单位给予支持。这次研讨会就是章学芳先生和他的母校井冈山大学支持的。

## 散曲的独特优势

中华诗词的发展，在出现唐诗、宋词两座高峰以后，又出现元曲这座高峰，表明散曲有她的独特优势。从当前来说，诗、词、曲在我国一同稳步发展，也说明散曲有她的独特优势。我学书法写过一些古代散曲，看过你们现在写的一些散曲，感到散曲至少有四个独特优势。

一是贴近生活、紧跟时代的优势。贴近生活、紧跟时代这两句话在散曲中表现得非常明显。诗、词、曲三者，诗的惰性较强，喜欢留恋过去，什么山川湖海呀，亭台楼阁呀，风花雪月呀，二十四节气呀，诗就喜欢这些，代代写、人人写、反复写、没有时代特色地写。词略有不同，她比诗善于捕捉生活题材，比诗善于把新鲜事物作为描写对象。而当下散曲绝大多数写的是当代生活，反映的是我们时代的内容；如果不这样，散曲的本色就打了折扣。这就是散曲的一个独特优势。从历史上看，元曲经典多数是文人雅士立足于当时社会与民众生活而创作出来的精品。例如姚燧的〔越调·凭阑人〕《寄征衣》："欲寄君衣君不还，不寄君衣君又寒。寄与不寄间，妾身千万难"，就是当时生活的反映。从当下看，在为时代而歌、为时代树碑立传方面，散曲很有作为，如徐泮珍的〔中吕·山坡羊〕《我村军属老大娘的幸福生活》："今天一趟，明天一趟，洗衣做饭亲人样。又擦窗，又铺床，嘘寒问暖心舒畅，儿女一群都姓党。今天，我上场；明天，他上场"，这是充满时代气息、生活气息的上乘曲作。

二是大众语言、生动幽默的优势。散曲的语言用的多是日常生活的语言，很接地气，也非常幽默。例如古人马致远的〔双调·寿阳曲〕："从别后，音信绝，薄情种害煞人也。逢一个见一个因话说，不信你耳轮儿不热。"今人徐耿华的〔仙吕·后庭花〕《夏日风景线》："七戒八规太久远，女性着装日渐短，裙裤一尺欠，小衫儿露背肩。好"寒酸"，俏女人省布，傻男人费眼。"

三是以俗见长、俗中有雅的优势。俗和雅有多种指向，就散曲而言，俗指题材，写世俗生活，有贴近百姓、贴近生活的意思；俗指语言，用生活语言、群众语言，用词很"土"，而且"土得掉渣"。例如，张四喜的〔越调·寨儿令〕《我和她这一辈子——知青时代》："桃粉腮，烂胶鞋，辫子寸余牛角拐，命是金钗，身似干柴，心疼的人来！一天不见痴呆，一声不问伤怀。接头新月下，亲热密林排，乖，一对影儿歪。"曲中的"桃粉腮""烂胶鞋""命是金钗""身似干柴"，全是俗话，但却被读者说成是"不多见的亦俗亦雅，雅俗交融的经典之作"，最后一句"乖，一对影儿歪"，是散曲由俗及雅新境界的艺术探索与导引，与南广勋的《老妻》有异曲同工之妙。动辄写老婆，当然是俗，但南广勋却写出了雅，成为当代散曲的名篇。所以说散曲就是以俗见长，但俗中有雅，以俗塑雅；如果只是俗，没有雅，或者只是雅，没有俗，散曲就没有存在的价值了。一些令人叫绝的散曲，语言土，押韵妙，内涵好，意境美，故事情节引人入胜，吟诵起来朗朗上口，这不是雅吗？！周成村的〔正宫·塞鸿秋〕《登满洲里海关国门楼》："苍茫大漠微如线，长河落日霞如霰。奔腾骏马疾如电，往来商贾忙如燕。刁斗声已杳，历史开新面。鸡鸣三国雄关绚。"全是俗的句式、俗的写法，但题材现代，用词贴切，画面很美，思想内容很好。这便是雅。

四是长短随需、擅长叙事的优势。散曲可长可短，根据叙事的需要。要短，写小令，十几个字、二三十个字；要长，就来个套曲或"带来曲"，便能顺心随意，要多长有多长。当代郑永钤先生〔双调·新水令〕《长江行》套曲450多字。这是散曲的自由之处，爱写长就写长，爱写短就写短；需要写长就写长，需要写短就写短。这是格律诗和词做不到的，这就给叙事、抒情、说理、议政、塑造理想、鞭挞丑恶带来了很大的空间，让作者自由驰骋。这就是散曲的长处。

我偶尔写个小令如〔天净沙〕之类，也算是写散曲了。但感到散曲有以上四个独特优势主要是作为读者而体验出来的。这些优势让我进一步认识到，散曲是中华诗词的重要诗体，不可或缺；散曲是中华优秀传统文化的重要组成，不可小视。写好散曲是创造属于我们这个时代的新文化的必然要求，所以诗词可以不写，散曲不能不写。瞧不起散曲，就是不懂中国古典诗歌；瞧不起散曲，就是瞧不起中华优秀传统文化；瞧不起散曲，就是不合格的诗词组织领导者。

## 散曲发展路径的建议

对散曲发展路径的建议，我只讲创作。创作精品、筛选精品、推介精品等工作问题，张存寿副会长昨天已经讲得很好了。这里我只对创作提四条建议。

求精不求多。何为精品？要讨论也可以不讨论，因为明眼人一看就知道是不是精品。但有一点必须形成共识：如果作品的艺术性匮乏，与时代特征脱节，与人民生活无涉，就不是精品。没有数量就没有质量，这是哲学量质互变规律的一个基本原理。没有数量谈什么质量？如没有一定数量的队伍，怎么能打胜仗？没有一定数量的散曲，谈什么散曲的发展？我们经历过一个迫切需要扩展数量的时期，诗词如此，散曲也是如此。所以，在中华诗词学会成立以来三十多年时间内，我们一直在追求队伍的扩大、创作数量的增加、诗词散曲媒体的增加，叫"韩信将兵，多多益善"。虽然我们也提到过精品，从来没有忽视过精品，但是对精品的创作、筛选、推广没有系统的具体举措，因为创作实践还没到这个时候。2021年从制定《"十四五"时期中华诗词发展规划》开始，我们就把精品创作作为第一工程提出来，但很快就碰上疫情，规划难以兑现，就连正常的工作秩序都不能维持。从去年下半年起，特别是今年春节以来，我认真考虑，感到我们需要"转段"，从注重数量扩张同时也提倡精品，转向不求数量、专求精品的发展新阶段。所以，今年5月在山东青州召开的中华诗词学会五届四次理事会把今明两年确定为"中华诗词精品年"，改变大量的一般作品遮蔽精品的局面。大家要贯彻好会议精神，对作者个人来说，与其随意写百首散曲，不如精心打造一首散曲。写的一般作品多了，反而把少数精品给遮蔽了。我们现在评价诗词史，也提到谁创作得最多，但是从来没有以创作多少论英雄，张若虚的《春江花月夜》"孤篇盖全唐"，这是大家公认的。李清照的词到底留下多少首，说法不一，总数不过几十首，但其影响真是盖世的。所以，希望大家今后求精不求多，只求精品力作。

求短不求长。千百年来，特别是唐宋以来，从群众喜闻乐见、口口相传的诗词来看，都是短的，甚至越短越流传，越短越深入人心，如"春眠不觉晓""床前明月光""朝辞白帝彩云间"等20~28个字，"山，快马加鞭未下鞍。惊回首，离天三尺三"，16个字，都是很短很短的。当然，它们的流传不仅仅是因为短。短的长处在于：第一，越是短，写作时推敲得越严谨，功夫下得越大。越是短越是要求写出引人之处，要求在意境上出彩。第二，越是短，学习时越易于记，越容易口口相传。长也是需要的，白居易的《琵琶行》不是写得很长吗？长的散曲如《哨遍·高祖还乡》，不是也很长吗？我提倡短但不排斥长，该长则长，该短则短，但能短则绝不能长。我们以创作小令为主，兼顾长曲，做到长短结合。但是我相信最终被大家记住的还是短的；融入社会生活比较深入、广泛的，还是短的。

求俗也避俗。前面我说散曲以俗见长，不俗不成曲。江西罗余作的论文指出：诗词中尽量要避免的一些俗人、俗事、俗物，在散曲创作中却被大量使用。俗，是散曲要尽量保持的一个特色，否则像刚才南广勋先生讲的我们就回到词的位置上去了，文学样式只能往前发展，不能往回走。但是我们求俗，也要避"俗"。这个俗，第一是庸俗，第二是低俗，第三是媚俗。我们如果把这三俗避免了，并且写出散曲的味道了，我们的俗——世俗啊，随俗啊，通俗啊，就是雅。

容古韵倡通韵。《中原音韵》是今天写散曲用得最多的韵书，这是古韵。韵主要是字的读音，读音随着时代的发展而变化很大，当时是押韵的，现在就不押韵了。鉴于这种情况，国家语委颁布了《中华通韵》。《中华通韵》是以普通话为基础的，适合现在的诵读，散曲（包括诗词）当然要用《中华通韵》，但是用《中原音韵》也可以，但是新时代的主流用韵，应该是国家语委颁布的《中华通韵》。张存寿副会长在他的论文里作了比较精细的研究，他列出44个上声字，今天读音都是平声，如果用这些上声字来押韵，读起来就非常别扭。当然，我们今天用《中华通韵》写出的诗词曲，唐人宋人读起来也很别扭，但不要紧，因为我们不是写给唐宋人看的，而是写给当下人读的。我们今天不应当用《中华通韵》去检测唐宋诗词，也不能用平仄格律去检测李白杜甫的诗词，说他们有些诗词不合格律，这都是闹笑话。就像用今天"一夫一妻制"的法律条文为依据，批评某个历史人物拥有"三房四妾"是违法一样要闹笑话。中华诗词学会的做法是，提倡用《中华通韵》，又容许用古韵，但认为我们时代的主流韵应当是《中华通韵》。张存寿副会长提交这次研讨会的论文《〈中原音韵〉和〈中华通韵〉比较研究》说得好："用不用《中华通韵》不是理论问题，而是实践问题。"今天早上读到郭培友的文章："诵读实践是检验用韵的唯一标准"，是郭顺敏推荐给我的，我立刻推荐给"中华诗词学会官网"和"微信公众号"予以转载，文章讲出了我们今天应当使用《中华通韵》的最充分的理由。实践是检验真理的唯一标准，是马克思主义的基本原理；重新确立这个"唯一标准"的权威，才有了我们走出教条、走出僵化、走向改革开放、走向发展壮大的思想动力和理论原因。今天我们对待《平水韵》《词林正韵》《中原音韵》和《中华通韵》，都应当依据当代诵读实践标准，而不应当抱着教条主义态度，用"老黄历"来反对用《中华通韵》，而是推动使用《中华通韵》，同时容许继续使用"老黄历"。至于《中华通韵》在使用中反映出来的问题，应当根据诵读实践而加以修改完善。

　　发现和培养青年散曲爱好者。对此，我们要作为一个战略来考虑。诗词曲遇到的形势是一样的：老人过多，青年人过少。所以我们在单位会员换届的《指导意见》明确提出：学会领导班子60岁以下必须占三分之一，其中一定要有一个50岁以下。我们一定要重视在青年当中发现培养散曲人才，组织他们、动员他们学散曲。在这样的论坛，越是往后年轻的面孔应当越多，越来越充满生机与活力。假如我们今天这个会有一半或三分之一的年轻人参加，会议气氛就是另外一个样子。所以一定要培养青年人，形成合理的散曲作者梯队。

今天与会的都是散曲高手，希望你们率先垂范；今天与会的几乎都是诗词组织的领导者，希望你们多谋事，多用心，多策划组织好散曲的各项活动。只要大家同心协力，散曲这支中华诗词百花园中的绚丽花朵，就会越来越光彩夺目。

# 从中华诗词中汲取精神力量*

中央党校出版集团·大有书局新近推出由我主编的《人间要好诗》一书。书名是周啸天教授定的，取自白居易《读李杜诗集因题卷后》中的诗句。

"人间要好诗"道出了千古至理，无论哪个国家、哪个民族、哪个时代，也无论何人，都喜欢好诗。问题在于，什么样的诗才是好诗，判断诗之好坏的标准是什么？多少年来，人们一直在追寻这个问题的答案。中华传统诗词史上人们在讨论，在中国才有一百多年历史的现代诗界也在讨论。明代"前后七子"李梦阳、王世贞等十四人提出"文必秦汉，诗必盛唐"的口号，主张诗必以盛唐时期的诗为标准，而明代文学反对复古运动的主将袁宏道对此则坚决反对，提出"独抒性灵，不拘格套"的"性灵说"，这也是明末公安派的核心理论主张。明代学者谢榛提出"四好"标准，他在《四溟诗话》中说："凡作近体，诵要好，听要好，观要好，讲要好。"通过诵，看其是否行云流水；通过听，看其是否金声玉振；通过观，看其是否文辞优美；通过讲，看其是否条理清晰。他强调："此诗家四

---

\* 本文发表于 2024 年 6 月 26 日人民政协网。

关。使一关未过，则非佳句矣。"近现代学者王国维推崇"境界说"，他在《人间词话》中说："词以境界为最上，有境界则自成高格，自有名句。"他阐释说："境非独谓景物也，喜怒哀乐，亦人心中之一境界。故能写真景物、真感情者，谓之有境界。否则谓之无境界。"有境界的作品，言情必沁人心脾，写景必豁人耳目，既形象鲜明，又富感染力。

当代关于好诗标准亦时有涉及。有人说，是不是好诗要从思想内容和艺术形式两个方面去判断。有人说，好诗是立足现实、情感真挚和语言简约三个方面的统一。有人提出好诗的"四动"标准，好诗能让人感动（心灵的深处）、撼动（精神的世界）、挑动（思维的惯性）、惊动（梦寐的蛰伏）。台湾学者提出诗美十大标准：境界、情操、感怀、语言、形象、音韵、结构、气势、风味、创意。这些观点有的是谈现代诗的，也适用于传统诗。由于对好诗的标准众说纷纭、莫衷一是，于是有人认为：好诗实际上没有标准，只有好诗。

说没有标准是托词，实际上是主张看读者的主观感受。好诗就好在：眼，为之一亮；心，为之一震。好诗就是令人心动的语言。著名诗词大家叶嘉莹在《什么样的诗才是好诗》的短文中说："中国诗歌最重要的质素，就是那份让人兴发感动的力量。"评价诗的好坏，是不以外表是否美丽为标准的，外表很美，但只有文字和技巧，没有内心的感动，不算好诗。杜甫在一些诗中用了许多"丑"字，他说"麻鞋见天子，衣袖露两肘"，又说"亲故伤老丑"，然而这是好诗，因为他所经历的艰难困苦的生活，只有这些朴拙、丑陋的用字才能适当地表现，所以能够让人"兴发感动"。由此叶先生指出，写诗不是要找美的字，而是要找合适的字。

我们这里不是讨论好诗的标准，只是想告诉读者，对于什么样的诗是好诗，人们有过这些说法。《人间要好诗》编选目的是真心诚意地想为读者提供一集好诗。因此，本书又不能没有自己的选编标准。本书的选编标准是什么呢？大致说来，是由三个方面构成的。

第一，从思想内容角度考虑，我们以"励志"为选编标准。选编的是能够激发志向、激励意志、鼓舞斗志、鼓励奋进、涵养情怀、点燃激情的中华诗词。囿于这一标准，选入本书的仅仅是中华好诗词的极少部分，海量的好诗词在本书之外。

第二，从诗词历史角度考虑，我们以"传承"为选编标准。这里的"传承"是指那些历来为诗人、学者代代相传的励志诗词。从古到今，励志诗词无数，但被诗人、学者们传承的诗词，只是那些经过时间和时势变迁而经久不衰的诗词。到哪里去挑选这些诗词呢？我们走了一条捷径，就是从被人们认可的诗词选编、集成、诗词鉴赏辞典等诗书中去挑选，这些选编都是被今人公认的优秀选编或权威选编。

第三，从社会生活角度考虑，我们以"脍炙人口"为选编标准。无论在哪个时代，"脍炙人口"都是好诗词的标准之一。清人蘅塘退士选编《唐诗三百首》的标准之一，就是大众喜闻乐见，专选"唐诗中脍炙人口之作"，而且"择其尤要者"。他说《千家诗》恰恰忽视了这一点，而是"随手掇拾，工拙莫辨"。今天，我们比以往任何时候都更有条件去挑选那些被人们爱不释手、津津乐道的诗词。

古代诗词都产生于特定的阶级社会，因此都带有诗人所属阶级的烙印、所处时代的烙印，都带有阶级和时代的局限性。我们今天无论是选编还是阅读，都是取其所内含的至今仍然具有正能量的共同价值。这是需要特别说明的。

我们所说的古代诗词，是指从《诗经》到清代结束前的所有诗词，这与中国历史的分期有所不同。中国历史分期以1840年鸦片战争为界，此前为古代，此后为近代。以1919年五四运动为标志，中国进入了现代社会。1921年中国共产党成立，中国人民在中国共产党的领导下，浴血奋战、百折不挠，自力更生、发愤图强，解放思想、锐意进取，自信自强、守正创新，迎来了从站起来、富起来到强起来的伟大飞跃，实现中华民族伟大复兴进入了不可逆转的历史进程。党的伟大领袖、老一辈无产阶级革命家和革命烈士写下了许多光辉的励志诗篇，是伟大建党精神的艺术表现，对我们具有巨大的励志作用。在本书所选编的147首诗词中，他们的诗词占有25篇。全书的每一首诗词均列出了"主题诗句"，便于读者阅读领会。

颇具影响力的长安街读书会第20240603期干部学习新书书单这样推荐《人间要好诗》："本书以内容励志、历史传承和脍炙人口为选编标准，精选147首诗词，并按照诗词的中心内容，划分为家国情怀、壮志凌云、诚心正意、明理修身、安闲自得、好学不倦、拼搏进取、以身报国8个专题。全书注释精准，赏析通达，点评深入浅出，带领读者特别是青少年读者解码中国诗词中的文化基因，全方位了解诗词背后的历史、政治、文化、生活，无障碍阅读经典、理解经典、品读经典，从诗词中汲取古人精神力量，增长人生智慧。"这段推荐语对选编者的用心理解得很透。为了确保本书的权威性，本书撰稿人以大学教授为主体，同时邀请撰稿人星汉、周啸天、钟振振为总审稿。三位都是著名诗人、诗词理论家、诗词教育家、中华诗词学会顾问，他们都认真审读了全部书稿。

当然，所谓"按照诗词的中心内容"划分专题，都是相对的，没有绝对的分野。许多诗词既可以纳入这个专题，也可以纳入那个专题。读者可以而且应该多维度地去阅读领会每一首诗词。

委实说来，诗词内容也好，专题分类也罢，都是我们编者的主观认定。诗词文本的实际意义或价值，取决于读者与诗词文本的对话。每一首诗词的实际意义，都是读者对诗词文本的解读或阐释。

读者的"主体认识图式"不同,从同一首诗词中获得的价值或意义就不同。

学诗可以"情飞扬、志高昂、人灵秀"。愿每一位读者都能从《人间要好诗》这本书中汲取"励志"的精神力量!

# 形成选推诗词精品的新时代诗风

在中国诗歌史上，流传最广、最为人们所喜爱的，非唐诗莫属。唐诗的广为人知和广泛普及，得益于唐诗的各种流行选本，尤其要归功于清人蘅塘退士的选本《唐诗三百首》。

"三百首"这个数字兼书名，起始于中国第一部诗歌总集《诗三百》。《诗三百》，原本叫《诗》，汉朝起被奉为《诗经》。《唐诗三百首》使"三百首"在《诗三百》的基础上得到强化，从而具备了经典的意义。自此以后，诗集封面上含有"三百首"字样的选本究竟出版了多少种，恐怕已经不计其数了。"三百首"起初就不是一个准确数字；中国诗歌的历史传承，让"三百首"成为一个固定的汉语词汇，如同诗词本身一样令人喜爱。

正因如此，摆在读者面前的六册诗词选集，照例也被定名为"三百首"。不同的是：这是"当代三百首"；不是一本，而是一个系列。这就是：《当代绝句三百首》《当代五律三百首》《当代七律三百首》《当代词曲三百首》和《当代古风三百首》，加上《云帆当代诗词年鉴五年选》，我不妨称之为"云帆六选本"。

云帆，即云帆诗友会，是一个诗词微刊平台，创办八年来，践行初心，始终如一，致力于推介和传播诗词精品，在广大诗友中树立了良好声誉，在中华诗词界产生了较大影响，被中华诗词学会授予"活跃诗词公众号"。去年中秋节，云帆的编审、编委齐聚广东惠州，决定编选出版"云帆六选本"。我得知后深感欣慰。

之所以如此，是因为当代诗词的发展到了需要选本的时候，而"云帆六选本"适应了这种需要。我们知道，中华诗词，作为中国古典诗歌，曾经被全盘否定，改革开放后中华诗词迈开了复兴的步伐，进入新时代则更是不断繁荣兴盛：近千万人的庞大作者队伍、每天数以十万计的新增作品、成千上万的纸刊微刊，是她繁盛的重要标志。然而，绝大多数作品只在诗词圈内传播，而且数量多得连诗人们也目不暇接。社会的一般印象是，现在没什么好诗词。实际上，当今好诗词不少，只是诗词界推动普及的是古代诗词，没有推介当今好诗词。这就是中华诗词学会为什么提出"把创作筛选推介诗词精品作为诗词工作的重点"、把2024～2025年确定为"中华诗词精品年"的原因所在。"云帆六选本"在此时问世，应是恰逢其时。

既然效仿清人选唐诗，我们筛选当今诗词，就要确保筛选出来的是优秀诗词。"云帆六选本"的编选目标即在于此。为了实现这个目标，他们采取的措施是："云帆六选本"的编选者不是一个人，而是一个团队；先确定每个选本的主编，实行主编负责制，由主编确定副主编和编委，建立编选工作微信群；接着广开稿源，采取"作者自荐、诗友互荐、云帆平台历年优秀作品存稿、定向约稿"的"四管齐下"路径；编选范围以活跃于当今诗坛的中青年作者为主，部分年岁较长者以2000年仍然在世为上限；坚持艺术性、时代性、思想性、多元性相统一的编选标准——在艺术性上，立足于语言鲜活、格调典雅、情感真实诸角度，选出令人眼前一亮、过目不忘的作品；再从境界、情操、趣味、语言、形象、音韵、结构、技法、创意等维度，优选意在言外、余韵远致的佳作，存入待定箱。在时代性上，他们从待定箱里优选内容有时代感，既反映当下生活，又在艺术手法上做到视角、题材、语境"三新"的作品。在思想性上，他们在艺术性、时代性双过审的作品里，优选有思想深度，能够给人"心头一颤"的作品。在多元性上，他们不拘风格和流派，兼收并蓄，对诗不对人，还制定了规范的选诗流程。

得知"云帆六选本"的这些构思和设计，我感到赞赏，期待这些措施都能不折不扣地体现在这套选本里。我尤其赞赏"艺术性、时代性、思想性、多元性"相统一的编选标准和"对诗不对人"的编选态度。我在不同场合都特别强调过，在艺术性、思想性都具备的前提下，有没有时代性就成为评价一首诗是不是好诗的第一要素，而不能把"当今诗词放在唐宋诗词中看不出是谁写的就是好诗"作为评价标准。"像"唐宋诗词，如同书法中的"临摹"；临摹就是临摹，不是创作。对此，我希望越来越多的诗词作者、读者、评论者、教书育人者、报刊编辑者，都能养成这种理念。当今好诗词，一定是用新时代眼光、写新时代事物、创新时代意境的具有艺术性和思想性的作品！

当然，所谓当今"好诗词"（即本序前面提到的"诗词精品"），是一个相对性极强的概念，是一定时期、一定范围内相比较而言的诗词作品，因此都不可避免地存在局限性，"云帆六选本"亦不例外，期待读者的宝贵意见。我们提倡一种诗词报刊、一个诗词团体、一个地区，都来做选编本报刊、本团体、本地区好诗词的工作，以求全面形成创作筛选推介诗词精品的新时代诗风。最终，只有那些经得起实践检验、人民检验、历史检验的诗词作品，即实践说"好"、人民说"好"、历史说"好"的诗词作品，才是真正的好诗词！

今年年底，中华诗词学会编选的《今诗三百首》亦将问世。读者可以从中华诗词学会选本与"云帆六选本"的对比阅读中，加深对什么是好诗词的认识。

　　向"云帆六选本"的诗词作者、编选者、资助者和广大读者表示衷心的感谢！

2024年7月10日于北京寓所

# 我的不同寻常的诗友们*

提到诗人,你的第一反应会是什么?是"长风破浪会有时,直挂云帆济沧海",诗风豪迈洒脱的李白;是"国破山河在,城春草木深",以爱国爱民、以天下为己任的杜甫;还是"采菊东篱下,悠然见南山",心境豁然旷达的陶渊明?……在我们心中,诗人无一不是风流倜傥、文人雅士之辈。然而,在我担任中华诗词学会会长期间,却接触到了一些并不典型的诗人,他们在用自己特殊的方式寄情诗歌,表达自我。

## 热爱抵万难——"窑洞"诗人胡少杰

"脑瘫,它占据着我的身体,也改变了我的人生;它剥夺了肉体自由,却给了我精神自由。"

胡少杰是我通过中华诗词学会残疾人诗词工作委员会认识的一个年轻诗人,今年只有26岁,生活在陕北黄土高原一个名叫胡家圪

---

\* 本文为作者口述,由《人民政协报》记者邢佳璐整理后发表于2024年7月17日《人民政协报》。胡少杰不幸离世的那段文字,为本书作者所补充。本文参考综合了此前关于文中主人公们的各种报道,在此向原作者们表示感谢!

崂的自然村，因为早产时大脑缺氧，导致重度脑瘫，全身无法动弹，20多年来一直被"禁锢"在轮椅上。吃喝拉撒都需要别人的帮助，只有一条腿勉强能动。父母常年在外打工挣钱，他就与年迈的爷爷奶奶朝夕相伴，对于他来说，走出窑洞都是奢侈，只能练习通过脚趾打字。

在网上诗友的介绍下，胡少杰偶然了解了诗词，并进入网校学习，连学都没上过的他，从零开始学习格律诗，踏入了诗词的世界。

"凡人莫看残身朽，我自逍遥醉且狂"。病痛的折磨难以避免，严重时，脑瘫会导致胡少杰无法呼吸，更甚的时候会因缺氧而晕厥。然而身体所承受的困难越多，他越能从生活点滴中发现美好，从诗词中获得力量。陪小外甥女玩泥巴，可以让他写出："我醉午风迷，小儿揉紫泥。童心今忽起，笑到日偏西"；坐在电动轮椅车兜风可以让他感慨："残阳半落漫天红，银马初骑试逐风。心向云闲千里去，今须学步短墙中"；就算身在床榻，也可以写出："常在病床无奈何，三魂七魄互干戈。面朝天帝长声笑，一半神仙一半魔"……身虽不能动，但诗词给了胡少杰心灵的自由，这种力量足以能冲破身体的桎梏，让他翱翔于天地间。

诗词不仅为他带来精神的力量，更让他收获了心灵的共鸣。

通过网络，胡少杰认识了一位陕北女孩。两人经历相似、精神契合，经常在网上以诗寄情。女孩写"十里桃花任君赏，诗人自古爱风流"，胡少杰和"纵有桃花十余里，唯怜一朵在心头"；女孩写"愁丝几缕无由结，独倚西窗望夕阳"，胡少杰和"晚云如解心头事，不该殷勤送夕阳"。两人一唱一和，虽从未见过面，却也在浮生万事中觅得知音，通过诗词，沿着网线慢慢编织爱情之网。

然而，甜蜜的日子随着2021年底的一条微信戛然而止——那是一张死亡证明：胡少杰的精神伴侣因病突然离开了人世。一夕之间，阴阳两隔。胡少杰悲痛交加，写下多首悼亡诗："佳期只觉是寻常，捉弄娇憨小醋娘。噩耗传来久无语，月光应照短松冈""当时写罢绝情诗，泪湿红笺一霎时。而今再看痴心句，肝肠寸断已然迟"……以诗寄情，这是他最好宣泄途径。

"胸无半点墨，脚下百行诗。除了荒唐梦，残生只剩痴"。对胡少杰而言，诗词就是带他飞翔的翅膀，纵使生活万难，只要心中有寄托，热爱可抵万难。

2024年6月27日，少杰的诗词集《最向东坡最好春》在榆林市图书馆举行发布会，会上播放了我的视频致辞。少杰得到了诗词学会、当地政府、残疾人联合会等多方面的关爱。

2024年8月8日，少杰因病不幸离开了这个世界，也告别了诗词。他捐献的肝脏、肾脏和角膜，挽救了三名患者的生命，让两名患者重见光明，他以另一种方式延续着生命。他的诗词，连同他的顽强品格和大爱胸怀，永远留在人间……

## 苦难中生花——保洁员诗人汪雯

"身健在，且加餐。疗伤煮字志尤坚。吾生多舛寻常处，笔意人生别有天。"

在那难忘的抗疫期间，扬州市诗词协会的微刊让我认识了汪雯。55岁的她，身材瘦弱，目光灼灼，是扬州一家工厂的保洁员，生活中毫不起眼，却已是一位拥有2000多首诗词作品的资深诗友，在网上拥有众多共鸣者，并被行内誉为"悲情诗人"。

汪雯从江苏省盱眙的乡村里走出来，自小喜爱文学，也曾对生活有过美好的畅想，然而一场失败的婚姻不止给她留下了身体上的伤痛，更多的是心灵的苦楚。离婚后，汪雯一人独自带着两个女儿生活。2018年初，在她做了人生中第七次手术——乳腺肿瘤切除之后，30岁的大女儿也因乳腺癌进了手术室，每月需自费的医疗费用就好几千，可她的退休收入每月也只有两千多元，不得已只能再次走上工作岗位，从辛苦的保洁员开始。

然而生活仿佛不肯就此放过汪雯。2020年7月，她在上班的路上遭遇车祸，颅骨破裂，锁骨粉碎，肋骨折断，肝脏破损……至今，她身体里还带有手术留下的钢钉。

"有人问我修行法，只种诗花养气神"。长夜熬诗，煮字疗伤。每当深夜，汪雯仿佛变回了那个几十年前热爱文学的少女，在创作中与内心最本真的自己对话，将苦难熬成字句，用诗词疗愈心境，将生活的苦难当作养料。

"逆境何尝不是性格的试金石，在境遇里我看似输掉很多，却让我赢来一颗百折不挠的心"。虽生活艰难，汪雯却始终有一颗乐观积极的心。2021年，扬州疫情暴发，汪雯是为数不多依旧坚守工作岗位的员工。每日近2小时的上下班通勤路，看着空空的扬州城，让她心生诸多感慨，在完成保洁工作之余，高产创作了50余首抗疫诗词。"大疫来时逆行影，严妆流汗苦炎蒸。重重关口源头阻，不让瘟虫机可乘""位卑国事系于心，常使诗人感慨深。写到几分情动处，眼中已是泪花噙"。一首首深夜创作的抗疫诗词，让人们通过诗词了解到了疫情下的扬州城，也让我们感受到了汪雯弱小身躯下所隐藏的巨大能量。经过扬州市诗词协会推荐，汪雯正式成为我们中华诗词学会的会员。

从煮字疗伤到家国情怀，诗词不仅让汪雯摆脱了生活的苦难，更让她开启了人生的更多可能性。她想将自己的2000多首诗词结集出版，让传统的诗词文化影响更多人。

2023年汪雯被扬州市邗江区诗词协会推荐到竹西街道诗词协会

帮助开展诗教工作，竹西街道诗词协会编印了《汪雯格律诗词选》（上、下），圆了她一个梦。

## 星星燎原火——中国第一个农民散曲社

"泥腿跨进文化门，荷锄有兴吟诗文。街上才搭诗曲台，田头又闻平仄声"。

在山西省原平市王家庄乡永兴村，有这样一个由农民自行发起的诗词组织——原平市农民散曲社。

永兴村村民、退休教师王文奎是原平市农民散曲社的创始人。多年来，凭借对散曲的喜爱，王文奎骑着一辆自行车，走街串巷向村庄邻里讲散曲、谈民歌，把田间地头干活、树荫底下乘凉、墙根下晒太阳、麻将桌边打牌的村民们都聚在一起，挨个普及散曲文化，讲述中国优秀传统文化。2008年8月，在王文奎的带领下，中国第一个农民散曲社成立了。

原平农民散曲社开展了多种多样的社内活动，比如"夫妻同写诗""姐妹齐登台""父子打擂台"等散曲比赛；开设了"传统文化大讲堂"，免费为全市各乡镇散曲分社社员进行辅导，现在已举办1000多场；将诗词成果编辑成册，先后出版了《兴农曲》《和谐之歌》《山水情韵》等10多册农民诗曲集……散曲文化像一阵清风，刮进了原平村民家。至今，原平市农民散曲社已有社员300余人，分布在全市18个乡镇的103个村庄社区。其中，有150名山西黄河散曲社社员，61名山西诗词学会会员，14名中华诗词学会会员。

"写诗写曲迷心窍，三餐饱饭嚼诗道，痴情半夜背宫调"。通过社里举办的各种活动和诗友们的互相交流，散曲社的文化枝脉散播得愈发广阔。2015年11月，原平市农民散曲社社长邢晨在第三届中国乡村文明发展论坛上发表演讲,讲述了乡村文化在自己身边活化发展的故事,面对中外嘉宾进一步让传统散曲文化"破圈""出圈";2016年,中华诗词学会授予原平市"中华散曲之乡"称号;2021年,在中华全国"金莲花散曲艺术节"大会上,原平市农民王有仁和张玉武获得了"中华散曲之家"荣誉称号;2024年4月22日央视17套农业农村频道播出了农民散曲诗友们的专题片。

"右手挥笔写散曲,左手握锄种庄稼""种地凭技术,写曲比灵感"……原平市农民通过朴实的文字,展现了新农村村民的文化风貌,将我国民间民俗文化风情传播到了更广、更远的舞台,星星之火早已迸发出了燎原之势。

## 一点感想

限于篇幅,我不能一一叙说脑瘫诗人赵秋凯痴迷诗词的故事,盲人诗人周坚桥缕缕斩获诗词大赛奖的故事,打工诗人柯雪明苦中取乐工余写诗的故事,轮椅诗人刘向东助残惠残的故事,屡获科技奖的院士诗人王玉明"吟安一个字,捻断数茎须"的故事,中小学教师、退休翁妪和各级诗词组织坚持诗教、以诗化人的故事……他们的故事,是我担任中华诗词学会会长以来最感到刻骨铭心的故事,从中我进一步深刻地感受到了人们对中华诗词的热爱,深刻体会到了诗词工作的价值和意义。在中华诗词学会会长的岗位上,我会和各级诗词组织一起,继续寻找和扶持"并不典型"的诗人,动员各方社会力量支持和关爱他们,让他们成为创造属于我们这个时代的新文化的独特力量。

# 附录

# 牢记会长使命　奋力担当责任*

2021年4月30日，周文彰会长在山东诗词学会召开座谈会，以"会长的使命"为题，作了激情四射而又深刻生动的讲话，在全省引起强烈反响，有力推动了诗词工作的开展。今天学习文彰会长以此为题所著新书，回顾近两年诗词事业发展历程，倍感亲切，愈发感到其站位高，思路新，工作实，文风好，深受教育、启发和鼓舞。

本书自序说得明白，该书写给会长们看，但它不是论著，没有对"会长的使命"的论述，是一本讲话和发言的集子。但是读完之后，却感到在一系列大的背景和系统上，对社会组织的地位和作用、会长的责任与使命，产生深刻而明晰的认识，更为作者强烈的使命感和自觉的责任担当所感动。所谓"大的背景和系统"，至少包含以下四个方面。

第一，民族复兴大业。不忘初心，牢记使命，扛起时代赋予的责任，推动中华诗词传承、发展和繁荣，进而为文化强国建设和中华民族伟大复兴贡献力量，是贯穿本书的红线和基调。选任之初，

---

* 本文作者赵润田，现为山东诗词学会会长。

面对充满信任和期待的会议代表，文彰会长自信地预言，"中华诗词事业在新的历史时代，一定要也一定会更加繁荣"，他号召各级诗词学会和广大会员"高举习近平新时代中国特色社会主义思想伟大旗帜，精心创作，勇于创新，勇攀高峰，让中华诗词为实现中华民族伟大复兴的中国梦作出新的更大贡献"。大家知道，一个人的工作职责，一个组织的发展，一旦与党和国家工作大局、民族复兴大业相联系，便有了崇高的目标定位，便有了不竭的动力源泉，自然会有新的标准、新的干劲、新的措施、新的作为。就此而言，中华诗词学会换届之后，坚持高标准严要求，大刀阔斧地改革创新，深入扎实地推动工作，机关效率大幅提升，都是必然的，完全可以预料的。

第二，会长重要地位。任何性质的组织，包括各级诗词学会在内，主要领导都处于中枢地位，具有关键作用。文彰会长在山东讲话时，对会长的性质和作用有过精彩论述："人们常说事在人为，对一个学会来说，这个'人为'首先是会长的作为"。他从五个角度阐发会长的重要性。会长是"领头羊""火车头"，必须把好方向、提供动力；会长是"指挥长"，必须具有全局意识、系统观念，既要有宏观思维，又要有微观思维；会长是"主心骨""顶梁柱"，必须善于决断、敢于担当、勇于亮剑；会长是班长，必须有班长的格局和才能，既能落实分工负责，又能统揽全局；会长是"表率"，必须身先士卒、模范带头，不能只占位置不做实事。结论是，推动中华诗词事业的繁荣与发展，是会长的职业要求，当了会长、副会长，就必须把学会工作放在心上、担在肩上，经常思考、经常谋划、付诸实践，尽好会长本分，懈怠不得。

第三，广大诗友期待。各级诗词学会是会员及其诗友的社会组织，被寄予重托和厚望，必须以服务会员与诗友为己任。各级诗词组织、广大会员和诗友，在文彰会长心目中分量很重。在一次重要会议上，他以"我们正在为什么人做事"设问，放在第一位的就是"广大会员和诗友"。他要求学会机关要摆正位置，俯下身子，像个服务人员。不止于此，对大家的尊重，可以说体现在他的每一次活动、每一次讲话、每一篇文稿中。不负全国广大诗友的期望，既是他的工作动力，也是他的工作原则。文彰会长多次讲，担任会长之后，带头创作固然重要，但首要的任务是学会工作，是研究和解决问题，是为广大诗友提供服务，推动诗词事业发展，否则就是自私。他推动机关改革创新的一个重要出发点和落脚点，是更好地为广大会员和诗友服务，并且不是一般服务，而是"精诚服务"。发展会员，办证慢了不行，流程烦琐不行；检查验收诗教工作，颐指气使不行，讲究接待条件不行；为会员服务，讲求方便及时，老让大家"急难愁盼"不行。当知道为一位江苏"百岁诗翁"高效率地办了会员证之后，他难掩兴奋欣喜之情，多次在会议上给予肯定与表扬。这是一种处世为人的情怀与担当。

第四，人生社会价值。担任各级会长的绝大多数是已经退下来的同志，担任会长是人生"第二春"。一生"过五关斩六将"，不乏辉煌，退休之后的历史如何续写，这是一个具有多解的现实问题。依文彰会长看来，既然做了会长、副会长，选择了退休以后的新职业，就要在其位、谋其政，就要干诗词之事，负诗词之责，就要普及诗词、创作诗词、运用诗词、整理诗词、开展诗教、建立诗词组织，一句话，就要尽职尽责，全力推动中华诗词事业的繁荣与发展。如果纵向评价人生，退休之后担任会长这一节，依然可以熠熠生辉，成就别样光彩。文彰会长直接从人生角度谈学会工作不是太多，但通过他对学会多项活动意义的精彩阐述，读者可以从中理解、领悟、感受会长任务之艰巨、责任之重大、使命之光荣。当然，更多地，他还是通过自身模范行动，以及对各级会长工作具体的理解、鼓励和支持，提供了对于会长们退休之后续写辉煌、提升人生价值的启示和激励。

创新，是新一届中华诗词学会工作的突出亮点。一年多来，学会新举迭出，亮点纷呈，目不暇接，也理所当然地构成本书的又一鲜明特色。

譬如，以"两讲两树"开局。当选会长当日，在中华诗词学会五届一次会长会议上，文彰会长以"讲政治、讲团结、树正气、树形象，开启学会工作新征程"为题，阐述了治会方略和工作要求。时间不久，在中共北京铁路局委员会党校，举办了为期三天的"两讲两树"专题培训班。这是中华诗词学会成立33年来的第一个集中培训班，这么旗帜鲜明地以"讲政治"作为学会工作的引领，以"讲团结"作为学会工作的保障，以"树正气"作为学会工作的本色，以"树形象"作为学会工作的亮点，是前所未有的。这次培训，对于中华诗词学会开创新局面，具有方向性、基础性意义。经过学习讨论，大家明白了很多道理，懂得了很多规矩，清楚了很多要求，知道了应当做什么和应当怎么做。"诗心独对初心写，不忘人民峰自高""莫道小楼天地窄，长空朗月照初心""从此修得松柏志，不教病疫腐诗肠"等诗句，就是大家当时心境和收获的写照。很多同志经历这次精神充电和党性洗礼之后，放下包袱，肩负重任，踏上了中华诗词学会的新征程。

再譬如，以发展规划引领。受国家"十四五"规划大背景的感召和启示，新一届领导班子主持制定《"十四五"时期中华诗词发展规划》（以下简称《规划》）。为了确保规划质量，中华诗词学会邀请北京大学、清华大学、中华诗词研究院等20多位学者专家，文彰会长亲自主持召开系列座谈会，围绕规划制定的必要性、性质功用、主要内容、方法步骤和承担主体等一些基本问题，全面阐述想法，广泛听取意见建议。完成初稿后,专门下发各省市区学会及相关方面听取意见,然后认真收集、梳理吸收,形成了一个聚集多方智慧的高质量规划文本。《规划》提出的"五大目标""九大工程",得到各级诗词组织和广大会员与诗友的高度评价。据我所知,这是建会之后第一次做五年规划,属于"第一个吃螃蟹"之举,对于引领、指导、鼓舞各级学会发展诗词事业,已经起到并将继续起到极为重要的作用。作为一个新的起点,制定五年发展规划,有可能成为中华诗词学会与省级学会工作的新范式、新常态之一。

又譬如,设立专业委员会。为了推动诗词事业快速发展,新一届中华诗词学会确立了"千方百计调动千军万马,激发千家万户"的思路,依托可信赖的正式组织和可信赖的人员,先后成立了女子、残疾人、青年、少数民族、部委机关、企业家、高校、书画界、现当代诗词研究等20多个专业委员会。通过专委会,吸引和动员社会各界,发挥各自优势,群策群力,最大限度地推动诗词事业发展,而且通过一个个新平台,壮大和提升了自身队伍,将学会骨干锻压成繁荣发展中华诗词学会的"四梁八柱"。在中华诗词学会专委会主任会议上,文彰会长引用的陶行知先生"捧着一颗心来,不带半根草去"这句名言,是对专委会的期望和要求,也是各专委会组成人员共同心愿的表达。随着专委会活动的深入开展,方方面面齐动员,上下左右同发力,一定能汇聚成推动诗词事业发展的强大合力,在更多战线、更广领域创造诗词辉煌。

还譬如,建立会长联席会议制度。换届之后,为了健全诗词工作联动机制,构建中华诗词新发展格局,中华诗词学会把建立会长联席会议制度迅速提上议事日程。文彰会长提出,各省市区诗词组织,都是中华诗词学会的单位会员,有这么多的单位会员,但是一直没有召开过单位会员代表会议,这是组织建设的一个缺憾。经过筹备，2021年6月，首次全国诗词学会会长联席会议在云南玉溪召开。这次会议，意味着全国和省市区两级诗词学会制度化的相互交流、相互学习、相互促进，有了一个良好的开端，进而形成一个"大家庭"，实现了全国诗词工作联动，呈现出整体发展、系统推进的新格局。作为山东代表，我参加了这次会议，并根据安排，在会上汇报了全省诗词培训工作，听取了兄弟省市区的经验介绍，感到深受启发，收获满满。我至今记得，大家对首次相聚交流的渴望、欣喜和期待。

创新很多，难以枚举。中华诗词学会利用思想教育、制度保障、组织手段三措并举，强化驻会人员队伍建设，机关面貌焕然一新；庆祝建党百年，集体创作《百年诗颂》，引领全国诗词创作；强化网站信息，强化学习功能，改版升级，扩容上线，及时发布信息，加快更新速度，密切与广大会员沟通，学会微信公众号越办越好；《中华诗词》调整办刊方针，"拥抱时代，情系人民，知古倡今，求正容变"，时代气息越来越浓，容量进一步扩大，受到广大作者读者好评，等等，数不胜数。有人说换届以来，中华诗词学会"不变的是变化""创新是常态"，可能不是过誉之词。

本书的真正魅力，不仅在于道理讲得好，而更在于干事创业，工作干得实，干得快，干得用心，干得成功，干得卓有成效！这才是真正让人激动、感慨和叹服的。

这本书所载内容的时间跨度，仅仅18个月。对于一个全国性的社会组织，一年半的时间，并不能算多么长，也很难说能做多少事。但是，翻开本书，你马上感觉到，由于工作节奏快、效率高，时间被拉长了。或者说，人们会惊诧，时间竟然可以利用到这种程度。上面所述各项工作，从思考、谋划、筹备，到部署、督导、落实，有多少环节、多少困难，但是都一一成功落地，有始有终，善始善终，几乎没有空谈泛论而没有落实的事情。中华诗词学会，仅是一个社会团体组织，没有多少人力、财力、物力、权力，要做成一件事情，会面临多少难处和挑战，要付出多少心血和汗水，是完全可以想见、不言而喻的。

就说专委会一事，20多个专委会，涉及那么多领域和战线，要谋划设计整体方案，要了解各相关方面的想法和诉求，要在反复酝酿的基础上，选定各专委会负责人员，要与相关方进行磋商沟通，要策划并举行专委启动仪式。这些基本环节，少了哪一项，都无法进行，都不可能成功。工作之复杂，任务之艰巨，大家都"懂的"，但所有这些，都是在一年之内完成的。会长、副会长的辛勤努力，机关相关同志的扎实工作，都是不可或缺、无法替代的。换言之，没有坚强有力的领导，没有勇于拼搏的队伍，没有上下一致的团结奋斗、艰苦付出和无私奉献，是根本无法做到的。

从这个意义上说，这本书是中华诗词学会及其机关各位同志辛勤努力的记录，更是文彰会长辛勤工作的见证。我粗略统计了一下，18个月，精确地讲，是17个月零10天，不计贺词、信函、卷首语、论文，这本书所涉及在会议或活动上的讲话47篇，涉及北京、湖南、海南、浙江、山东、湖北、河北、江苏、云南、陕西、山西、上海、内蒙古、广东等十三个省（自治区、直辖市）二十几个城市。文彰会长这些讲话多数事先是没有稿子的，他要调研掌握情况，要消化材料形成观点，有些提法和意见还要征求其他同志意见，进行沟通磋商，这意味着多么大的工作强度！能够想象这是一个已经退休年近古稀的部级干部吗？确实令人佩服和感动。

领导的行动就是无声的命令。在干事创业上，会长以身作则，率先垂范，身先士卒，勇往直前，这就是最好的环境、最大的凝聚力和最强的感召力。中华诗词学会领导班子，换届之后干成了这么多大事、新事、好事，机关面貌发生了这么深刻、明显的变化，我们从本书是可以领悟到如何当好会长的注解和答案的。

文彰会长是教授、博导，又长期在党政机关院校担任领导，出版过多部专著、译著，理论、文字功底厚实，自不必多言。但是，这本书最大的特点，不在于其理论精深，而在于深入浅出，道理、观点十分深刻，语言却很口语化，讲哪一件事，无论大小，都感觉很专业、很透亮。他说话没有官话、套话味儿，琢磨的是"事"，而且琢磨得很透，很系统，是经过深思熟虑，从自己心底发出来的，是"新话"，也是"心话"，是"白话"，更是"实话"，话语之间具有内在的系统性、逻辑性和说服力。

譬如，讲每一项工作，他都从"为什么要做"讲起，理由一二三四五，让大家真正理解它、认识它、接受它，激发起内在的积极性、自觉性。在此基础上，他会对所做的工作，给出严密的界定，阐明其内涵与外延，回答"是什么"或者"什么叫"的问题，以便于大家准确理解工作性质和要求。接下来，他还会详细回答"怎么做"，需要突出的主要内容、关键环节，如何避免可能出现的偏差，谁负责组织实施，谁主攻谁配合，解决"桥"和"船"的问题，把责任落实到具体单位和具体人。所有做过管理工作的人都知道，这种讲话，与发一般号召的工作量有多么大的差别。它需要大量的调研和思考，需要广泛的磋商和对接。正如诗词作品，写成之后貌似平易，但"功夫在诗外"，需要花大量时间和精力进行酝酿构思，否则，是绝对做不成精品、不会让别人信服和接受的。

这是一种文风，是一种追求，也是一种自信。这当然与作者深厚的哲学功底和长期从事党政宣传教育工作背景有关，但更重要的，在于其强烈的事业心和责任感，在于他的使命意识和为人处世的风格。因为要干事创业，为的是部署任务、推动工作，他要让别人听得懂、记得住；他站得正、看得真、学养深、底气足，娓娓道来，便可服人，不用居高临下板起面孔训人，也不用拿大理论唬人；他愿意和别人平起平坐，换位思考，交流思想，以理服人，以情动人，以己心换人心。这与有些领导什么事都从天下大势说起，言不及义，空洞无物，文不对题，并且只准别人说"是"、生怕别人说"不"，是截然不同的两种学风、两种人品。

　　总之，这本书确实是一本好书，充满了正能量和工作智慧。对于各类社会团体的会长、主席、理事长，尤其是各级诗词学会会长都有教益，读后对于增强使命感和责任担当意识，会带来很多启示，会收获许多感动。对于如何做好学会、协会、研究会、商会工作，会学到很多知识和智慧，激发很多思路。本书确实值得认真学习和借鉴。

# 不用扬鞭自奋蹄*

难得！我收到了一本"给会长们看"的书——《会长的使命》。打开卷首，上面说得很明白，担任会长的人很多，不是给所有"会长"们看，而是给"社会组织的会长"们看。我身在南海明珠，创立并主持海南省企业联合会、海南省企业家协会日常工作30多年，当然也是给我看的书。文彰作为领导兼兄长送书，我心情激动是十分自然的。从这个"自然"里，由于许多原因的聚合，催化出如下几个"自然"。

## 自然会认真拜读

文彰是个学者，不仅有博士学位，而且还曾是名牌大学的博士生导师。文彰作为研究员和教授，是有一系列的学术著作做支撑的。人们常常用"著作等身"来赞美一个人的著作成果丰硕，但实际上多为溢美之词。对于文彰博士而言，那是恰如其分的。他创作的《狡黠的心灵》《从历史走向现实》《绿岛傻想》《特区导论》《跨世纪

---

\* 本文作者冷明权，现任海南省企业联合会、海南省企业家协会常务会长兼秘书长、法人代表。

的抉择：经济特区二次创业》《并非傻想》，在当年的海南都是响当当的，形成了自成体系的"主体认识图式"理论和经济特区理论；他的译著《康德》《理由与求知》《当代认识论导论》，均在国内标称的学术名著之列；他主编的《国际惯例书库》"当代国际惯例丛书"虽然产生于二十世纪九十年代，却是当今海南国际自由贸易港的重要学习资料。光是他主持编撰的《海南历史文化大系》就有10卷104册之多。他琳琅满目的其他文字成就，仅2002年到2008年担任海南省委常委、宣传部长期间的《宣传文化工作演讲报告集》就有7卷。他的《好人不一定是好官，好官必须是好人——与领导干部谈心》《为民务实清廉——做官做事做人60讲》《周文彰讲稿》《走好从政每一步》等，都是一版再版的畅销书。他多次获得省优秀科研成果奖、省部级"五个一工程奖"、中国图书奖。发表论文《我们思想上还需要哪些超越》等数百篇。一想到这些，我就禁不住惊叹！

因此，文彰的书，我自然会认真阅读。这本30万字的著作，我基本上是在旅途中阅读的，但可以说我几乎没有漏掉一个字。画线条，做记号数百处。你瞧，开宗明义第一篇《让中华诗词唱响新时代》写道："诗词工作要紧跟时代，切入生活，书写改革开放的新成就，书写祖国山水的新面貌，书写人民群众对美好生活的新期待，使传统诗词焕发出新时代的夺目光彩。"诗词与时代紧密相连，其格局定位之高，怎不叫人顿生敬意！又如"弘扬屈原精神，发展中华诗词"这篇演讲，以屈原为比照谈发展当今的诗词文化，其立意高远，扎根至深，可见一斑，因为屈原是世界四大文化名人之一，祖国有名有姓的第一位诗人，是伟大的爱国主义诗人。"多出感动中国的诗人和诗作"一文，呼吁诗人要融入社会的滚滚大潮，步入时代的浩浩洪流，与国家同命运、与时代同步伐，与人民同频率，这样才能创作出体浑厚、高格局的作品。

## 自然会有感悟

文彰是文化人,也是个官员,《会长的使命》这部书的副标题是"源自中华诗词学会的感悟"。也就是说,我在读"感悟",自然也会生"感悟"。

一是感悟高度的政治站位。文彰是2020年11月30日接任中华诗词学会会长职务的。到今年五月底,满打满算一年半。一年半的履职施政成绩,我后面再说。但文彰第一次以会长身份讲话,他就要求"讲政治、讲团结、树正气、树形象,开启学会工作新征程"。这"两讲两树"犹如定海神针,贯穿在学会工作的始终,体现在每一个工作布局、每一项业务之中。他反复提到,要把准政治方向,站好政治立场,要求每一个学会干部员工认真学习《关于新形势下党内政治生活的若干准则》。

二是感悟阔达的胸怀。这从他坚持讲团结以及他对中华诗词学会的历史定位展示出来。他作为这个学会的"班长",明确要求大家搞团结,不搞团团伙伙,不搞拉帮结派,不说不利于团结的话,不做影响团结的事。团结是搞好工作的基础,基础不牢,地动山摇。他特别强调风清气正,心情舒畅。作为履行公共服务的社团领导人,他要求大家树立廉洁自律的形象、竭诚服务的形象、谦虚谨慎的形象、公平公正的形象。

他是中华诗词学会会长,但他的胸怀远超一个社团组织,他是站在全国的高度、时代的高度在思考诗词问题。这具体体现在他亲自主持制定的《"十四五"时期中华诗词发展规划》上。这个规划顺应国家"十四五"规划大背景,不仅跳出本"学会"的局限,而且着眼文化强国建设大局,作出整个国家的诗词发展五年规划。其实,只要你认真读一读这个《规划》，就可以发现其诗词发展蓝图已经辐射到十年、十五年，甚至更远的未来。如"五新"目标：开创诗词工作服务国家大局的新境界；创造诗词事业满足人民需求的新气象；构建诗词创作紧贴时代发展的新局面；营造风清气正的诗词创作发展新环境；形成诗词人才队伍新结构。特别是九项重点工程：诗词精品创作工程；诗词评论与研究工程；诗教质量提升工程；诗词人才队伍建设工程；诗词出版与传播工程；诗词组织建设工程；诗词工作联动工程；学会领导成员和会员学习提高工程；诗词网站联动共享工程……更是胸怀学会，放眼全国；立足当前，放眼未来。这部"规划"的浩然大气，如雄峰高耸，叫人情不自禁心生敬意。

三是感悟强烈的责任感。当了会长，就要有会长的风范。吃什么饭，干什么活；在什么岗位，履行什么职责，文彰干得风生水起，干得像模像样。无论他在海南日报社担任社长，还是在海南省委常委、宣传部长的位置，都是如此。以至于他离开海南入京任职，海南宣传文化机构的干部职工，包括理论、文化爱好者，都对他依依不舍。至今认为他是海南建省34年来最有作为的宣传部长之一，是与大家最可亲的兄弟朋友。这源于文彰强烈的责任心、扎实的工作作风、肯为大家办事并解决问题的风格。

到了中华诗词学会会长岗位，责任是诗词；诗词是初心。"推动中华诗词的传承、发展和繁荣"，文彰会长扛起了大旗，担起了责任。仅仅一年半，对机关内部，出台了八个规章制度，机构整合，述职轮岗，人心和畅，风清气正；对诗词业务，成立了22个工作委员会，制定颁布了《"十四五"时期中华诗词发展规划》，推动诗词"入史"，组织全国性的《百年诗颂》创作，举办"中华诗人节"，诗词网站改版升级，微刊密集发布诗作，调动起千千万万诗词爱好者、几百个诗词组织，为祖国普及诗词、创作诗词、运用诗词、整理诗词、开展诗教，作出了巨大的努力，出现了一派生动活泼的景象。

很高的理论水平与管理能力，强烈的责任感与勤奋务实的工作作风，是文彰工作业绩突出的本源，也是我把此文用"不用扬鞭自奋蹄"为题的原因。

## 自然会以作者为榜样鞭策自己

文彰是社团工作者，是社团的主要领导——会长。他担任中华诗词学会会长职务仅仅一年半，便有此"感悟"繁多的作品，结集成册，既有工作实绩，也有理论建树；既做务实派，又做理论家。我主持一个省级社团32年，他对我的指导，对海南企联的支持，对我业余进行小说、诗词创作的鼓励，都留迹在人生的道路上。我的长篇历史小说《远古大帝》在中国社会科学院召开的新书座谈会，是他以海南省委宣传部的名义支持举办的；在海口的首发式，他亲自参加；我的前两部诗集《行纪而已》（中国文联出版社出版）《行纪而已续集》（中共中央党校出版社出版）都是他写的"序"；第三部诗集《庚子随记》（中华出版社出版）是他题写的书名并题词。

作为榜样，我自然应从会长和诗词创作两方面来说。作为会长，他干出大业绩，前面已经简述。怎样当好会长，本书篇幅不少。他说："我把每一次讲话发言都当作机会，深入思考学会工作，推动中华诗词发展繁荣进程。"关于学会工作，"创新思路做好学会工作""学会要做好组织和服务两大工作""会长的使命"这三篇谈得最为集中。在"创新思路做好学会工作"一文中，他提出以"两讲两树"开新局，以班子建设为龙头，以制度管人管事，以改革为动力，以繁荣中华诗词事业为落脚点，以创新思维深入思考学会工作。"学会要做好组织和服务两大工作"一文，是他趁海南省江苏商会邀请他到海口之便，在海南诗词调研座谈会上的讲话，对如何做好组织和服务工作提了六点要求，具有普遍指导意义。什么是会长的使命？在山东诗词学会座谈会上，他发表讲话指出："会长：一会之长""发展诗词事业：会长的职业""活动：学会的生命""规范：学会的保障""政治：学会的方向"。谁又能不说，他对诗词学会会长的要求，对各种不同业务的会长不具备普遍的指导意义呢？对我这个为企业和企业家服务的企业联合会组织不正是好的教材吗？

组织和引导诗词创作，是中华诗词学会工作的主题。对我个人，何尝没有耳提面命之感呢？我俩偶有诗词唱和，我创作的新诗发在微信群里，繁忙的文彰又是点评最多者之一。怎样创作好诗词？书中有很多重要篇章。如"我们向毛泽东诗词学习什么""让中华诗词更具有感染力和传播力""强化诗词用词的时代性""端正诗词价值观"等等，对如何创作诗词，如何提高诗词质量，如何发挥诗词作用都有具体要求。特别强调：诗人是传统文化、民族精神的理解者和践行者。诗人应该有理想、有追求、有责任感，把诗词当成生命的一部分来对待、来珍惜。心中既要有国家、民族和人民的大爱情怀，也要有"语不惊人死不休"的志向和抱负，追求自身的高境界和诗词的高品位。

我是中华诗词学会的新会员，同时，我又是海南省企业家协会的会长，认真阅读文彰会长的新著《会长的使命》是我的本分，用以指导我的创作实践和会长工作是该书的价值使然。我将把《会长的使命》放在案头，作为教材时习之。历史赋予我责任，定当不负。

2022年8月23日清早于海口湾陋宅

# 在文化传承发展中绽放诗词光彩*

中华诗词是中华优秀传统文化的精髓，是中国文学艺术皇冠上的明珠。在3月21日世界诗歌日即将到来之际，《中国新闻出版广电报》记者对话中华诗词学会会长周文彰。采访正值全国两会期间进行，他告诉记者，"高质量发展"是《政府工作报告》中的重要词汇，诗词界也要吹起高质量发展的号角，努力创作无愧于时代的优秀作品。

## 以"崭新"面貌记录时代

成立于1987年的中华诗词学会有5万余名会员，据估计，我国稳定的诗词写作队伍约有300万人。"全国每天产生的当代诗词作品数以十万计，数量上已不用下功夫，要在提高诗词质量上下功夫，以'好诗不厌千回改'的态度和追求，创作更多精品力作。"周文彰说道。

---

\* 本文原载于2024年3月20日《中国新闻出版广电报》头版头条，记者尹琨采写。

好诗需要精心打磨沉淀，不必急于创作发表。围绕如何提升诗词精品创作水平，周文彰表示，除了好诗词的其他标准外，时代特色是判断当下诗词标准的第一要素。

周文彰在研究与实践中发现一种现象，受长期阅读与欣赏古代诗词形成的审美图式影响，有的诗人惯于用古诗中的词语和意象描写今天的生活，并且依此来评价他人诗词；古诗中没有出现过的时代新词，被看成不是"诗的语言"，这种看法对于诗词文化的传承发展并无益处。

带着对古诗"活学"与"活用"、对今诗创新发展的思考与使命，周文彰依托诗词门户网站"搜韵"，检索了古代兵器、酒器、交通工具等词汇的入诗情况。

"我发现这些代表那些时代的劳动创造、科技成果、战斗生活的先进物件，大多直接使用物品原本的名称，没有作任何'诗化'处理。"周文彰表示，正因为古诗用词具有时代特色，我们今天才能通过诗词研究古代的制度、科技、战争、生活、风俗等。

由此，古诗能用"指南针"，今诗为什么不能用"定位图"？古诗能用"多宝塔"，今诗为什么不能用"空间站"？高铁、火箭，这些反映时代发展的成果为什么不能直接使用在诗词之中？在周文彰看来，文艺作品要想反映这个时代，必须使用属于这个时代的新词。

习近平总书记指出："广大文艺工作者要坚持以强烈的现实主义精神和浪漫主义情怀，观照人民的生活、命运、情感，表达人民的心愿、心情、心声，立志创作出在人民中传之久远的精品力作。"周文彰通过学习体会到，要写出优秀作品，广大诗人要紧跟时代节拍，深入群众，深入生活，捕捉新时代的人和物，让诗词染上时代色彩，具有时代的底色、气息和内容。

## 以"亲民"形象走近读者

2020年,周文彰创作的《诗咏运河》诗集出版,收入的94首诗词歌咏了世界遗产大运河、大运河沿线城市以及大运河世界遗产点。周文彰撰写的书法在书中展示,以诗词和书法这样中华传统文化的特有方式,展现运河之美。

2021年,为庆祝中国共产党成立100周年,由中华诗词学会组织创作的史诗《百年诗颂》出版,该书以党发展壮大的历史进程为主线,收录精选出的优秀诗词作品460首。

2022年,周文彰《会长的使命:源自中华诗词学会的感悟》一书出版,书中收录了他担任中华诗词学会第五任会长以来的实践探索,传递了对推动诗词日益走进大众、走进生活的期待。

图书作为诗词筛选传播的重要方式之一,推动诗词发挥文化传承发展起到了重要作用。在周文彰看来,诗词名家、大家的作品较为容易被出版社出版,这类图书往往不缺读者追捧。他同时坦言,相较于其他文学板块,诗词出版依然相对"小众",有的诗词出版还需要经费赞助。诗词出版后,相当比例是作者赠送,图书市场销路存在问题。

"许多诗词创作出来以后,往往在诗人的小圈子里流传。"周文彰表示,这就是传播范围出了问题。诗词要"破圈",引起广大读者的关注,就要走出自我的圈子,走出诗词界的圈子,发挥诗词的社会作用。

"诗词走进大众,要经历'破茧'的过程。"围绕诗词阅读,周文彰表示,要从根源上解决精品创作问题,他同时希望出版社多关注并出版当代诗词精品,为读者提供更多选择。

对于想要阅读诗词的读者，他建议可以从阅读古代诗词经典开始，因为这些经过时间洗礼的诗词是历代公认的经典，结合注释与解读，能够较好领略到诗词的魅力。聂绀弩、叶嘉莹、星汉、周啸天、杨逸明、熊东遨、熊盛元、钟振振等当代诗词名家的作品同样值得品读，一些青年诗人的诗词作品也值得关注。

"当代中华诗词有不少优秀的诗人，各种诗词活动、诗词报刊、精品选编等都涌现出一些好作品，只是社会还不太了解。"周文彰表示，中华诗词学会在接下来的工作中也将持续筛选、推介当代诗词名家的优秀作品并结集出版，满足那些想要亲近传统文化的读者对于诗词阅读的需求，推动中华诗词成为人们日常生活的重要组成部分，为建设中华民族现代文明作出贡献。

## 以"融媒"传播促进发展

在周文彰看来，无论是古代诗词还是当代诗词，短小精悍、通俗易懂、合辙押韵、朗朗上口，这是诗词能够广泛传播的重要原因。诗词的这一特性，也使其在数字化、碎片化时代的传播具备了一定优势。"数字技术深刻改变着中华诗词的学习、创作、传播、教育、收集、储存、出版等各个方面。"周文彰表示，要让中华诗词融入数字化时代。

为此，他提出要充分借助数字技术传播诗词，特别是运用短视频、微信公众号等新载体和抖音、快手等新平台，让诗词传播形式更加生动灵活，传播范围更加广泛有效。"诗人首先要学会使用数字化工具。"周文彰建议，同时，要加强诗词大数据建设，通过建设全国诗词媒体数据库、全国诗词组织数据库、全国诗人词家数据库、全国诗词活动数据库、全国诗词著作数据库加强诗词大数据建设，但这需要全社会重视、政府支持，仅作为社会团体的诗词组织是难以做到的。

中华诗词以博大精深和底蕴魅力十足的文字，成为推动中西方文化交流的重要"使者"。2023年9月28日，由中华诗词学会主办的"天涯共此时"海内外诗友中秋联谊会以线上线下相结合的方式举行，来自海内外的34位诗友吟诵了历代名家经典中秋诗词和自己创作的中秋作品。

"这是海内外诗友第一次中秋联谊会，也是旅居海外各国与居住祖国各地的中华诗词诗友第一次大范围、大规模的聚会。"周文彰告诉记者，中华诗词不仅是国内人民的精神文化大餐，也是全球华人的精神文化大餐。以诗为"媒"，不仅能让海内外诗人增进友谊、加强交流、开展合作，更能推动中华诗词走向世界，发挥好弘扬中华优秀传统文化的重要作用。

"中华诗词既是传统文化要大力传承发展的重要内容，也承担着传承发展传统文化的重要责任。"周文彰表示，在大力弘扬发展中华优秀传统文化的时代背景下，中华诗词的"春天"已经到来。今年，中华诗词学会以"精品年"为主题，进一步协调各方力量，推动当代诗词翻译、出版工作，让中华诗词在推动中华优秀传统文化传承发展和创新中发挥更大作用。

# 推动中华诗词融入日常生活*

"古诗能用'骡驮车',今诗为什么不能用'电动车'?古诗能用'指南针',今诗为什么不能用'定位图'?古诗能用'多宝塔',今诗为什么不能用'空间站'……正因为古诗用词具有时代特色,今天我们才能通过诗词研究古代的制度、科技、战争、生活、风俗等。如果我们不用时代新词,后人还能通过诗词研究我们今天的生活吗?"从诗词的遣词造句到文化工作者的社会责任,中华诗词学会会长周文彰近日就诗词的写作、功能、传播等问题接受了记者的专访。

## 诗词要反映时代生活

诗词要反映时代生活、书写时代变迁、体现时代风貌,就必须使用时代特点鲜明的词。否则,诗词就无法反映和体现时代,但是,用这些词就有可能被认为不是诗的语言。周文彰表示:"我主张'学

---

\* 本文原载于2023年10月31日《中国文化报》第4版特别报道,记者党云峰采写。

活'古诗或者'活学'古诗。就是说我们学习古诗，不要拘泥于它们用过哪些具体词语，而是要总结它们用词的共性特点或一般规律，那就是用词要有时代特色；更不能以古诗的用词为样板来判定当代词语是不是诗的语言。值得一提的是，近年来，《中华诗词》杂志以及很多地方的报刊和新媒体，发表了不少含有时代标记新鲜词汇的诗词，得到了广大读者的认可。'诗的语言'正在与时俱进，读者对'诗的语言'的理解也在与时俱进。"

  诗人不能只是待在小我的天地里，而应该拥抱自然、深入社会、了解社会心声，从为社会提供正能量的角度去用诗词反映这些对象，尽到诗人的社会责任。周文彰表示，诗人要让人们的事业和生活、顺境和逆境、梦想和期望、存在和死亡、爱和恨等在诗词作品中找到启迪；要给人一种茅塞顿开、醍醐灌顶的感受，对人产生提气鼓劲、振奋精神的效果；要满足人们的精神文化需求，满足人们在提升自我过程中所期盼的精神营养，而不是满足于自我欣赏、自我肯定、自我陶醉。诗词还是海内外诗友沟通交流的纽带桥梁，有助于增强祖国的向心力和凝聚力。

  9月28日，由中华诗词学会主办的"天涯共此时"海内外诗友中秋联谊会以线上线下相结合的方式举行。据悉，这是海内外诗友第一次中秋联谊会，也是旅居海外各国与居住祖国各地的中华诗词诗友第一次大范围、大规模的聚会。周文彰在出席活动时深有感触地说："长期居住海外各国的中华儿女，在异国文化环境中能够坚持学习和诵读中华诗词已属不易，能够写作中华诗词更是让人赞叹。有的诗人在海外自发成立了各种诗词组织，坚持诗词创作、举行诗词雅集、编印诗词报刊、出版诗词著作，有的还参加了国内诗词组织，积极参与国内诗词活动。举办这次活动，目的在于让海内外诗人密切联系，增进友谊、加强交流、开展合作，推动中华诗词事业发展繁荣，推动中华诗词进一步走向世界。"

## 自由诗和格律诗应互学互鉴

诗词，即中国传统诗词，有一个专有名词——中华诗词。中华诗词因为语言凝练，讲究押韵、平仄、对仗，读起来朗朗上口，好记、好诵、好传，深受人们喜爱。自由诗兴起之后，传统诗词创作不仅没有衰落，从规模、作者、刊物、活动等方面看，更加蓬勃高涨。在周文彰看来，由于"破旧立新"一词深入人心，不宜把传统诗词称为旧诗或旧体诗，应该称为格律诗（或格律体诗），不宜把自由诗叫作新诗，建议以格律诗（或格律体诗）与自由诗（或自由体诗）称谓，取代旧诗和新诗的叫法。当代人写的格律诗和自由诗都是属于我们这个时代的新诗。

周文彰认为，自由诗和格律诗不是对立的关系，而是需要互学互鉴的。格律诗要向自由诗学习。一是学习自由诗把面向生活、面向大众、面向时代作为诗歌的创作题材，不能总写二十四节气，不能老是盯着天上月、窗前树、庭中花、亲友别；二是学习自由诗生动活泼的文字表述，增强诗词用词的时代性，不能再以古代诗词的用词作为圭臬，特别是要允许出于特殊表达的需要而不得不突破平仄的个别诗句；三是学习自由诗关于"好诗"的灵活评价理念，不要以"像唐诗宋词"作为"好诗"的评价标准。"像"只是"临摹"，只是基本功，但不是创作。

此外，周文彰还认为，自由诗也要向格律诗学习。一是学习格律诗的凝练，吝啬文字，该长则长，能短则短；二是学习格律诗的形式感，若没有独特的形式，一篇文字不能成为独特的文学样式。自由诗贵在"自由"，也有了自己的形式，但自由诗的形式不能仅仅突出表现在"分行"上。自由诗产生以来,一些大家发表了许多关于自由诗形式的见解,闻一多、何其芳等名家也有"现代格律诗"等主张,但并没有成为共识,也没有共同遵守的写法。周文彰说:"在我们看来,自由诗当然应该告别格律诗的形式规定,否则不成自由诗;但自由诗若没有自己的形式,就不能称其为诗。"

"新时代繁荣发展中华诗词,要聚焦于作品创作。"周文彰强调,我国拥有庞大的诗词作者队伍和作品数量,接下来要在质量上下功夫,推动诗词精品创作。要有"好诗不厌百回改""一诗千改始心安"的态度和追求,不断打磨作品,持续提升创作水平;要加大新创诗词作品推广力度,传播好诗词大赛、诗词报刊、精品选编中涌现出的佳作,让社会各界多关注、多传诵、多研究当代诗词精品。

## 中华诗词如何"破圈"

千百年来,诗词培育着人们的文化自信、涵养着民族精神。在新的时代条件下,通过更具活力的创作传承、更多途径的传播推广,中华诗词必将绽放时代光彩。周文彰表示,近年来,中华诗词学会的工作思路就是让更多人投身中华诗词事业。目前,各省市区都有诗词学会,甚至一些乡镇也经常举办诗词活动,诗词创作与接受都有一定的群众基础。

那么,诗词该如何"破圈",走出诗词界的圈子,发挥诗词的社会作用呢?周文彰认为,一是内容需要"破圈",就是拓展诗词所要表达和反映的对象。当代诗词创作者可以继续书写自己的体会、情感,同时要跳出这个圈子,用诗词反映时代和社会,反映人民大众。二是形式需要"破圈"。比如,诗词都讲究"韵",那么韵如何与时俱进、向当代普通话的发音靠拢?这方面中华诗词学会和相关专家合作，已经做了很多工作，形成的成果《中华通韵》已由国家语委发布试行，依据它写诗当然是可以的、应该的，写出的也是格律诗；不能再认为用平水韵写的诗词才是格律诗。还要支持时代新词入诗，甚至对创建词牌也要抱支持态度，至少是宽容态度。三是传播需要"破圈"。诗人创作的诗词现在主要是在诗人之间流传，没有走出诗人这个圈子。正像小说主要不是写给作家看的，歌曲主要不是写给音乐家听的一样，诗词也主要不是写给诗人读的，要多向诗词圈以外的大众传播。虽然一些酒店用诗词装饰大厅房间，一些地方建诗词灯箱灯柱、诗词公园或广场，广播电视开辟诗词专栏，让诗词传播走出诗人圈子、走向大众，特别是央视的《中国诗词大会》影响巨大，但总体而言仍需加大传播力度。四是载体需要"破圈"。自古以来，诗词的载体主要是文字，也通过声音，但受技术的局限，声音没有保留下来。我们现在很难确切知道古人是如何吟诵诗词的。当代科技的发展为诗词提供了多种生动活泼和易于传播、复制、存储的载体。期待各地越来越多地运用科技手段创新诗词载体。

## 树立正确的诗词价值观

在中华民族迈向伟大复兴的光辉历程中，诗词应该发挥怎样的作用？2022年，周文彰的著作《会长的使命：源自中华诗词学会的感悟》由中央党校出版集团·大有书局出版，体现了他对诗词创作、传播等进行的思考和中华诗词学会的工作思路，对中华诗词学会会员起了很好的引导和启发作用。周文彰认为："诗人要树立'坚持与时代同步伐'的诗词价值观，时代为诗词繁荣发展提供了前所未有的广阔舞台和丰富题材，我们要像习近平总书记所要求的那样，紧跟时代步伐，从时代之变、中国之进、人民之呼中提炼主题、萃取题材，展现中华历史之美、山河之美、文化之美，抒写中国人民奋斗之志、创造之力、发展之果，全方位全景式展现新时代的精神气象。"周文彰认为，时代性或时代特色，应当成为新时代好诗词的第一要素。

如今，数字技术深刻改变着中华诗词的学习、创作、传播、教育、收集、储存、出版等。周文彰认为，摆在人们面前的课题是如何让中华诗词更广泛、更深入地融入数字化时代。"更广泛"是说中华诗词要在更大范围内借助数字技术繁荣发展、服务社会。这里的范围，既指人群的涵盖范围，也指诗词的业务范围。比如，要有越来越多的人在诗词创作和诗词工作中使用数字工具，要让越来越多的诗词工作借助数字手段来开展，还要让数字化工具成为社会各界学习传播中华诗词的新途径、新方法、新常态。"更深入"是说中华诗词要在更深层次上借助数字技术繁荣发展、服务社会。这里的层次，既指诗词运用数字技术的实践要上层次，也指诗词数字技术的发展要上层次。比如，要运用数字化时代的便利条件又好又快地让中华诗词"破圈"，走出诗词界，走向大众、走向社会，要根据繁荣发展中华诗词的实际需要去开发更实用简便的数字工具。

周文彰强调："习近平文化思想和全国宣传思想文化工作会议精神，让我们深切感受到继承和创新中华优秀传统文化所面临的大好形势和美好环境。中华诗词是中华文化的精髓，中华诗词学会将着力在中华诗词的普及与提高两方面下功夫，一方面着力做好'诗教'工作，推动中华诗词成为人们日常生活的重要组成部分；另一方面着力提高精品创作，为创造属于我们这个时代的新文化，为建设中华民族现代文明作出贡献。"

# 谱写中华诗词当代华章*

**编者按**

日前，中华诗词学会在北京举办"中华诗词"学习强国号启动仪式，探索中华优秀传统文化与中国式现代化建设的结合。本期"学习访谈"专访第十二届全国政协委员、中华诗词学会会长周文彰，请他结合中华诗词的传承发展，谈谈他对习近平文化思想的学习体会，特别是对如何推动以中华诗词为代表的中华优秀传统文化创造性转化、创新性发展，推动中华诗词凝聚海内外中华儿女共识等方面的思考。

## 使中华诗词越来越广地滋润人们的心田

**学术家园**：首先祝贺"中华诗词"学习强国号启动！在您看来，促成强国号的上线，意义在于什么？有哪些规划？

**周文彰**："中华诗词"学习强国号是中华优秀传统文化与中国式

---

\* 本文原载于2023年11月20日《人民政协报》第9版，记者王小宁、张丽采写。

现代化建设的结合,是中华诗词学会践行习近平文化思想和"两个结合"重要讲话精神的实际行动和有力举措,饱含学习强国平台对我们的信任和支持。我们一定要学习好、运用好、维护好这个平台。

"中华诗词"学习强国号启动,就是要用"学习强国"学习平台实现中华诗词传播的"破圈",走出诗词界,更好地走向大众、走向社会、走向新时代;就是要全国广大会员和诗友用好"学习强国"学习平台,加强理论学习和各方面的学习,不断提高自身素质,更好承担起参与建设属于我们这个时代的新文化的历史使命。中华诗词源远流长,是中华民族杰出的艺术创造和丰富的情感记录,是我们代代传承发展的文化瑰宝。我们要依托这一平台进一步激发诗词文化热,加大中华优秀诗词传播力度,使中华诗词越来越广地滋润人们的心田,助推中国式现代化建设,助力中华民族伟大复兴。

这就需要我们必须牢牢把握政治导向,强化和拓展诗词的社会功能,为国家发展全局凝心聚力、激发正能量,大力弘扬以爱国主义为核心的民族精神和以改革创新为核心的时代精神,推动社会主义核心价值观落地生根,开创诗词工作服务党和国家大局的新境界;在艺术上坚持以人民为中心,着力强化精品意识,做有品质的文化,做有鲜明时代特色、富有诗情画意的文化服务。从一开始就必须坚持政治和艺术双重标准,在选题、编辑、制作等各个环节,都要做到精益求精。切实把严格质量管控作为重点,讲求真实而决不能造假,端正文风而决不能浮夸;同时讲求时效性,内容发布,要因时、因事,把握好最佳时机。

**学术家园**:"中华诗词"学习强国号启动也是中华诗词与中国式现代化传播平台相结合的一次有益尝试。如何借助现代科技的力量进一步推动中华诗词"破圈"?

**周文彰**:现代科技特别是数字技术正深刻改变着中华诗词的学

习、创作、传播、教育、收集、储存、出版等各个方面。摆在我们面前的课题是，如何让中华诗词更广泛深入地融入数字化时代，借助数字技术繁荣发展自己、服务社会。

我认为可从以下几方面继续发力，一要学会使用数字化工具，但用诗词软件写诗不能作为诗词创作的常态，否则诗词创作水平不仅难以提高，现有创作能力也会荒废。二要加强诗词大数据建设，推进网络联动，中华诗词学会网站目前也已开通分支网站665个，改版以来共发布诗坛讯息5718条，收集古代经典诗词曲赋作品18500余首、发布当代诗词作品229209首。尽管已取得很大进展，但大数据建设仍要加强，例如全国诗词媒体数据库、全国诗词组织数据库等都处于"无数据"状态。三要开发更多更实用的诗词软件，改善诗词教学、诗词传播、诗词储存、诗词鉴赏、诗词翻译等方面工作的技术条件。四要充分使用数字技术传播诗词，使诗词传播形式多姿多彩、生动有趣、深入人心，特别是要运用数字技术推进中华诗词的国际传播和互动交往，从诗词角度讲好中国故事。五要把诗词与文旅、文创等产业发展结合起来，实现"诗词+产业"的融合发展，各地对产业结构优化升级、实现高质量发展、提高城市文化品位等的追求，为诗词文化提供了很好的机遇。六要广泛联系诗词、科技、文创等各界力量，让中华诗词更广泛深入融入数字时代，需要诗词、科技、文创等各界力量齐心协力，勇于开拓，缺少哪个方面都无法实现这个目标。

## 在守正创新中创造属于我们这个时代的新诗词

**学术家园：**"中华诗词"的范畴包括哪些？如何在新时代获得更好发展？

**周文彰**：诗词，即"中华诗词"，专指中国传统诗歌，以格律诗词为代表，自由体诗兴起后格律诗词被称为"旧体诗"，自由体诗则被称为"新体诗"。体裁上的新、旧之分，本身并没有优劣之分，但是，当新、旧对比时，"旧"字往往含有贬义，特别是"破旧立新"的概念深入人心，容易引发人们对两种诗体的不当评价。所以，我建议不要脱离体裁而简单地用新、旧来区别，而是用自由体诗和格律体诗（或自由诗和格律诗）来称谓。自由体诗和格律体诗是新时代中国诗歌的两大主体构成，都在源源不断地被创作出来，它们都是生于我们这个时代、属于我们这个时代的"新诗词"。

我考虑最多的，就是如何在新的起点上，在习近平文化思想指引下，创作属于我们这个时代的新诗词。传统诗词要成为我们这个时代的新诗词，一是要在题材上求新，要把属于我们这个时代的物象作为诗词创作的主题。题材问题，也就是诗词反映什么、讴歌什么、鞭笞什么的问题。这是诗词创作的重大问题。习近平总书记一再号召文艺工作者要"承担记录新时代、书写新时代、讴歌新时代的使命，勇于回答时代课题，从当代中国的伟大创造中发现创作的主题、捕捉创新的灵感，深刻反映我们这个时代的历史巨变，描绘我们这个时代的精神图谱，为时代画像、为时代立传、为时代明德"。对此我们应尽力遵循。二是要在用词上求新。诗词要使用时代特点鲜明的词，否则就无法反映和体现时代。学习古诗不要拘泥于它们用过哪些具体词语，而是要总结它们用词的共性特点或一般规律，那就是用词要有时代特色；不能以古诗的用词为标准来判定当代词语是不是诗的语言。古诗能用"骡驮车"，今诗为什么不能用"电动车"？古诗能用"指南针"，今诗为什么不能用"定位图"？古诗能用"云梯"，今诗为什么不能用"塔吊"？三是要在手法上求新，同样的题材，不同的表现手法，就会写出不同韵味的诗词。比如赋、比、兴就是常用的表现手法。丰富的想象既是诗词的一大特点，也是最重要的一种表现手法。当然还有象征手法，如以松树象征英雄气概，以梅花象征高尚品格，以明月代表美好事物等。各种表现手法都是应该学习和应用的。四是要在意境上求新。有无意境，成为诗词是否精彩的重要标准；如果没有意境，诗词题材选得再好，用词再有时代性，诗词也会索然无味。五是要在评价尺度上求新。对一首诗美与不美的判断，属于具体的价值判断，而支配一个人对诗词作出价值判断的，则是其诗词价值观。新时代的诗词评价尺度需要认真探讨和研究，但具有时代性或具有时代特色，无疑应当成为好诗词的第一要素。以上只是谈了诗词创作。此外，还有诗词教育、诗词普及、诗词传播、诗词吟诵、诗词运用、诗词环境建设等。习近平文化思想，是中华诗词守正创新的指南，也是动力。我们将努力更好担负起新的文化使命，赓续历史文脉、谱写诗词的当代华章。

**学术家园**："着力赓续中华文脉，推动中华优秀传统文化创造性转化和创新性发展。"您曾谈到中华诗词学会将着力在普及与提高两方面同时下功夫。能否谈谈具体做法？

**周文彰**：普及，就是让中华诗词成为大众文化，让越来越多的人爱诗词、背诗词、用诗词、写诗词。中华诗词学会要做好"诗教"工作，开展诗词进校园、进机关、进农村、进企业、进社区、进景区、进家庭活动，推动中华诗词成为人们日常生活的重要组成部分，成为鼓舞人、教育人、推动社会进步的精神力量。

提高，就是加强精品力作创作。现在全国已经有一支非常可观的诗词创作大军，据估计有300万人。中华诗词学会为此成立了中华诗词精品研究委员会，着力提高精品创作，充分吸收中华古典诗词的营养，让诗词创作反映新时代、记录新时代，为创造属于我们这个时代的新文化作出贡献。

## 以中华诗词为纽带增强海内外中华儿女的大团结

**学术家园**：中华诗词在加强中华儿女大团结、广泛凝聚共识方面，可以发挥怎样的作用？中华诗词学会做了哪些工作？

**周文彰**：在今年中秋节来临之际，中华诗词学会举办了"天涯共此时：海内外诗友中秋联谊会"，这是海内外诗友第一次中秋联谊会，也是自中华诗词诞生3000多年来，旅居不同国家、不同省区的诗友第一次大范围、大规模的聚会。这得益于我们这个时代，得益于我们诗情和乡情的相互向往和相互吸引。

我们深切感受到，长期居住海外各国的中华儿女，在海外自发成立了各种诗词组织，坚持诗词创作，举行诗词雅集，编印诗词报刊，出版诗词著作，有的还参加了国内诗词组织，热心参与国内诗词活动。在异国文化环境中，能够坚持学习和诵读中华诗词已属不易，能够写作中华诗词更是让人赞叹！中秋节前一个月，我作小诗《致海外诗友》，表达中华诗词学会对他们的牵挂。海外诗友首先发起唱和，诗友遍及很多国家和地区，加上国内诗友唱和，和诗多达千首。虽然我不太提倡规模性和诗，因为这是标准的"千篇一律"，但对海内外诗友第一次同心携手的创作"大合唱"，我还是很兴奋，这又一次证明，诗词是中华民族共同的精神血脉。举办"天涯共此时：海内外诗友中秋联谊会"，就在于强化这种精神血脉，在海内外诗人之间密切联系，增进友谊，加强交流，开展合作，推动中华诗词事业发展繁荣，推动中华诗词进一步走向世界。同时，以中华诗词为纽带增强海内外中华儿女的大团结，用中华诗词讲好中国故事。

为了通过中华诗词广泛联系海内外中华儿女，我已建议中华诗词学会筹备成立海内外诗友联谊工作委员会，专门负责海内外诗友的诗词活动和联谊活动。在中华诗词学会杂志、网、端等开辟海外诗友频道，发表诗作，报道动态。同时鼓励中华诗词学会先进单位会员和海外诗友组织携手开展诗词活动，按相关外事规定开展"请进来，走出去"诗词文化交流活动。鼓励有条件的海外诗友组织和诗友个人，在所在城市创办"中华诗词文化展示馆"，为中华优秀传统文化走向世界、构建人类命运共同体贡献力量，中华诗词学会提供内容支持。此外，中华诗词学会也可以举办专场诗词文化讲座，以满足海外诗友学习和提高之需。

中华诗词是中华优秀传统文化的精髓，既是要大力传承发展的重要内容，也承担着传承发展的重要责任。我们要用好机遇，担起责任，共同推进中华诗词为继续推动文化繁荣、建设文化强国、建设中华民族现代文明作出应有贡献！

# 后 记

写完本书自序，我翻开《会长的使命：源自中华诗词学会的感悟》一书，"后记"写于 2022 年 6 月 15 日。那天我就决定，在中华诗词学会会长任上不再出同内容的书，但这个决定很快就遭到一些朋友的反对，列出"对推动诗词工作有利"等理由动员我继续结集出版。最近，有朋友知道我关于诗词工作的讲话和文章又积累了不少，问我《会长的使命》续集何时问世。恰好上个月，《周文彰讲稿》《感恩第二故乡——周文彰海南诗书作品集》等书的责任编辑曾威先生联系我，我们谈起眼下这部书稿，他当即表现出极大兴趣，和我反复讨论书名，《会长可以这样做——中华诗词学会工作实录》这个书名，就是由他敲定的。出版社很快走完了确定出版这个选题的全部流程——曾威和他所在的中国城市出版社的高效率让我十分惊叹，曾威当本书责任编辑的工作态度，我可以用一丝不苟、废寝忘食来形容。

我就任会长这三年半，中华诗词学会之所以能做成许多开创性的工作，得益于学会 30 多年来前辈们打下的良好基础，得益于学会本届会长们的勠力同心，得益于学会机关全体同仁和各专委会的踏实工作，得益于各单位会员即各省市区诗词学会（协会）的支持与配合。学会一系列的决定、规章、规划、方案，都是他们落实的。对他们，我心存感激！

民政部社会组织管理局，中国作家协会社会联络部，既履行监督职责，又热心指导和服务，多次来学会调研，倾听我们反映，帮助解决困难。中组部有关同志到学会座谈，指导学会党建工作。特别是中国作家协会书记处各位领导，多次听取我们的汇报和请示，以不同方式指导和支持学会工作。全国哲学社会科学工作办公室连年资助我们开展诗词研究和编著工作。中央媒体及其融媒体、许多新媒体热情宣传报道学会工作。借此机会，我代表中华诗词学会表示衷心感谢！

诗词工作进行到今天，创作的、发表的作品，全国每天数量巨大，但是优秀作品在哪里？社会大众知道不知道？影视、广播、报纸、杂志、教材、舞台、书法展览、社会科学研究、当代文学史等重要载体有多少在关注当今的诗词作品？中华诗词在创造属于我们这个时代的新文化、创造中华民族现代文明方面怎么发挥作用、发挥多大作用？这一系列问题在考问我们，向诗词工作提出了新的要求！

我们的工作已经取得了一些成绩！

我们仍然有很多工作要做！

周文彰

2024 年 7 月 17 日于北京寓所